無能勇者の逆転劇
追放されるたびにスキルを手に入れた俺が、
100の異世界で
2周目無双

エド
ミゲル
魔法学園に在籍しながら魔法が使えない少年勇者。
〝召喚〟したエドに剣術の修行を受け、勇者として成長していく。
ルナリーティア
(ティア)

トビー
戦うことは苦手だが、逃げることに関しては天性の才を持つ勇者。
とある重要な荷を運んでおり、様々な勢力から狙われている。
パーム
『欲しがり姫』と呼ばれる賞金首のお嬢様。
トビーの持つ「荷物」を奪うために彼を執拗に付け狙う。

荷運び勇者の逃避行
「もう逃がさないわ！
さっさと観念して、
貴方の持っているそれを
引き渡しなさい！」
「い、嫌だ！
これだけは絶対に渡さないぞ！」

追放されるたびに
スキルを手に入れた俺が、
100の異世界で2周目無双 3

日之浦 拓

HJ文庫
1043

口絵・本文イラスト　GreeN

CONTENTS

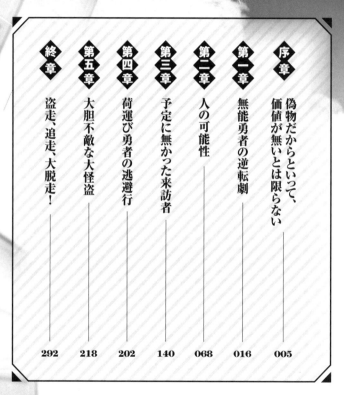

Tuihou sarerutabini

skill wo teniireta orega,

100 no isekai de 2syume musou

序章　偽物だからといって、価値が無いとは限らない

「っ⁉」

新たな世界に降り立った直後、自分に向けられる多数の視線に、俺《おれ》は思わず息を呑《の》んだ。

一つ前の世界で箱の中に詰《つ》められていたのも驚《おどろ》いたが、今回はそれ以上である。

「……………………」

「……………………」

周囲を囲むのは、揃《そろ》いの服を着た幾《いく》人もの子供達《たち》。その中でも一歩前で俺と対峙《たいじ》する気弱そうな少年は、驚愕《きょうがく》の表情を浮《う》かべてまっすぐに俺を見ている。

何だこの状況《じょうきょう》⁉　異世界に降り立った瞬間《しゅんかん》を見られるなんて、今まで一度も……⁉

「ぐっ……」

「あっ⁉」

ズキリと走った痛みに俺が頭に手を当ててよろけると、目の前の少年が小さく声をあげて俺の方に手を伸《の》ばしてくる。

その手に、その顔に、俺は確かに見覚えがある……というか、思い出した。そして思い出したからこそ、それ以上の衝撃《しょうげき》が俺の内心を駆《か》け巡《めぐ》る。

（どういうことだ？　何でこの世界に来た⁉）

蘇《よみがえ》った記憶《きおく》が確かならば、ここは第〇〇二八世界。つまり、一周目と同じ順番で巡ると思っていた異世界探訪の法則が変わったということだ。

と言っても、それだけならば驚きはするものの、それだけだ。一周目で得た全《すべ》ての力と記憶を引き継《つ》いでいるのだから、別に突然《とつぜん》後半の世界に跳《と》ばされたとしても困ることはない。だが絶対に見過ごせない変化が、俺の手の先にある。

（ティアがいない……っ⁉）

世界転移の際、俺とティアは必ず手を繋《つな》いでいる。というか、手を繋いでいることが、俺の転移にティアがついてくる条件なのだ。

なのに、俺の手の先にはあるはずの温《ぬく》もりがない。その事実が耐《た》えがたい恐怖《きょうふ》となって俺の思考を真っ黒に塗《ぬ》りつぶしそうになるが……

（焦《あせ》るな、落ち着け。絶望するのは、事実を確認《かくにん》してからでいい）

一周目の最後、アレクシス達の死を乗り越えた経験が、俺の心を崩壊《ほうかい》寸前のところで支えてくれる。そうとも、あの状況すら覆《くつがえ》せたんだから、この程度の状況なんてどうにでもなる。ならば今俺がすべきことは……

「我《わ》が名は人の精霊《せいれい》、エイドス。この私に何用だ?」

戸惑《とまど》いと不安で押《お》しつぶされそうな表情を浮かべた少年に、俺はできるだけ威厳《いげん》がありそうな感じでそう語りかける。するとその少年は、目を大きく見開いて改めて驚きの声をあげた。

「ひ、人の精霊⁉」

「そうだ、人の精霊だ」

俺の名乗りに、少年の周囲からも「人の精霊って何だよ?」「そんなのいるのか?」という感じのざわめきが広がる。だが俺はそれを一切《いっさい》無視して、重ねて少年に問いかける。

「どうした? 私に何か用があって喚《よ》び出したのではないのか?」

「あっ⁉ えっと……わ、我が名はミゲル! 汝《なんじ》を喚び出した召喚《しょうかん》者にして、汝との契約《けいやく》を求める者なり! 我が力と名の下《もと》に、我に従い跪《ひざまず》け、人の精霊、エイドスよ!」

肩口《かたぐち》辺りで切りそろえられたフワフワと柔《やわ》らかそうな茶髪《ちゃぱつ》を振《ふ》り乱し、ミゲルと名乗った少年が、手にした三〇センチほどの木の杖《つえ》を俺に向かって突《つ》きつける。するとその先端《せんたん》から青白い光が放たれ、俺の体を包み込《こ》むように広がり……そして何も起こらない。

まあ、そうだろう。俺は精霊じゃないので、精霊と契約を結ぶ魔法《まほう》が発動なんてするはずがない。が、それを自覚しているのは俺だけなので、当のミゲルは思いきり混乱した様子で何度も杖を振るう。

「え、何で……まさか失敗⁉　えいっ、えいっ！」

「うわ、ダッサ！　ミゲルの奴《やつ》、あんな変な精霊との契約すら失敗したぜ？」

「駄目《だめ》な奴は何やったって駄目ってことだろ？　いつものミゲルじゃん」

「かっこわるーい」

「そんな……」

周囲から聞こえてくるのは、隠《かく》されることすらない罵倒《ばとう》と侮蔑《ぶべつ》。それを浴びて泣きそうな顔をしたミゲルの前で、俺はようやくその場に跪いた。

「契約は結ばれた。これより私は、主《あるじ》のためにその力を振るおう」

「え、本当⁉　よ、よかった……」

途端《とたん》に、ミゲルが安堵《あんど》の表情を浮かべる。ちなみに俺がすぐに跪かなかったのは、ここが本当に一周目と同じ世界かを確認したかったからで……そして周囲の反応で、間違《まちが》いなくここは第〇二八世界なのだと確信した。

（あん時は酷《ひど》かったもんなぁ……）

一周目の時、俺は同じようにこの世界に喚び出されたわけだが、ミゲルの呼びかけに対

してただボーッと突っ立っているだけだった。そりゃそうだろう、精霊なんて見たこともない俺が契約の時に精霊がどうするのかなんて知っているはずがない。

だがその結果、ミゲルは「精霊との契約に失敗した」として、元々悪かったこの場所での立場が更《さら》に酷いものになってしまった。

それは辛《つら》く苦い記憶。苦しんでいる子供に、かといって俺では何もしてやることができなくて……だが、今は違《ちが》う。違うんだが……

「それじゃ、エイドス。何か……人の精霊って、何ができるの？」

そんな俺を前に、ミゲルがクイッと首を傾《かし》げる。火や水なんかのわかりやすい精霊と違って、「人の精霊」に何ができるかがわからないんだろう。故《ゆえ》に、俺の答えはこうだ。

「私は人の精霊なれば、人にできることができる」

「人にできること？　えっと、じゃあ、あの木を燃やすとか？」

「それが主の願いなれば、叶《かな》えよう。では火打ち石か……あるいは適当な火種などはあるか？　それを用いて木を燃やそう」

「ええ？　その、手から火を出して燃やすとかじゃなくて？」

「主はそんなことができるのか？」

「それは……できないけど………」

「ならば私にもできない。私は人の精霊なれば、人にできることができる……つまり、人にできないことはできない」

「えぇぇ…………」

「何だよ、とんだ役立たずじゃねーか！」

「やっぱりミゲルはミゲルだよなぁ」

俺の言葉にミゲルは大きく落胆《らくたん》し、周囲からも再び馬鹿《ばか》にしたような声が聞こえてくる。だが、これは仕方がない。あくまでもミゲルに喚び出された精霊という立場を守るためには、ミゲルがそれに気づいてくれない限り、俺からは何もできないのだ。

「はいはーい！　みんな注目！」

と、そこでその場にいた唯一《ゆいいつ》の大人の女性がパンパンと手を打ち合わせて子供達の注目を集めた。それを確認した女性教員は、改めて自分の受け持つ生徒達の顔を見回してから言葉を続ける。

「先日に続いてちょっと変わった精霊と契約した子も現れたようですが、とにかくこれで全員の『精霊契約《せいれいけいやく》』が完了《かんりょう》しました！　今日の授業はここまでとなりますので、後は寮《りょう》に帰って自分の契約した精霊とじっくり向き合ってみてください。

ただし、皆《みな》さんはあくまでも契約したての新米精霊使いでしかありません。命令の意図が精霊に正確に伝わらなかったり、あるいは実力を超《こ》える大きな要求をしたせいで精霊の力が制御《せいぎょ》しきれず危険を感じたりした場合は、すぐに先生を呼んで下さい。いいですね？」

「『はーい！』」

「はい、いいお返事です。では、解散！」

そう言うと、女性教員はもう一度パンと手を打ち鳴らした。それを合図に子供達が小さなグループに分かれて一斉《いっせい》に散っていくのだが……

「ハァ。何で僕《ぼく》の精霊はこんなのなんだろう……」

俺の主ということになっているミゲルだけは、誰《だれ》とも一緒《いっしょ》にならずに一人で寮へと向かって歩いていく。そのしょんぼりと垂れ下がった背中に、俺は少しだけ顔をしかめて言う。

「主よ、その言い方は流石《さすが》に失礼ではないか？」

「だって、エイドスは人と同じことしかできないんでしょ？」

「そうだ。私は人にできることしかできない」

「なら、空を飛んでみて？」

「うむ」

その指示に従い、俺は全力でジャンプする。一五〇センチくらいだと思われるミゲルの腰《こし》くらいの高さまで跳び上がった俺に、ミゲルが恨《うら》めしそうな目を向けてくる。

「なら水……いや、やっぱりいいや」

徐《おもむろ》に股間《こかん》に手を伸ばした俺を見て、ミゲルがすぐにそう言ってくる。勿論《もちろん》本気でするつもりはなかったし、どうしてもとなれば涙《なみだ》で誤魔化《ごまか》すつもりだったが、そんなことを知る由《よし》もないミゲルの俺を見る目が一層冷たくなったのは否《いな》めない。

「やっぱり駄目駄目《だめだめ》じゃん」

「何が駄目だというのだ？　私は主にできること全てができるのだぞ？　そして私にできることは主にもできるのだ。それがどれほど凄《すご》いことか、主には理解できないと？」

「できないよ！　僕と同じことしかできない精霊なんて、それこそ役立たずじゃないか！」

「……つまり、主は自分を役立たずだと思っていると？」

「………………………そうだよ」

悔《くや》しさと悲しさ、そして何より諦《あきら》めの混じった顔をしたミゲルが、拳《こぶし》を握《にぎ》って俯《うつむ》く。そんな子供にかける言葉を、俺は一つしか持っていない。

「何とも自虐的《じぎゃくてき》な主だな。そういうときはとりあえず腹いっぱい飯を食っておくのがいいと思うぞ？」

「それで解決するなら、人生楽なんだけどね」

「それで解決しないと思っているから、主の人生は辛いのだ」

「…………………」

「…………………」

互《たが》いに無言のまま並んで歩く。周囲では友達同士で自分の契約した精霊を見せ合い、楽しげに語らう者達が溢《あふ》れているだけに、その孤独《こどく》がよりくっきりと浮かび上がってしまう。

「………ハァ、わかったよ。僕の負け。もう言わないよ」

「うむうむ、いい心がけだ。流石我《さすが》が主だな」

沈黙《ちんもく》に耐えきれず音を上げたミゲルに、俺は満足げに頷《うなず》いて答える。よしよし、最初の掴《つか》みとしては悪くない流れだ。一周目の時のような、俯くだけの未来なんて蹴《け》っ飛ばしてやりたいが、こればっかりは本人の心構えが重要だからな。

「それじゃ、僕の部屋に行こうか。そこでお互いの話をしよう」

「うむ、いいぞ。私も主に聞きたいことがあるからな」

「僕だってあるよ！　ねえ、精霊の世界ってどんななの？」

「うぐっ⁉　それは、まあ……部屋に行ってからだな。一言で語るには要素が多すぎる」

「そっか、それはそうだね。ふふ、楽しみだなぁ」

「お、おぅ……」

さっきまでの落ち込みようが嘘《うそ》であったかのように目を輝《かがや》かせるミゲルに、俺は内心で激しく焦る。精霊の世界なんて、当然俺は知らない。確かめようがないのだから適当な嘘を並べても問題ないといえばそうなんだが……ううむ。

（こういう時、ティアがいればな……）

今すぐティアを探しに行きたい。だが勇者ミゲルから不用意に離《はな》れることもできない。いっそ出会う前なら自由行動もできただろうが、この世界にやってきた瞬間に出会ってしまっているのだから、選択《せんたく》の余地すらなかった。

（大丈夫《だいじょうぶ》だ。この世界ならティアの存在は相当に目立つはず。こっちの環境《かんきょう》を整えつつ、落ち着いて情報収集すればいい）

俺は内心の焦燥《しょうそう》を押し殺しながら、ミゲルの後をついて綺麗《きれい》に舗装《ほそう》された道を歩き進んで行くのだった。

第一章　無能勇者の逆転劇

「さ、入って」

「うむ、邪魔《じゃま》するぞ」

ミゲルに招き入れられたのは、三階建ての寮の一階、入り口近くの部屋だった。確か入学試験の結果が良いほど外側の大きい部屋になるはずなので、この部屋で暮らしているという事実がそのままミゲルの立場を物語っている。

と言っても、優遇《ゆうぐう》されていないだけで、別に不遇《ふぐう》というわけではない。精霊と主の絆《きずな》を深めやすくするという目的があるため全ての生徒には個室が与《あた》えられており、ここも狭《せま》いとはいえベッドにクローゼット、勉強するための机などなど、子供が一人で暮らすのに過不足の無い設備がしっかりと整えられているのだ。

なのでまあ、問題があるとすれば一つだけ。それに気づいたミゲルが、小さく声を上げて俺の方を見る。

「あっ、どうしよう？　まさか僕より大きな人型の精霊と契約できるなんて思ってなかったから、ベッドが……」

「私のことは気にしなくていいぞ？　その辺の床《ゆか》に寝転《ねころ》がれば十分だし、いざとなれば窓から外に出て寝《ね》ることもできるからな」

「ええっ⁉　せっかく契約してくれたエイドスに、そんな酷いことできないよ！　でも場所がないのはどうしようもないし、人型じゃ厩舎《きゅうしゃ》ってわけにも……ならちょっと狭いけど、僕のベッドで一緒に寝る？」

「厚意は受け取るが、むしろそちらの方が窮屈《きゅうくつ》だ。なに、私は精霊なのだから、何処《どこ》ででも寝られる。食事だけきっちり用意してくれれば、それで十分だ」

「ああ、やっぱりご飯は普通《ふつう》に食べるんだね。精霊はそれぞれの属性とか在り方にちなんだものを食べるって授業で習ったんだけど、エイドスの場合は……」

「無論、人の食事だ。主と同じものを用意してくれればいい」

「そっか。じゃあ後で食堂の人に伝えておくね」

　一通りのやりとりを終えると、ミゲルがポスンとベッドに腰掛《こしか》け、机の前にあった小さな椅子《いす》を視線で示す。なので俺はその椅子を引き寄せて相対するように座《すわ》ると、ニッコリと笑ったミゲルが先に口を開いた。

「それじゃ、改めて自己紹介するね。僕はミゲル。このローワン王立魔法学園の一年生で、一二歳《さい》の男だよ……って、流石にそれは見ればわかるか」

「ははは、そうだな。私が人の精霊でなかったとしても、主を女の子とは見間違《みまちが》えないだろう」

「だよねー。良かった。ナヨナヨして情けないなんて言われることがあるから、もし間違えられたらどうしようかと思ったよ」

俺の言葉に、ミゲルが軽く苦笑《くしょう》しながらそう答える。明るい物言いではあるが、やや自虐的な雰囲気《ふんいき》があるのは、本人の言う通り揶揄《からか》われた経験があるからだろう。

「じゃ、続けるね。さっきも言ったけど、ここは王立魔法学園……つまり、魔法の才能のある子供が、国中から集められるんだ。だから僕も、ここで精霊と契約して魔法が使えるようになるはずだったんだけど……」

そこで言葉を切ると、ミゲルが困ったような視線を俺に向けてくる。その原因は、勿論《もちろん》俺だ。

「ふむ。私が『人の精霊』であるせいで、主は魔法が使えない、と?」

「まあ、うん。念のためもう一回確認するんだけど、エイドスは魔法は……」

「使えないな。人が人として使えぬ力は、人の精霊である私には使えない」

「だよね………」

ミゲルが、しょんぼりと肩《かた》を落とす。元から小さな体が更に小さく見える落胆っぷりは、見ていてこっちまで悲しくなってしまう。

「随分《ずいぶん》と落ち込むのだな？」

「そりゃそうだよ。だって、漸《ようや》く魔法が使えるようになるって思ったのに……あ、いや、エイドスが悪いわけじゃないよ？　むしろ僕なんかの呼びかけに応《こた》えて出てきてくれたことには、本当に感謝してるんだ。でも……」

「ふーむ……だが主よ、仮に私以外の、それこそ主が求めるような火だの水だののわかりやすい精霊と契約できたとしても、主では満足な魔法は発動させられないと思うぞ？」

「えっ⁉」

俺の言葉に、ミゲルが大きく目を見開いて伏《ふ》せがちだった顔を上げる。

「ど、どういうこと⁉　何で僕には魔法が使えないの？」

「私は人の精霊故に、人の持つ才能がある程度わかるのだ。だがそれによると、主の魔法に対する才能は既《すで》に成長限界に達している。周囲が未熟であった幼い頃《ころ》ならさぞ優秀《ゆうしゅう》だったのだろうが、他の皆が成長していくなか、これ以上成長できない主がまともな魔法を使えるかと言うと……」

本来、魔法にはいくつかの種類がある。代表的なのは自らの魔力《まりょく》を用いて世界の理《ことわり》に干《かん》渉《しょう》し、あり得ざる現象を発生させる理術魔法と、世界に遍《あまね》く満ちる精霊に呼びかけ、その力を具現化させて発動する精霊魔法《せいれいまほう》、それに神などの超常《ちょうじょう》的な存在に祈《いの》りを捧《ささ》げることで、その力の一端《いったん》を発現させる神聖魔法の三つだ。

だがどういうわけか、この世界では精霊魔法以外の魔法は使われていない。それが使えないのか、あるいは何らかの理由で技術どころか存在そのものが失われているのかは俺にはわからねーが、一つ言えることとして、ミゲルには精霊魔法の才能がほぼ無いのだ。

いや、正確には無いわけではない。俺が一周目の時に〈七光りの眼鏡《レインボーグラス》〉で確認したミゲルの才能は超早熟《ちょうそうじゅく》型。幼い頃なら一〇〇〇人に一人くらいの逸材《いつざい》として持て囃《はや》されるだろうが、そこからの伸びしろが一切無い。

つまり、ミゲルは五歳とか六歳とかの時に「とんでもない才能のある神童」としてこの学園にスカウトされるも、そこから一切成長できなかった結果、今は落ちこぼれとして肩《かた》身《み》の狭い思いをしているということなのだ。

「そう、なんだ…………」

俺の話を聞いて、ミゲルがガックリと肩を落とす。そのあまりに痛々しい姿は、横で見ているだけの俺ですら辛いほどだ。ならば一二歳の子供でしかないミゲル本人がどれだけ辛いかなんて、想像するのも烏滸《おこ》がましいことだろう。

「ははは、何だよそれ……父さんや母さんや、村のみんなにおだてられてこんなところまで来ちゃったのに、実際には才能なんて全然無かったなんて……」

「いや、才能が無いわけではないぞ？　ただこれ以上は成長しないだけで――」

「そんなの、才能が無いのと同じじゃないか！　むしろこんな半端《はんぱ》な才能なら、無い方がずっと良かった！」

「…………………」

血を吐《は》くように叫《さけ》ぶミゲルに、俺は何も言ってやれない。

例えば俺は、本当に魔法の才能が無い。魔力自体は僅《わず》かにあるので理術系の魔法なら頑《がん》張《ば》れば使えるようになる可能性もゼロではないが、精霊魔法に関しては、そもそも精霊を見ることすらできないので完全に無理だ。

対して、ミゲルはちゃんと精霊を見る能力がある。なのでたとえ伸び代がなかろうと、必死に頑張れば一応精霊魔法は使えるのだ。全く使えないこととほんの僅かでも使えることには天と地ほどの差があるのだが……それを子供のミゲルに理解しろというのは酷《こく》だろう。

それに、ミゲルの言い分も間違っているわけではない。確かにこの程度の才能なら、魔法学園なんかに来ずに、田舎《いなか》でひっそり暮らしている方が幸せになれる。井戸《いど》まで行かずとも水を出せるとか、火種がなくても火をつけられるとか、日常生活をほんの少し楽にできる力は、平凡《へいぼん》な日常であれば普通に羨《うらや》ましがられるようなものなのだから。

だが、ミゲルはここに来た。幼い子供としては破格の才能を示してしまったが故に、分不相応な期待を背負わされて……そして今、その期待に潰《つぶ》されそうになっている。

ならば大人として、側に立つ相棒として、今俺がしてやれることはたった一つだけだ。

「なあ、主よ。主は今後、どうなりたいのだ？」

「どう？　どうって、どうにもならないんでしょ？　今エイドスがそう言ったじゃない」

情けなく自嘲《じちょう》の笑《え》みを浮かべながら言うミゲルに、しかし俺は首を横に振る。

「違うぞ。確かに私は普通の魔法は使えないと言った。だがそれは何もできないという意味ではない。人の精霊たる私を呼びだした主ならばこそ、できることがある」

「……？　それって、どんなこと？」

「ふむ、主が問うならば、見せてやろう」

顔をあげたミゲルの問いに、俺はニヤリと笑って窓を開け放ち、外へと飛び出した。これからやることを考えると、流石にあの室内では難しいからだ。

「エイドス⁉」

「その部屋の中では狭すぎるからな。主はそこから見ているといい」

「フッ！」

窓から顔を出すミゲルをそのままに、俺は腰の鞄《かばん》から銅貨を取り出し、宙空に向けてピンと弾《はじ》く。気づけば赤く染まっていた空でクルクルと回転する銅貨に狙《ねら》いを定め……

「フッ！」

短く息を吐き、腰の剣《けん》を抜《ぬ》き放つ。すると一つであった飛翔《ひしょう》物が、二つとなって地面に落ちた。それを拾い上げると、俺は室内に戻《もど》って二つになった銅貨をミゲルに手《て》渡《わた》した。

「フフフ、どうだ主よ？」

「斬《き》れてる……え、本当に!?」

「なんだ、目の前にある実物さえ主は信じないのか？」

「そういうわけじゃないけど……でも、まさか銅貨を縦に真っ二つにするなんて……」

驚くミゲルの手の中にあるのは、薄《うす》く斬られた二枚の銅貨。いくら宙に投げ上げたとはいえ、横に斬るだけならちょっと腕《うで》のいい剣士《けんし》なら十分にできる。

だが、それを縦に真っ二つにできる奴はまずいない。回転する銅貨の動きを捉《とら》える動体視力と、一瞬《いっしゅん》でそれを斬る腕が揃わなければ成し得ないからだ。その難しさまでは剣士ではないミゲルには理解できないだろうが、それでもさっきまで沈《しず》み込んでいた表情が、今は明るく輝いているように思えた。

「凄い凄い！　凄いやエイドス！　こんなことができるなんて……ん？　でもこれと僕ができることに、何が関係あるの？」

「何かもなにも、これ自体がそうだ。言っただろう？　私は人の精霊。私にできることは人にできること……ひいては主にもできることなのだ」

「僕に？　僕に、これができるの……？」

「できる！」

不安げに俺を見上げるミゲルに、俺は力強く断言する。

「無論、他の子供達が魔法を使うために努力する必要があるように、主もまた剣の腕を磨《みが》く努力は必要だろう。だができる。主にはこれが、間違いなくできるのだ。それこそが人の精霊たる私を喚び出せた、主の持つ真の才能なのだ」

「僕の、才能……」

「そうだ。私は人の精霊なれば、人ならざる魔法は使えない。だが人の精霊であるが故に、主に人の技を残すことができる。それは私との契約を終えてなお、主の内に残る本物の力となるだろう。

さあ、我が主ミゲルよ。人の精霊たる私が再度問おう。主は今後、どうなりたい？」

問いかける俺に、ミゲルが小さな拳をギュッと握りしめる。まっすぐに見つめ返してくる瞳《ひとみ》に、もう諦めの色は宿っていない。

「僕は……強くなりたい。強くなって、僕に期待してくれた人達の想《おも》いに応えられるようになりたい。魔法が使えないのはそりゃ残念だけど……でも魔法を使うよりもっと凄いことが、僕ならできるようになるんだよね？」

「ああ、なれるとも。主がそれを望むなら、私は魔法すら切り伏せる、遙《はる》かに高き剣の技を伝えよう」

一周目の時から、俺はミゲルに精霊魔法の才能が乏《とぼ》しい代わりに、圧倒的《あっとうてき》な剣の才能が眠《ねむ》っていることを知っていた。だが一周目の「出来損《できそこ》ないの精霊モドキ」でしかなかった俺の言葉に、ミゲルが耳を貸してくれることはなかった。

そりゃそうだろう。魔法師の才能を見込《みこ》まれてこんなでかい学園にやってきたミゲルが、魔法も使えない精霊に「お前に魔法の才能はないが、剣の才能があるぞ」なんて言われて真に受ける方がおかしい。

それに、当時の俺は別に強くもなんともなかった。仮にミゲルが俺の意見を聞き入れてくれたとしても、俺にできるのは精々基礎的《きそてき》な剣術《けんじゅつ》の手ほどき程度。それでもミゲルの圧倒的な才能があれば違ったのかも知れねーが……そんな「たられば」の話を今更《いまさら》考えたところで意味はないだろう。

だが二周目の今は違う。一〇〇年の研鑽《けんさん》を積んだ俺の剣の腕は、誇張《こちょう》なく人が至れる最《さい》高峰《こうほう》に辿《たど》り着いている。それを垣間見《かいまみ》せることができたからこそミゲルは俺の言葉を聞いてくれたし、俺もその期待に応えることができる。

「……やる。僕、やってみるよ。エイドスの言葉を信じて、剣の練習をしてみる。剣なんて振ったことないから、上手《うま》くできるかわからないけど……でも、あんな想いをもうしなくてすむなら……」

ミゲルが、俺の前に右手を伸ばす。

「僕に剣を教えてくれ、エイドス！」

「勿論だ。主のために全力を尽《つ》くそう」

屈辱《くつじょく》と諦念《ていねん》に塗《まみ》れた子供は、もういない。俺は差し出された手をギュッと握り返すと、二度とこの笑顔《えがお》を曇《くも》らせないために全力を尽くそうと固く胸に誓《ちか》い……そんな俺の顔を見て気の緩《ゆる》んだミゲルが、ポフッとベッドに倒《たお》れ込んだ。

「あー、よかった……これで何とか、この学園でやっていけそうだよ」

「ははは、それは少し気が早いのではないか？　やっていけるかどうかは、主の努力次第《しだい》だぞ？」

「まあそうだけど……でもいいんだよ。だって今までは、どれだけ頑張っても駄目だったんだから。

　でもこれからは、頑張ればちゃんと報《むく》われるようになる……そうだよね？」

「まあ、そうだな」

　努力が必ず報われるのは、物語の中だけだ。今までのミゲルは魔法を使うために必死の努力を重ねていたにも拘《かか》わらず、それが報われることはなかった。

　だがこれからは違う。ミゲルに剣の才能があるのは間違いのない事実なので、基本的にはやればやっただけ実力がつき、努力が報われていくことになる。

　それは今までのミゲルからすれば、正に夢のような出来事だ。何もしないうちからちょっと浮かれるくらいは、笑って流すところだろう。

「ふふ、これでナッシュの奴に馬鹿にされなくてすむぞ。嬉《うれ》しいなぁ」

「ナッシュ？　……ああ」

　ニマニマと笑うミゲルの口から出た名前に、俺は軽く考え込んでから納得《なっとく》する。確かミゲルと同い年のクラスメイトで、一周目でも何かとミゲルに絡《から》んできた、典型的ないじめっ子である。

　その成績は下から数えた方が早い感じだったが、だからこそ自分より出来の悪いミゲルを虐《いじ》めて憂《う》さ晴《ば》らしをするという、何とも厄介《やっかい》な奴であった。

確かに今のミゲルなら、俺が指導すればあの程度の奴を黙《だま》らせるのは楽勝だろう。

「安心しろ主よ、私が指導する主ならば――」

「ナッシュの奴、ティアっていう凄い精霊と契約できたからって、もの凄く調子に乗ってるんだよ！　でも本当に凄いから誰も何も言えなくて……エイドス？」

思わず黙ってしまった俺を、ミゲルが不思議そうに見てくる。が、俺の方はそれどころではない。

「ティア？　今ティアと言ったか!?」

「う、うん。言ったけど、それがどうかしたの？　あ、ひょっとしてエイドスの知り合いとか？」

「……おそらく、な」

「へー、そうなんだ。確かにティアもエイドスみたいに大きな人型の精霊だったもんね。あー、でも、向こうは凄い力があったけど……」

「そうなのか？」

問う俺に、ミゲルが少しだけ悔しそうな顔をして答える。

「うん。ほら、普通の精霊って自分の属性の魔法しか使えないでしょ？　でもティアは六属性全部の魔法が使えたんだよ！　そんなこと長い学園の歴史でも初めてだって、大騒《おおさわ》ぎになったんだ」

「それは、いつの話だ？」

「三日前だよ」

「三日……そうか、三日前か……」

その言葉に、俺は内心でホッと胸を撫《な》で下ろす。ティアがちゃんとこの世界にやってきていたこと、俺とそう離れていない場所に召喚されたこと、三日しか時間がずれていないこと……どれも奇跡《きせき》のような僥倖《ぎょうこう》だ。何せそのどれか一つがずれてしまっただけでも、俺にはどうしようもなかったわけだからな。

ちなみに、ティアが精霊と勘違《かんちが》いされたことには何の違和感《いわかん》もない。おそらくはエルフの存在しないであろうこの世界で、ティアの姿や能力は、正しく人より精霊の方に近いだろうしなぁ。だが……ふむ？

「なあ、主よ。ちなみにティアは、自分を何の精霊だと名乗ったのだ？」

「え？　知り合いなのに、エイドスは知らないの？」

「逆だ。知り合いだと確定させるために、何と名乗ったのか知りたいのだ」

「ああ、そっか。そりゃそうだね。ティアは――」

ミゲルの口から飛び出した衝撃の事実を、俺は深く胸に刻むのだった。

「くぅー……すぴぃー………」

「……さて、そろそろか」

真夜中の室内。ベッドで安らかな寝息《ねいき》を立てるミゲルをそのままに、俺はそっと床から体を起こす。あの後は夕暮れまで雑談をして過ごし、ミゲルが運んできてくれた夕食を二人で食べてから、同じくミゲルが借りてきた毛布にくるまり横になっていたのだが……事を起こすには丁度いい頃合《ころあ》いだろう。

そのまま静かに立ち上がると、内鍵《うちかぎ》を解除して窓を開き、素早《すばや》く庭へと出る。空には綺麗な月が輝いており、これなら照明無しでも十分に視界が通りそうだ。

「静かないい夜だ……ってことで、現れろ、〈失せ物狂い《アカシックコンパス》の羅針盤〉」

右手を伸ばして小さく呟《つぶや》けば、手の上に見慣れた金属枠《きんぞくわく》が出現する。そのまま捜し物《ティア》を指定すると、即座《そくざ》に枠の中に床に寝ているティアの姿が現れた。周囲に映り込んだ背景がミゲルの部屋と大差ないので、この学園内にいることはほぼ確定と見ていいだろう。

「なら一気に行くか……〈不可知の鏡面《ミラージュシフト》〉」

俺《おれ》は「追放スキル」で姿を消すと、一旦《いったん》元の室内まで戻り、そのまま扉《とびら》をすり抜けて廊《ろう》下《か》に出る。学生寮《がくせいりょう》なら夜の見回りがいてもおかしくないが、この状態なら絶対に見つからないし、何の痕跡《こんせき》も残さずに室内に入れるからな。

ということで、俺は手にした羅針を頼《たよ》りに廊下を進み……

『いや、近《ちけ》ぇよ！　隣《となり》かよ！』

今なら声も聞こえないというのをいいことに、俺は思いきり突っ込んでしまった。羅針の動きがやたら大きいから近くなのだろうとは思っていたが、流石に隣の部屋は予想外だった。

いや、でも、そうか。一周目のナッシュの成績を思えば、この部屋の位置決めはティアと契約する前なんだから、順当なのか。一周目の時はミゲルにも俺にも全然余裕《よゆう》がなくて、周囲に気を配ることなんてなかったからなぁ……これは酷い見落としだ。

『ま、まあいいや。近い分にはいいよな……うん』

自分の中でそう折り合いをつけつつ、俺は扉をすり抜けてナッシュの部屋へと侵入《しんにゅう》する。するとベッドの上では如何《いか》にも生意気そうな小太りの少年が、グースカといびきをかきながら気持ちよさそうに寝ていた。うむ、間違いなくこいつがナッシュだ。

そしてその隣では、さっき見た通りにティアが床で毛布にくるまって寝ている。その平和な寝顔《ねがお》を覗《のぞ》き込むと、無事に再会できた喜びと共に悪戯《いたずら》したい気持ちがふつふつと湧《わ》き上がってきたが……ぬぅ、今は我慢《がまん》だ。時間も限られてるわけだし、まずはやるべき事をやっておかねーとな。

（ティア、ティア）

俺は発動したばかりの〈不可知の鏡面《ミラージュシフト》〉を解除し、そっとティアの体を揺《ゆ》すりながら小声で呼びかける。するとティアがゆっくりと目を開け……

「……えど？　ああ、夢ね。すぴーっ……」

「いやいや、夢じゃねーから！　起きろってティア！」

「うーん……？」

寝ぼけ眼《まなこ》を擦《こす》ったティアがしっかりと俺の姿を捉えると、その目が大きく見開かれる。それと同時に俺の首に腕が回され、ギュッと力強く抱《だ》き寄せられた。

「エドっ！」

「うおっ!?　待てティア、声が大きいから！」

「エド、エド……っ！」

「あー、はいはい。わかったから落ち着けって」

涙混じりの声をあげるティアの頭をポンポンと叩《たた》いて落ち着かせてから、首に回された腕をとってギュッと手を握る。すると俺の意図に気づいたティアが、すぐに

〈二人だけの秘密《ミッシングトーク》〉を発動させてくれた。

『エド！　無事だったのね！』

『おう、何とかな。そっちこそ平気だったのか？　確か三日前にここに来たんだよな？』

『そうよ。エドは？』

『俺は今日来たところさ……待たせちまって悪かったな』

『本当よ！　でもエドなら、きっと来てくれるって信じてたから』

『そうかそうか。その期待に応えられて何よりだ』

狭い床の上で寄り添《そ》うように横になり、鼻がくっつきそうな距離《きょり》で見つめ合いながら、俺はティアと語り合う。俺の主観では別れてから一日すら経《た》っていないのに、その笑顔がとても懐《なつ》かしい。

『それでエド、今回は何で別々になっちゃったの？』

『それは……いや、悪いけど俺にもわからん。つーか俺だって滅茶苦茶焦《めちゃくちゃあせ》ったしな』

『そうなんだ。ってことは、これからも同じような事があるかも知れないってこと？』

『それは……すまん、それも何とも言えん』

何故《なぜ》こんなことになったのか、その理由は俺だって知りたいところだ。が、そもそもこの異世界巡《めぐ》りの旅自体が訳の分からないことの塊《かたまり》なので、悩《なや》もうが考えようが答えが出るとは思えない。

　ならばこそ困った顔をする俺に、ティアが苦笑しながらツンと鼻で突《つ》っついてきた。互いに横向きになっているため、繋《つな》いでいない方の手は体の下で動かないからだろう。

『わからないものは仕方ないわよ。ならこれからは「こういうこともあるかも？」って覚《かく》悟《ご》を持ってればいいってことね』

『そうだな。普通なら待ち合わせ場所とかを決めときゃいいんだろうが……』

『次にどんな世界に行くのかわからないんじゃ、無理よねぇ』

『そうなんだよなぁ。あ、そうだよ。それなんだけど、実はここ、第〇二八世界みたいなんだよ』

『えっ⁉　ここって四番目の異世界よね？　まさか私だけ、そんなに沢山《たくさん》の世界を飛ばしてきちゃったの⁉』

　俺の言葉に、ティアが驚《おどろ》きで目をパチパチさせる。加えて起き上がりそうになった体を腕で制して、俺は静かに話を続けた。

『落ち着け、そういうわけじゃない……はずだ。ってか、今のティアの言葉でそうだと確信した。多分だけど、必ずしも一周目と同じ順番で世界を巡るわけじゃないってことだと思う』

『ああ、なるほど。それなら納得よ。あービックリした』

『ははは、悪いな。つっても、三日の時差があるのは間違《まちが》いない。俺がいない間、ティアはどうやってここで過ごしてたんだ？』

『そう、それよ！　もーっ、すっごく大変だったんだから！』

落ち着きを取り戻したはずのティアが、再び興奮気味に意識で語ってくる。ピスピスと勢いよく吹《ふ》き出す鼻息が、ちょっとくすぐったい。

『あの扉をくぐった後、一瞬だけ白い世界に包まれて……気づいたら外にいたの。周囲を沢山の子供達《たち》が囲んでて、その中でもナッシュ……そこで寝てる子ね。その子が一人だけ少し前にいて、私に話しかけてきたのよ。契約《けいやく》するから名前を教えろって』

『ふむ、俺と同じか……で、素直《すなお》に教えたのか？』

『正直、ちょっと迷ったわ。私が自分から名乗っちゃうと、たとえ相手が明らかに格下だったり、自分にとって不利な内容であったとしても成立する可能性があるから。

ただ、よく聞くとどうも私を精霊《せいれい》と勘違いしてるみたいで、それなら絶対成立しないからいいかなって。側にエドがいないのはわかってたから、完全に無視してここを追い出されるのは良くないかもって思ったしね』

『なるほどなー。じゃあルナリーティアじゃなくてティアって名乗ったのも？』

『そ。エドならこれでも気づいてくれるだろうし、愛称《あいしょう》なら万が一に契約魔法《けいやくまほう》が発動しても効果が半減するから。といっても精霊との契約をエルフの私と結ぶなんて、買い物のツケをゴブリンから取り立てるより難しいと思うけど』

『おぉう、そいつは難易度が高そうだな』

魔法《まほう》に関しては詳《くわ》しくないが、無理だというのは伝わった。そりゃ的外れな対象と契約を成立させるのは無理だわな。

『そっかそっか。なら今回はいいとしても、もし次があるなら、ヤバそうだったら無理に名乗ったりしなくてもいいからな？　名前が変わってようが見た目が変わってようが、俺なら確実にティアを見つけられるしな』

『フフッ、そうね。エドなら私がゴブリンになっちゃっても見つけてくれるのかしら？』

『ははは、そんなの余裕だぜ！』

悪戯っぽく言うティアに、俺は笑って答えてやる。実際〈失せ物狂いの羅針盤《アカシックコンパス》〉を使えば余裕で見つけられるだろうし、その本質がティアであるなら、どんな姿だろうと見分けられる自信が……まあそこそこにある。

決して絶対ではない。というか、絶対と思ってはいけない。世の中には俺程度を騙《だま》しきる手段なんて幾《いく》らでもあるだろうからな。絆とかで全《すべ》てが上手くいくのは物語のなかだけなのだ。

『むぅ、何だかエドが言い訳を考えている気がする……』

『気のせいだ。で、その後はどうしてたんだ？』

何故かティアがジト目で見てきたので、俺は話の方向を修正させる。するとティアが微《び》妙《みょう》に不満そうに耳をピコッと揺らしてから話を続けてくれた。

『特にどうってこともなかったわね。言われるままに簡単な精霊魔法を使ってみたら、凄く驚かれたけど。でもそのくらいよ。

むしろエドの方はどうだったの？　エド、魔法なんて使えないわよね？』

『ん？　ああ、そこは上手いこと誤魔化したよ。「我は人の精霊、エイドスなり！」ってな』

『人の精霊⁉　そんなのいるの？』

『さあ？　ティアが知らないなら、いないんじゃね？』

『えっと……いない精霊になりすましたの？』

『そうだぜ。だって、普通にいる精霊になりすましたら、秒でばれるじゃん。だから「人にできることしかできない、人の精霊」になったんだし』

『ああ、そういう……本当、エドはそういうの考えるの上手いわよね』

『それ、褒《ほ》めてるか？』

『勿論《もちろん》。凄《すご》い凄い』

　繋いでいた手を離したティアが、俺の頭をよしよしと撫でてくる。そんな子供扱《あつか》いに、俺は自分からティアの手を掴んで頭から離す。

『なーに？　そんなに照れなくてもいいのに』

『照れてねーよ！　それより今後の話をするぞ……っても、特別に何かをしてもらうってことはねーんだけど』

『そうなの？』

『ああ。ミゲル……俺を呼びだしたこの世界の勇者には「ティアとは知り合いだ」って言ってあるから、明日以降に顔を合わせたら、とりあえず久しぶりみたいな対応だけしてくれりゃ、それで十分だ。その後は普通に話もできるだろうしな』

『そっか。じゃあ私は、このまま精霊の振《ふ》りをしていればいいだけ？』

『そういうこった。俺とミゲルは隣の部屋で寝泊《ねと》まりしてるし、ティアの契約者《けいやくしゃ》であるナッシュとは同い年だから、特に意識しなくても接点は幾らでもあるはずだ。その過程でミゲルとも仲良くなってくれりゃ、勇者パーティの判定は十分通ると思う。特に今回は卒業まで一年あるしな』

『そうね。この子達を放っておいて、私とエドだけ途中《とちゅう》で帰るわけにはいかないものね』

俺の言葉に、ティアが頷《うなず》く。俺達《おれたち》がこの世界を出て行くだけなら半年で十分だが、ミゲル達との契約は一年ということになっている。これが五年とか一〇年というのなら話は別だが、そのくらいなら中途半端《ちゅうとはんぱ》に見捨てて帰るより、きりのいいところまで一緒《いっしょ》に過ごして、真っ当に契約解除……追放されるのが一番だろう。

『っと、そうだ。特別何かをする必要はねーけど、特別な何かをしないようには気をつけてくれ。万が一ナッシュが大活躍《だいかつやく》し過ぎて、子供だろうと関係無しに偉《えら》いさんに見初《みそ》められたりすると、ここに居られなくなる可能性があるからな……正直軽く手遅《ておく》れな感じはしてるけど』

『それって、私が六属性全部の魔法を使ったから？』

『まあな。何でそんなことしたんだ？』

困ったような顔をするティアの言葉に、俺は疑問で返す。だがそれに対するティアの答えもまた、不思議そうに首を傾《かし》げるというものだった。

『何でっていうか……むしろ何でそれが問題になってるのかがわからないんだけど』

『うん？　そうなのか？』

『そうよ。だって精霊を喚《よ》び出して契約できるくらいの実力があるなら、自分と相性《あいしょう》のいい属性魔法の二つや三つくらいは当たり前に使えるはずなのよ。それに子供達ならともかく、側で見てた大人の先生達なら、よっぽど相性の悪い属性がある人以外なら、私が使ってみせたような基礎的な精霊魔法は全属性使えて当然なのよ？』

『ん？　じゃあ何でみんな騒《さわ》いでたんだ？　実際ここの奴《やつ》らは、契約した精霊と同じ属性の魔法しか使えねーんだろ？』

魔法……特に精霊魔法に関しての知識なら、俺よりティアの方が間違いなく詳しい。だがティアの語る常識と、俺が一周目にここで得た知識とは大きく乖離《かいり》しているようだ。故に再び何故と問えば、ティアが真剣《しんけん》な様子で顔をしかめる。

『多分っていうか、この世界の法則が私の知ってる世界の法則と同じなんだったら、精霊と契約しちゃってるのが原因だと思う』

「へっ⁉」

思わず間抜《まぬ》けな声をあげてしまい、俺は慌《あわ》てて自分の口をギュッと閉じる。そのましばし無言で集中してみるも、ベッドで寝ているナッシュが起きる様子はない……それにホッと胸を撫で下ろすと、ティアが改めて話を続けてくれた。

『あのね、精霊魔法を使うのに、精霊と契約する必要なんてないの。少なくとも私はどんな精霊とも契約してないけど、ちゃんと魔法を使えてるでしょ？』

『あー、そうだな。ティアが言うならそうなんだろうけど……じゃあ、精霊との契約って何なんだ？』

『エドにわかりやすく言うなら、専属契約ってところかしら？　例えば……そうね、私の魔力総量が一〇〇あるとして、一〇の力を持ってる火の精霊と契約したとするでしょ？　そうするとまず、私の魔力総量が九〇になるの。これは契約した精霊の力の分だけ、私の魔力が常に消費されるからよ。ここまではいい？』

『ああ、大丈夫《だいじょうぶ》だ』

それだけ聞けば単に自分の魔力総量が減るだけだが、勿論そうじゃないんだろう。頷いた俺に、ティアがそのまま話を続ける。

『で、火の精霊と契約した私は、通常なら魔力を一〇消費しないと使えない火の精霊魔法を、五とか四とか……相性が良ければそれこそ三くらいでも発動するようになるの。

ただ、代わりに他の属性、特に相反する属性の精霊魔法を使う場合は、その分だけ消費が重くなるの。今の例だと、風の精霊魔法を発動させようとしたら二〇とか二五とか、反対の属性である水の精霊魔法だと、三〇くらい注いでも厳しいかも』

『おぉぅ、それは……どっちかってーと、軽減される量より消費が増える方が多くねーか？』

『そうよ。だから普通《ふつう》の精霊使いは、おいそれと精霊と契約なんてしないのよ。よっぽど相性が良くてその属性に特化したいとか、あるいはもの凄く高位の精霊と契約する機会があったとかなら別でしょうけど』

『ふーん……いや待て、それっておかしくねーか？　だってミゲルは精霊と契約しなきゃ魔法が使えないって言ってたぜ？　それってまさか……⁉』

驚きに目を見開く俺に、ティアがこくんと小さく頷く。

『うん。「精霊と契約しないと魔法が使えない」っていう前提知識がそもそも間違ってるの。外の世界から来た私だけが例外ってことじゃないなら、精霊と契約さえしなければ、きっとほとんどの子が普通に精霊魔法を使えるわよ』

『そいつはまた………』

何がどうしてそうなったのかは、俺には知る由もない。が、何処《どこ》かの誰《だれ》かが歪《ゆが》めた情報が事実として受け継《つ》がれた結果、この世界では本来もっと自由に、簡単に使えるはずの精霊魔法に自分達で大きな枷《かせ》を嵌《は》めてしまっているのだ。

とは言え、それを間抜けと罵《ののし》ることなどできるはずもない。長い歴史と伝統が作り上げた常識を疑うなんてのは誰にでもできることじゃねーし、少なくとも教えられた通りにすれば、きちんと力は使えるのだ。

なのに常識を疑い脇道《わきみち》に逸《そ》れて、周囲の白い目に耐《た》えながら研究して真実に辿り着くなんてのは、それこそ運命に選ばれた天才とか、そういう奴の役割だろうからな。

『ねえエド、これって教えてあげた方がいいと思う？』

『うーん……………』

ティアの問いに、俺は真剣に考え込《こ》む。この世界の未来を考えるなら、精霊魔法の真実を伝えるのは途轍《とてつ》もなく有用だろう。むしろここが運命の分岐点《ぶんきてん》だと言える。だが教えた場合に周囲に与《あた》える影響《えいきょう》が、俺の予想が及《およ》ばないほどに大きすぎる。

『とりあえず、いきなり指摘《してき》するのは無しだな。もう少しこの世界の情報を集めて、俺達全員の安全が確保できてからにした方がいいだろう』

常識を打ち破る革新的な事実は、時として変化を望まない者達の強烈《きょうれつ》な悪意に晒《さら》されることがある。俺やティアだけなら何とでもなるだろうが、子供であるミゲルやナッシュではそれに対応などできるはずもない。

ならばこそ、その鬼札《ジョーカー》は慎重《しんちょう》に切る必要がある。真剣な口調でそう言えば、ティアもまたそれを感じて静かに頷いてくれた。

『わかったわ。エドがそう言うなら、しばらくは我慢する』

『ああ、そうしてくれ。ナッシュの訓練も、ほどほどにな』

『はーい。ま、どのみち当分はそんなに凄い魔法が使えるようになったりはしないと思うけど』

『そりゃそうだ。ならナッシュには、当分仮初《かりそ》めの天才を演じてもらうとするか』

さっき〈七光りの眼鏡《レインボーグラス》〉で確認《かくにん》したナッシュの精霊使いとしての才能は、ぶっちゃけたところ中の下……平均よりもやや劣《おと》っているという感じだった。そんなナッシュが天才と呼ばれているのは、契約したティアがナッシュの代わりに精霊魔法を発動させているからに他《ほか》ならない。つまりナッシュは、実のところミゲルと同じく精霊魔法を使っていないのだ。

ただし、ナッシュはティアと契約した……つまり精霊と契約していないので、今後訓練をすれば唯一普通《ゆいいつふつう》に多属性の精霊魔法が使える可能性がある。実際その辺がどうなるかは本人の努力次第ではあるんだが……

（俺みたいな凡人《ぼんじん》だって、一〇〇年努力すりゃ剣の達人になれたんだ。だからまあ、お前も頑張れ）

ティアと繋いでた手を離《はな》し、そっと起き上がった俺はベッドで寝《ね》ているナッシュに内心でそう語りかける。そうしてから窓の外に視線を向けると、気づけば空が白み始めていた。どうやら思っていたよりもずっと長くティアと話《はな》し込んでしまっていたらしい。

（じゃ、また後でな）

ティアに向かって小さく手を振り、俺は念のため扉ではなく、内鍵を開けた窓から外に出た。それから隣のミゲルの部屋に鍵を開けておいた窓を通って戻ると、放《ほう》り出していた毛布に身をくるむ。するとティアと再会して気が抜けたからか、俺の頭に急速に眠気《ねむけ》が襲《おそ》いかかって来て……俺の意識はあっさりと暗闇《くらやみ》に落ちていった。

「ふぁ……朝か……」

あからさまに寝不足《ねぶそく》な目を擦り、俺は体を起こしてその場で伸《の》びをする。うーん、やっぱり狭《せま》いな。別に寒い時期ってわけでもねーし、明日からは野宿でもいいかも知れん。そっちの方がいざって時に自由が利《き》くしな。

とは言え、ちょっと前まで乗っていた海賊船《かいぞくせん》のベッドに比べれば、快適さは雲泥《うんでい》だ。清潔だし揺れないし、周囲からむさ苦しい男達のいびきが聞こえてくることもない。これで文句を言ったら贅沢《ぜいたく》だよな……などと考えながら立ち上がって軽く肩《かた》を回したりしていると、ベッドの上でミゲルがむくりと上半身を起こした。

「ふぁ……あれ?」

「おお、おはよう主よ」

「主……？　あ、ああ！　そっか、僕《ぼく》……ふふっ、おはようエイドス。昨日は……あんまり寝られなかった？」

「む、そう見えるか？」

「見えるよ、ちょっと眠そうな顔してるもん……ごめんね、やっぱり床《ゆか》はきつかったんじゃない？」

「いや、そういうわけではないが……」

心配そうに見てくるミゲルに、俺は微妙に渋《しぶ》い表情になる。眠いのは間違いないが、別に床に寝るのが辛《つら》かったわけではない。が、まさか正直に「隣の部屋で夜通し話し込んでました」と告げるわけにもいかないのが困り処《どころ》だ。

「うーん、やっぱり寮母《りょうぼ》さんに言って、一部屋用意してもらった方がいいのかな？」

「ははは、本当に大丈夫だから気にするな。それに私は主と契約している身だからな。むしろ半端《はんぱ》に引き離される方が良くない。もしどうしてもとなれば……そうだな、窓を出たすぐ近くに、野営用の天幕でも張らせてもらうとしよう」

「えっ⁉　エイドス、精霊なのに野営するの⁉」

着替《きが》えをしながら驚くミゲルに、俺もまた軽く身だしなみを整えつつ苦笑《くしょう》して返す。

「おいおい主よ、普通の精霊はそれぞれに適した環境《かんきょう》で寝る……つまり基本は野宿だぞ？

対して私は人の精霊であるが故に、人のように家屋などで寝るのが自然だというだけだ。別に野宿で困ることもないがな」

「ああ、そっか。そりゃそうだよね。わかった、じゃあ改めて先生に話してみるよ」

「うむ、頼《たの》んだぞ……さて、では食事か」

「今日はどうする？　昨日みたいにここに持ってこようか？」

「いや、主が良ければ食堂に行かないか？　昨日は主との会話を優先したが、私が珍《めずら》しい……異質な存在であるというのなら、早めに他の者達とも馴染《なじ》んだ方がいいだろうしな」

「そうだね、じゃ、行こっか！」

俺の提案にミゲルが笑顔で頷き、俺達は揃《そろ》って食堂へと向かう。ちなみに昨日行かなかったのは、ティアと話し合う前に迂闊《うかつ》なことを喋《しゃべ》ってしまい、互《たが》いの設定に矛盾《むじゅん》が出て困らないようにするためだ。

だが今はもうその辺の摺《す》り合わせは終えている。ならば次は俺が……というか変な精霊と契約してしまったミゲルが孤立《こりつ》しないように、積極的に他の生徒達と関《かか》わっていくべきだろう。一周目の劣等感《れっとうかん》にひねくれていた頃《ころ》と違《ちが》って、生来の明るさを取り戻《もど》しつつある今のミゲルなら、前のように虐められることもないだろうしな。

と、そんなことを考えている間にも、あっという間に食堂に着いてしまう。何せ正面玄《げん》関《かん》ホールを挟《はさ》んで反対側なので、時間にして一分すらかからない距離だ。そうして賑《にぎ》わう食堂に入ると、俺達の姿を見て声をかけてくる少年がいた。

「おーい、ミゲル！」

「あ、トーマス！」

声をかけてきたのは、ミゲルと同い年の子供だ。一周目の時も何かとミゲルに気を遣《つか》ってくれていたのだが、当のミゲルに精神的な余裕がなかったため段々と疎遠《そえん》になり、最終的にはごく稀《まれ》にちょっとした声をかけてくれるくらいの関係でしかなかった。

だが今ならばまだ疎遠になる前だ。元気な挨拶《あいさつ》を受け、ミゲルもニッコリと笑って挨拶を返す。

「おはようトーマス。今日は随分《ずいぶん》早いんだね？」

「ちょっと気になることがあったからな……まあ、その様子なら大丈夫そうだけど」

「？　どういうこと？」

「どうって……酷《ひど》いハズレの精霊と契約したって落ち込んで、一人で寮《りょう》に帰っちまったのはミゲルだろ？　夕食だってさっさと自分の部屋に持って行っちまったし。だから今日会ったら励《はげ》ましてやろうって思ってたんだけど……なんかミゲル、思ったより全然元気そうじゃん？」

苦笑するトーマスに、ミゲルが一瞬《いっしゅん》キョトンとした表情をすると、すぐに少しだけ照れくさそうに笑う。

「あー、そっか。ごめんトーマス、ありがとう。でも僕大丈夫《ぼくだいじょうぶ》だから！」

「そうみたいだな。なら今日は一緒に飯食おうぜ！」

「うん！　さ、エイドスも一緒に並ぼう？」

「うむ！」

三人連れだって、俺達は順番待ちの列に並ぶ。周りは全部子供なので俺の姿だけが浮《う》いているが、俺は人じゃなく精霊枠《せいれいわく》なので気にしない。それに俺に向けられている視線も不《ふ》審《しん》ではなく物珍《ものめずら》しさなので、堂々としていれば問題ないしな。

「この食堂の料理は凄く美味《おい》しいんだよ！　エイドスもきっと気に入る……って、よく考えたら普通に昨日食べたよね。へへへ……あ、でも、朝は忙《いそが》しいからみんな同じだけど、夜は三種類のなかから選べるんだ。エイドスはどんな料理が好きなの？」

「う、うむ？　私は……」

「ははは、随分はしゃいでるなぁ、ミゲル？」

早口で捲《まく》し立てられ少しだけ困る俺を見て、トーマスが会話に割って入ってくる。その声にはからかうような色が混じっていたが、決して悪意は感じられない。

「でも、そんなに一遍《いっぺん》に話しかけられたら、流石《さすが》の精霊だって困るんじゃないか？」

「うぐっ、そうだよね。ごめんねエイドス……」

「いや、私は別に構わないが……まあ、でも、確かにもう少しくらいは落ち着いてもいいと思うぞ。別に私は逃《に》げたりしないからな」

「そうだぜミゲル。ってか、昨日の今日だってのに、随分と仲良くなったんだな？」

「うん、まあね。話してみたら色々わかったって言うか……そう言えばトーマスの精霊はどうしたの？」

「ん？　サランなら部屋で寝てるぜ。普通の精霊はこういう飯は食わねーし」

最初にハズレ扱いしたのを気にしたのか、話題を変えるミゲルにトーマスが乗ってきた。だがその答えにミゲルは軽く首を傾げる。

「？　それはそうだろうけど、でも先生はできるだけ一緒にいた方が、早く馴《な》れるって言ってなかった？」

「そうなんだけど……ほら、サランって火の精霊だろ？　まだあんまり力を使いこなせてないっていうか……」

「主よ、何でも自分を基準にして考えてはいかんぞ？　私は高い自意識を持ち、言葉が通じる人の精霊だから忘れているのだろうが、普通は精霊と意思を疎通《そつう》させるだけでもなかなかに大変なのだ」

一周目と同じならば、トーマスの精霊は燃える炎《ほのお》の尾《お》を持つ小さなトカゲだ。特に扱いづらいというわけではないはずだが、それでも火という性質上、ちょっとした力の加減で物を燃やしたり、あるいは人を火傷《やけど》させてしまうことだってあるだろう。

ティアのように、生まれた時から精霊と共に在るエルフであれば息をするように扱える存在であったとしても、昨日初めて精霊と接した一二歳《さい》の子供がその力を完全に制御《せいぎょ》するのは、流石に難易度が高い。

そしてそんな俺の指摘に、ミゲルがハッとした顔つきをする。

「そ、そっか。そうだよね。ごめんトーマス、僕、そんなつもりじゃ……」

馬鹿《ばか》にされる辛さを誰より知っていたはずなのに、無意識に自分が馬鹿にする側に回ってしまった。そう気づいたミゲルがしょんぼりと肩を落とし、しかしトーマスはそんなミゲルの肩を叩いて笑い飛ばす。

「気にすんなよ。俺だってすぐに、ミゲルとエイドスみたいにサランと仲良くなってやるからさ！　そしたら一緒に訓練とかしようぜ！」

「うん！　っていうか、むしろ仲良くなるところから一緒にやろうよ！　エイドスも精霊なんだし、何かいいアドバイスがもらえるんじゃないかな？　だよねエイドス？」

「お、おぉぅ!?　そう、だな。まあ、多少は…………」

突然《とつぜん》話題を振られて、俺は微妙に戸惑《とまど》いつつも何とか答える……精霊と仲良くなる方法なんて俺には全くわからないので、これはあとでティアに話を聞いておく必要がありそうだ。

「だって！　じゃあ授業が終わったら、一緒に訓練しようか」

「おう！　でも、別に授業が終わってからじゃなくて、普通に授業中も一緒にやろうぜ？」

「あはは、そりゃそうだね。うん、よろしくねトーマス」

「こっちこそ！　へっへっ、今から楽しみだぜ！」

（ああ、いいなぁ。いい景色だ）

そうして笑い合う二人の姿を見ていると、俺の胸の中に熱いものがこみ上げてくる。この何気ない景色こそ、一周目の俺がどうやっても見られなかった光景なのだ。

一周目……始めてこの世界にやってきた時、当然俺は自分が精霊として喚ばれたことなんてわからなかった。状況《じょうきょう》がわからずひたすら混乱するだけの俺の前で、泣きそうな……いや、実際悔《くや》しげに涙《なみだ》を流す少年が必死に自分の名を告げて「契約」とやらを迫《せま》ってきたが、事情がわからない以上それに応じられるはずもない。

ただ、いくつかの調査を経た後、最終的には俺は「ミゲルの喚び出した精霊」という形で落ち着くことになった。これは俺自身がこの世界の常識を全く知らなかったことと、「精霊召喚《せいれいしょうかん》の魔法を弄《いじ》れば、人間を強制召喚《しょうかん》することができる」という可能性を学園側が強烈に否定したいという思惑《おもわく》があったからだと、今ならばわかる。

そりゃそうだろう。普通に衣服を身につけた人間を喚び出せるってことは、距離も時間も検閲《けんえつ》も無視して人や物をやりとりできるってことだ。

密輸、暗殺、誘拐《ゆうかい》と悪用方法に事欠かないし、既存《きそん》の手段では防ぐことも犯罪を立証することもできない。ちょっとでも政治に関わる人間なら、裏で研究すると同時に表では絶対に「そんな手段は存在しない」と強弁するしかないのだ。

だからこそ、ちゃんとした精霊使いが調べればただの人間だと一発でわかる俺が、精霊という扱いになった。

そしてそれを見抜《みぬ》けない未熟な精霊使い見習いである子供達にとっては、俺は「何の能力も無い、出来損《できそこ》ないの精霊」となり……そんなものを喚び出すことしかできなかったミゲルは、学園始まって以来の落ちこぼれと呼ばれるようになってしまったのだ。

無論、事情がわかっている教師陣《きょうしじん》は、俺が何の力も使えないことを責めなかったし、最初のうちはミゲルのことも多少は気を遣ってくれていた。だが元々才能ある子供だけが集められる、いわばエリート養成機関であるローワン王立魔法学園に通うような子供達は、

「自分が特別に選ばれた存在である」という意識が強い。

故に、優《すぐ》れた力を持つ者達は、ミゲルのような落ちこぼれが自分と同じ学生であることを面白《おもしろ》く思わないし、今ひとつ力を発揮できない者達は、自分より明確に下なミゲルを見て「あれよりはマシだ」と嘲笑《あざわら》う。

子供らしい無邪気《むじゃき》さで、子供らしい残酷《ざんこく》さでミゲルは追い詰《つ》められ、教師陣にしても実際に落ちこぼれているミゲルをそこまで庇《かば》う理由もなく……俺が喚び出されてから三ヶ月もする頃には、もうミゲルの周囲にミゲルを案じてくれるような者はいなかった。

無論、そこに至るまでにミゲル自身の悪いところがなかったわけではない。無能無才を呪《のろ》い、ひねくれふてくされたミゲルの態度は、ずっと一緒にいた俺から見ても酷いもんだった。

だがミゲルをそうさせてしまった何よりの原因は俺である。もし俺に何らかの魔法を使う能力があれば、この世界でなら如何様《いかよう》にでも誤魔化《ごまか》す手段はあったはずなのだ。

しかし、俺に魔法は使えない。それでも何とかしたいとミゲルに剣《けん》の才能があることを伝えてもみたが、「そんなものが何の役に立つって言うんだよ！」と言われてしまえば、当時のまだまだ弱かった俺では何も言い返せなかった。

結果、俺とミゲルはこれっぽっちもわかり合えないまま一年を過ごし……契約終了《けいやくしゅうりょう》と同時に、ゴミを見るような目で俺は追放《すてら》された。あの時の悔しさを、どうしようもない無力感を、俺は今でもはっきりと覚えている。

ああ、そうとも。今思い出しても腹が立つ。何もできなかった俺自身を、思い切りぶん殴《なぐ》ってやりたくなるが、そんな事ができるはずもない。

だがそれよりずっといい奇跡《きせき》が、今俺の目の前にある。不甲斐《ふがい》ない過去を殴る拳《こぶし》を開いて、頑張《がんば》る子供の手を全力で引こう。お前の笑顔《えがお》を守るために、俺は――

「――エイドス！　ねえ、エイドスったら！」

「ん？　何だ主よ？」

「何だじゃないよ！　ほら、順番！」

「あ、ああ。そうか」

どうやら俺が物思いにふけっている間に、行列が進んでいたらしい。早くしろと言わんばかりに睨《にら》み付けてくるご婦人に軽く頭を下げてから、カウンターの上に並べられている料理の載《の》ったトレイを一つ手に取ると、俺《おれ》は素早《すばや》く列を出てミゲル達に合流し、近くのテーブルに着いて食事を開始した。

「むぐむぐ……やっぱり美味しいなぁ。パンも焼きたてだし」

「だよな。うちのメイドは妙《みょう》に甘《あま》い料理ばっかり作るから、こっちの方が断然うめーよ！

つーかあれ、絶対『子供なんて甘い物食わせときゃいいだろ』って思ってるんだぜ。そりゃ甘い物は美味《うま》いけど、何でもかんでも甘きゃいいわけじゃねーじゃん！」

「あはは……でも甘い物が日常的に出るなんて、トーマスの家はお金持ちなんだね」

「まあ、そこそこにな。ちっちゃい男爵《だんしゃく》家だけど、一応貴族だし」

「凄いなぁ」

トーマスの貴族発言に、ミゲルは特に物怖《ものお》じした様子はない。ミゲル自身はごく普通の平民だが、王立魔法学園には貴族の子女も多いため、よほど大きな家でもない限り、身分の差はあまり気にされない傾向《けいこう》にある。

まあその裏には、常に魔王《まおう》の脅威《きょうい》に晒《さら》されているこの世界では、下手な爵位《しゃくい》より精霊魔《せいれいま》法《ほう》の腕《うで》の方が重要視されるからというのもあるのだが……この二人に関しては、純粋《じゅんすい》に気にしてないだけだろう。

「ねえねえエイドス。エイドスは甘い物って好き？　っていうか、精霊の世界にも甘い物ってあるの？」

「甘い物か。特別に好きでも嫌《きら》いでもないな。それと精霊の……というか、少なくとも私が住んでいた世界には、甘い物も普通にあるぞ？　ただ……」

「ただ、何？」

当時のことを思い出して微妙に顔をしかめてしまった俺に、ミゲルが興味深げに目を向けてくる。見ればトーマスの方も興味があるようで……これは話さないわけにはいかないだろう。別に隠《かく》すようなことじゃねーからいいんだけども。

「先程《さきほど》のトーマスの言葉にもあったように、何事も度が過ぎるというのはかえって良くないということだ。以前に城を模した巨大《きょだい》な飾《かざ》り菓子《がし》を出されたことがあるのだが、そのほとんど全てが砂糖でできていたうえに、光沢《こうたく》を出すために表面には蜂蜜《はちみつ》なども塗《ぬ》られていてな……」

「うわぁ、それは……」

「聞いてるだけで歯が痛くなりそうだぜ……」

俺の話を聞いて、ミゲルとトーマスが揃って顔をしかめる。うむうむ、あれは本当に酷い料理……いや、料理か？　確かに見栄《みば》えは良かったし、とんでもない金がかかってるのはわかるんだが、人が食うことを前提としていないとしか思えないものを料理と称《しょう》するのはなぁ……うぅ、思い出しただけで胸焼けがしそうだ。

「おーっと？　こんなところに落ちこぼれがいるぜぇ？」

と、そんな俺達に対して、不意に背後から大声で話しかけてくる奴がいた。正面に座《すわ》っていたトーマスはいち早くその正体に気づいて顔をしかめ、俺とミゲルが振り返ってそちらを見れば、そこには昨日の夜暢気《のんき》に寝ていた小太りの少年と、何故か人形のように表情のないティアの姿があった。

まあ何故かって言うか、昨日聞いた話によると、俺と合流する前に変なことを口走って矛盾が出ないように、ティアが必要なことしか喋らない演技をしているだけなんだが。

「ナッシュ……何の用だよ？」

「何の用って、ヒデーなぁ。昔は神童なんて呼ばれてたミゲルさんには、用がなきゃ話しかけるのも駄目《だめ》だって言うのかよ？」

「そ、そういうわけじゃないけど……」

「おいナッシュ！　お前——」

「トーマスは黙《だま》ってろよ、俺は今ミゲルと話してんだ！　なあミゲル、実は俺、精霊魔法が上手《うま》く使えなくて困ってるんだ。どうすれば上手に使えるか教えてくれよ。神童のミゲルさんなら、そのくらい楽勝だろ？」

「…………………」

ニヤニヤと嫌《いや》みったらしい笑《え》みを浮かべて言うナッシュに、ミゲルは俯《うつむ》いて拳を握《にぎ》りしめる。うーん、一周目の時とは違う方向性でナッシュの性格が悪くなってるな。ティアを喚び出したことで一気に最優秀《さいゆうしゅう》になったから、劣等感を誤魔化すためじゃなく、優越感《ゆうえつかん》を味わうために虐《いじ》める感じになったんだろうが……これを放置はあり得ねーな。

「ふむ。なあ主よ、ここまで請《こ》われているのだから、教えてやったらどうだ？」

「へ⁉　エイドス、何を言い出すのさ⁉」

俺の提案に、ミゲルが驚《おどろ》いてこっちを見る。昨日話をしたことで大分前向きになったとはいえ、まだまだその顔には劣等感がこびりついており……だからこそ俺は、そんなミゲルの肩に手を置きニヤリと笑ってやる。

「フフフ……いいか主よ？　精霊魔法とは、主の意思によって精霊の力を行使することなのだろう？　ならば主が私に命じて何かをやらせれば、それは即《すなわ》ち主が精霊魔法を使ったということになるのではないのか？」

「ええ？　それは……違わない、のかな？」

「そう、違わないのだ！　故に主よ、お前がすべきことは、自分がどうしたいかを明確な言葉とすることだ。それが人にできることであれば、我《わ》が全力を以《もっ》てその想《おも》いに応《こた》えよう！」

「エイドス……っ」

俺の言葉に、ミゲルの瞳《ひとみ》に火が灯《とも》る。だがそれを嘲笑うかのように、ナッシュが横から声をかけてくる。

「おいおい、何落ちこぼれ同士で言い合ってんだよ！　ミゲル、お前まさかその出来損ないの精霊《せいれい》で、俺のティアに勝てるつもりなのかよ？」

「そ、そんなのやってみなきゃわからないだろ！」

「わかるさ！　だってコイツ、人にできることしかできない人の精霊なんだろ？　何だよそれ、ミゲルが二人になったからって、ティアに勝てるわけねーじゃん！　同じくらい珍しいのかも知れねーけど、俺のティアは最高だから珍しくて、お前のエイドスは最低だから珍しいだけなんだよ！」

「違う！　そりゃ確かに、昨日までの僕は落ちこぼれだったかも知れないけど……でも頑張るって、エイドスと約束したんだ！　それにエイドスだって最低じゃない！　最低なのはナッシュの性格ぐらいだ！」

「そーだそーだ！　ナッシュお前、いい精霊と契約《けいやく》できたからって調子乗りすぎだぞ！」

正面から啖呵《たんか》を切るミゲルに合わせて、トーマスもナッシュを煽《あお》る。するとナッシュが悔しげに顔を歪め……だがすぐにニチャリとした笑みを取り戻す。

「いいぜ、そこまで言うなら今日の授業で、どっちが凄いか勝負しようぜ？」

「いいとも！　エイドスの凄さを見せてやるよ！」

「……フンッ！」

勝負の約束を結ぶと、ナッシュが鼻を鳴らしてその場を去って行く。するとついさっきまで強気な発言を繰《く》り返していたミゲルが、思い切り頭を抱《かか》えて机に顔を伏《ふ》せてしまった。

「ああ、やっちゃった……どうしよう、僕大丈夫かな？」

「何だよミゲル、さっきまで格好良かったのに」

「だって……ねえエイドス、本当に大丈夫かな？」

何食わぬ顔で食事を続けるトーマスをそのままに、ミゲルがチラリと俺の方を見てくる。

「無論、大丈夫だ……と言いたいところだが、今日の授業というのは、具体的には何をやるのだ？」

単純に力を見せるだけというのならどうにでもなるが、勝負となると話は別だ。内容によっては著《いちじる》しく俺が不利……というか、普通に負ける可能性もある。その場合はこっそりティアに頼《たよ》るか、あるいは適当な「追放スキル」で誤魔化す必要が出てくるが……さて。

「えっとね、昨日までで全生徒の精霊契約《せいれいけいやく》が終わったから、今日からは本格的な授業が始まるはずなんだけど……何するんだろ？」

「ミゲルお前、さっき一緒に頑張ろうとか言ってたのに、知らないのかよ⁉」

「うぅ、だってほら、僕、昨日までは精霊と契約できるかわからなかったから……」

「あー……そっか、悪い」

しょぼくれるミゲルに、トーマスがばつが悪そうに謝《あやま》る。だがすぐに気持ちを切り替《か》えるように、元気な声で話を続けた。

「えっと、今日は……っていうか、当分の間は基本的な精霊魔法の使い方の練習だったはずだ。俺のサランみたいに、一人で練習するのを禁止されてる奴は結構いるし」

「そっか、確かに火は怖《こわ》いもんね」

「ふむ？　そうなると、さっきの勝負は何を以て勝敗を決めるのだ？」

「えっ⁉　えーっと………な、何か凄いことができたら、とか？」

首を傾げながら言うミゲルに、俺は流石に苦笑する。

「主よ、それは幾《いく》ら何でも漠然《ばくぜん》とし過ぎではないか？」

「そう言われても、ナッシュが持ちかけてきた勝負だし……ねえエイドス、何かこう、派手なことってできる？」

「むぅ……まあ考えておこう」

「よろしくね。僕もどうしたらいいか、ちゃんと考えるから」

「俺も一緒に考えてやるよ！　一緒にナッシュの奴をへこませてやろうぜ」

「うん！」

俺の横で、ミゲルとトーマスが仲良くそう言って頷き合う。その友情は素晴《すば》らしいが、派手なこと……なぁ。

　頭に幾つか、俺にできることを思《おも》い浮かべる。だが俺は……というかミゲルはあくまでも一二歳の子供。あまり周囲と隔絶《かくぜつ》した力を見せつけてしまえば、今度は違う意味で孤立してしまうかも知れない。

　きちんと加減しつつ、それでいていい感じに派手……何とも難しい注文に頭を悩《なや》ませていれば、時間はあっという間に経過していく。朝食を済ませ、一旦《いったん》部屋に戻って準備をしてから、改めて学舎へ移動。

　ミゲルが座学を受けている間は、俺は精霊用の待機場所……ぶっちゃけ馬小屋みたいな場所……に居てもいいんだが、今回は出席した。何故《なぜ》なら俺の隣《となり》には、同じように教室の後ろで佇《たたず》むティアの姿があるからである。俺はその隣にさりげなく立ち、にじり寄るように距離《きょり》を詰め……自分の左手の小指を、ちょこんとティアの手に触《ふ》れさせる。

『……今のエドの動き、割と気持ち悪いわよ？』

『そういうこと言うなよ！　わかってるから！』

　無事に〈二人だけの秘密《ミッシングトーク》〉を発動してくれたティアの言葉に、俺は内心でちょっと泣きそうになりながら叫《さけ》ぶ。自覚はあったが、他にどうしろと⁉

『ふふ、冗談《じょうだん》よ。それで、何？』

『いや、さっきの話だよ。ミゲルとナッシュが勝負するって言ってただろ？』

『ああ、それね。でも、勝負ってどうするの？　私とエドで模擬《もぎ》戦をするとか？』

『いや、俺とティアじゃなくて、あくまでもミゲルとナッシュの勝負だからな？　で、ミゲルが言うには、何か派手なことをしてみせればいいらしいんだが……』

『派手って、また漠然としてるわね。私の方は、全属性の魔法《まほう》を発動してみせればいいんでしょうけど……』

『そいつは確かに派手だな。ちなみに、他の子供達《たち》はどのくらいのことができると思う？』

チラリとティアの方に視線を向けてみると、ティアが僅《わず》かに眉根《まゆね》を寄せ、首を傾《かし》げる。

『うーん、曲がりなりにも精霊と契約ができてるなら、その属性の基本的な魔法なら発動する素養はあるはずよ。でもこの世界の子達は、そもそも魔法を使う練習そのものをしてないんでしょ？　ならちゃんとした魔法としては発動せず、指先からちょろっと水が出るとか、一瞬ボワッと火が出るとか、そのくらいじゃないかしら？』

『おぉう、思ったよりショボいな……そうなると、俺はどうしたもんか』

周りがその程度だというのなら、ぶっちゃけ昨日ミゲルに見せた銅貨斬《ぎ》りでも十分派手な部類には入ると思う。

が、俺としてはここでミゲルに剣士《けんし》の……ひいてはミゲル自身の可能性をある程度見せてやりたいと思っている。

『そうだな……よし、決めた。なあティア、ちょいと協力して欲《ほ》しいことがあるんだが』

『なーに？　楽しいことなら大歓迎よ？』

『フフフ。ああ、楽しいぜ？　きっと大盛り上がりだ』

俺は思わず上がりそうになる口角を必死に抑《おさ》えつつ、ティアと二人で内緒《ないしょ》の悪巧《わるだく》みを計画していった。

第二章　人の可能性

「はーい、みんな集まりましたね？　それでは今日は、皆《みな》さんには精霊の力を引き出す練習をしてもらいます！」

俺が喚《よ》び出された場所とはまた違う、学舎前の広場。そこに集められた子供達に向かって、アマルという名の女性教師がそう声をかける。

ちなみに、広場とは言っても単に踏《ふ》み固《かた》めた大地が広がる場所という意味ではない。周囲にはちょっとした森のようになっている場所や、小さなため池、柔《やわ》らかそうな草原に、焚《た》き火《び》ができるような場所すらある。要は様々な属性の精霊が、その力を発揮させやすい環境が揃えられているというわけだ。

「皆さん、ちゃんと自分と契約してくれた精霊は連れてきましたね？」

「「「はーい！」」」

そんなアマルの言葉に答える生徒達の周囲には、揃えられた環境に負けず劣らずの多種多様な精霊の姿がある。フワフワと宙に浮かぶクラゲや、ツヤツヤした石を身に纏《まと》うモグラ、パタパタと羽ばたく水色の蝶《ちょう》に、丸まった枯《か》れ草《くさ》にしか見えない何か……あれも精霊なんだよな？　まあとにかく、色々だ。
が、中でも一番目立っているのは、当然ながら俺とティアだ。見えてる精霊達《せいれいたち》はその多くが大人の手のひらくらいの大きさなのに対し、俺達《おれたち》は人間の大人と同じサイズだからな。それだけでも猛烈《もうれつ》に目立つし、その上でティアはまだしも、俺なんて精霊っぽい要素が皆《かい》無《む》だから、そこがまた悪目立ちを助長している。

まあ、実際ただの人間が、精霊って言い張ってるだけだからなぁ。基本的にはできるだけ目立ちたくないのだが、これはもう今更《いまさら》なので、諦《あきら》めて受け入れるしかないだろう。

あ、ちなみに俺の目にも精霊が見えているのは、ティア曰《いわ》く子供達が精霊と結んだ契約《けいやく》魔《ま》法《ほう》のなかに、常に姿を可視化するような術式が含《ふく》まれているかららしい。まあどんな精霊か契約者にしかわからなかったら、教えるのも大変だろうしな。俺にとっては大助かりだ。

「それでは、まずは自分の精霊に好みの環境を聞いて、各自そこに移動してみましょう。その後はよーく精霊の声に耳を傾《かたむ》けて、実際に魔法を使ってみます。

一応確認ですが、自分の契約精霊と全く意思疎通ができなかったという人はいますか？」

アマルの問いかけに、しかし誰《だれ》も手を挙げない。つまり全員が意思疎通できているということだ。スゲーな精霊使い。俺の目には風に吹《ふ》かれてコロコロ転がる枯れ草にしか見えないやつとかいるんだが……あれと会話が成り立つ理由がわからん。いやまあ、枯れ草っぽい精霊だからなんだろうけどさ。

「はい、大丈夫《だいじょうぶ》みたいですね。では、各自移動を開始してください。何かわからないことがあれば、私や他の先生方に、遠慮《えんりょ》なく質問してくださいね。いいですか?」

「「はーい!」」

「はい、いいお返事です。では解散!」

アマルがパンと手を打ち鳴らすと、子供達がワーッと一斉《いっせい》に動き出す。するとトーマスが手を振《ふ》りながらミゲルに声をかけてきた。

「おーい、ミゲル! 一緒《いっしょ》にやろうぜー!」

「トーマス! うん、いいよ。じゃあ火のあるところに……あっ、それともエイドスは、何処《どこ》か別の場所の方がいいのかな?」

「ああ、私のことは気にしなくて平気だ。人の精霊なれば、人が普通《ふつう》に過ごせる場所であれば問題ない。逆に火や水のなかに入れと言われたら困るがな」

「ははは、そんなこと言わないよ。それじゃ行こっか」

トーマスとミゲルが並んで歩く後に続き、俺達はいくつかの焚き火がある場所まで移動した。そこには既《すで》に火がつけられており、近づくとヒリヒリした熱気が伝わってくる。

「うわ、ここは熱いね」

「まあ、こんだけ火が燃えてりゃなぁ。でもおかげで、サランは元気一杯《いっぱい》だぜ！　なー、サラン？」

「クァァ……」

トーマスの言葉に、その肩から飛び降りたトカゲが、焚き火に当たって嬉《うれ》しそうな鳴き声をあげる……ん？

「な、なあトーマス。お前の契約している精霊は、そんな姿だったか？」

「？　何だよエイドス、俺のサランがどうかしたのか？」

「いや、別にそういうわけではないんだが……」

俺の記憶《きおく》では小さなトカゲだと思っていたのだが……いや、トカゲには間違《まちが》いないんだが、サランの首元には左右それぞれに大きなエラがあり、おまけに燃える火のような形の触手《しょくしゅ》まで生えている。

何だっけ、これ……ウオトカゲ？　トカゲはトカゲなんだが、どっちかというと水の中にいる感じのトカゲだったような……なのに火の精霊なのか？　まあ、別にだからといって何か問題があるわけではないんだが。むぅ、奥《おく》が深いな精霊……

「それじゃ、俺からやってみるぜ？　えーっと……火の精霊サラン。契約者たる我にその力を貸《か》し与《あた》え給《たま》え！　『トーチ』！」

そう言って、トーマスが右手に持った杖《つえ》を高く空に掲《かか》げる。だが特に何かが起こることもなく、サランはのんびりと火を浴びているだけだ。

「何だよサラン！　もうちょっと協力してくれよ！」

「クァァァァ……」

抗議《こうぎ》するトーマスに、サランがあくびのような鳴き声をあげる……いや、普通にあくびか？　どっちにしろあまり協力的ではないというか、そもそもやる気が感じられない。

「くっそー、やっぱり上手くいかねーぜ。お互いの気持ちは、何となく繋《つな》がってる感じがするのに……ちぇっ、まだまだ訓練が必要だな」

「ふふっ、頑張ってねトーマス。それじゃエイドス、僕達《ぼくたち》もやろうか」

「うむ、いつでもいいぞ」

口を尖《とが》らせつつも、ちょんちょんとサランを突《つつ》いて交流を図《はか》ろうとするトーマスの姿に刺激《しげき》されたのか、やる気を見せたミゲルが手にした杖を振り上げ、詠唱《えいしょう》を始める。

「じゃあ、いくよ……人の精霊エイドス、契約者たる我にその力を貸し与え給え……」

「ん？　どうしたのだ主よ？」

困った顔で口ごもってしまったミゲルに声をかけると、ミゲルは困った表情のまま俺の顔をジッと見てくる。

「いや、だって、エイドスは普通の魔法は使えないんでしょ？　だからどういう指示を出せばいいのかなって……」

「言葉が通じるのだから、普通に言ってくれればいいが？」

「そう、だね？　そしたら……」

キョロキョロと視線を彷徨《さまよ》わせたミゲルが、近くに転がっていた石に目を向ける。

「じゃあ、あの石を拾ってきて」

「了解《りょうかい》した……これでいいか？」

「う、うん。いいよ。いいんだけど…………これは何か違わない？」

「それを私に言われてもな」

普通に歩いて石を拾い、戻ってきた俺に対し、ミゲルが困ったような呆《あき》れたような、なんとも言えない表情を浮かべる。とは言え、俺としても「石を拾え」と言われたから拾ってきただけなので、他にどうしようもない。

「……ねえトーマス、どう思う？　これ、精霊魔法を使えたってことにしていいのかな？」

「うーん、わっかんねー！　精霊が言うことを聞いてくれたって意味なら、使えたってことで良さそうだとは思うけど。って、アチッ⁉　ごめんサラン、強く触《さわ》りすぎたか？」

「クァァァァ……」

赤くなった指先にフーフーと息を吹きかけるトーマスを横に、サランが相変わらず暢気な鳴き声をあげている。どうやら本物の精霊は、それなりに扱《あつか》いが難しいらしい。

「主がそういうのを求めるなら、もう少し命令に不満を抱《いだ》くようにするか？　それとも三回に一回くらいは命令が聞こえなかったことにするとか」

「それをここで相談してる時点で、トーマスとサランの関係とは全然違うよね？　うぅ、まさか普通に話せることで逆に困るなんて……」

「むぅ……」

「ギャッハッハッハッハ！　何だそりゃ！」

他の生徒達とは全く方向性の違う悩みに顔をしかめる俺達の耳に、不意に下品な笑い声が響《ひび》いてくる。嫌々《いやいや》ながらもそちらに視線を向ければ、そこには腹を抱えて笑うナッシュの姿があった。

「ナッシュ……何だよ？」

「何だってお前……ヒッヒッ……そりゃこっちの台詞《せりふ》だよ！　それで精霊の力を引き出してるって……クヒヒヒヒ……」

「う、うるさいな！　ちゃんと出来てるだろ……多分」

抗議の声をあげるミゲルだったが、その語尾《ごび》が弱い。ミゲル自身の中でも、これはちょっと違《ちが》うだろうなぁという思いが振り切れていないのだろう。俺も同感なので、その気持ちは良くわかる。

そしてそんな弱気は、ナッシュを更《さら》に勢いづけさせる。引きつり笑いを終わらせると、今度は見下すような目をしながらナッシュの方が声をかけてきた。

「馬鹿言え、そんなのが精霊魔法のわけねーだろ！　そんな情けなーいミゲルさんに、俺がお手本を見せてやるよ！　そんなオッサンに石を拾わせるだけじゃない、本物の精霊魔法をな！　ティア！」

「オッサン……」

一二歳の子供からすれば、二〇歳の俺はオッサン……なのか？　内心ちょっと傷ついている俺を前に、ナッシュに呼ばれたティアが一歩前に出る。

「さあ行くぞ！　美の精霊ティア、我にその力を貸し与え給え！」

「…………」

ナッシュの呼びかけに、ティアが無言無表情のまま右手をあげ、手のひらをナッシュに向ける。ちなみに「美の精霊」というのはティアが自称《じしょう》したわけではなく、喚び出されたティアの姿を見たナッシュが「こいつはきっと美の精霊だ！」と叫んだのに乗っかっただけらしい。

もし自称だったらどうしようかと思っていたが、夜に話を聞いた時にティアが必死で弁明していたから、きっとそうなのだろう……なお笑うのを我慢《がまん》した結果、メッチャ睨まれた上に尻《しり》をつねられたことは、ここだけの秘密である。

「炎よ集《つど》え！　そして我が敵を討《う》ち果たせ！　『ファイアアロー』！」

無論、そんな事情を横でグースカ寝《ね》ていたナッシュが知るはずもない。それっぽい感じの詠唱を終えると、ナッシュの構えた杖の先から一五センチほどの火の矢が飛んでいき、近くの石に当たってその表面を黒く煤《すす》けさせた。

「へへーん、どうだ！」

「くっ……やっぱり凄《すご》いな……」

ドヤ顔で胸を張るナッシュに、ミゲルが悔しそうに歯を食いしばる。実際これほど完璧《かんぺき》に魔法を発動させている生徒は他にはいないのだから、ナッシュが得意になるのも無理からぬことだろう……本当に魔法を発動させているなら、だが。

言うまでもなく、実際の術者はティアである。ナッシュの詠唱に合わせて無詠唱で精霊魔法を使い、その発動位置をナッシュの杖の先にしてるだけだ。

「よーし、まだまだいくぞ！　風よ集え、『ウィンドアロー』！　水よ集え、『アクアアロー』！　土よ集え、『アースアロー』！」

だが、ナッシュがそれに気づくことはない。立て続けに詠唱っぽいものを口にして、その杖の先から風、水、そして土塊《どかい》の矢を打ちだしていった。その光景にミゲルや他の生徒のみならず、近くにいた教師……アマル先生とは別の人だ……すらポカンと口を開けて圧倒《あっとう》されているのがわかる。

「ガッハッハー！　どうだ！　これが俺の実力だ！」

「いやー、ナッシュ君は本当に凄いですねぇ。このまま成長すれば、長い魔法史に名を残すこと間違いなしですよ」

「そうだろ!?　どうだミゲル、先生だってこう言ってんだ！　お前みたいな落ちこぼれと俺じゃ全然違うんだよ！」

「くっ……」

得意げに笑うナッシュに、ミゲルが悔しそうに拳を握る。だがその拳は徐々《じょじょ》に緩《ゆる》んでいき、やがて開いた手のひらがだらんと垂れ下がってしまう。改めて見せつけられた圧倒的な差は、漸《よう》く少しだけ戻《もど》ってきた幼い自尊心を打ち砕《くだ》くには十分で……だからこそ俺は、ミゲルの肩《かた》にポンと手を置いてやる。

「確かにその少年……ナッシュか？　は、なかなかの腕前《うでまえ》のようだな。では主よ、そろそろ主の凄さも見せてやるべきではないか？」

「エイドス⁉　いや、でも僕《ぼく》は………」

「ハッハー！　落ちこぼれのミゲルさんは、何を見せてくれるってんだ？　また俺のために精霊に石でも拾わせるとか？」

「ううううう……」

「石を拾うのはともかく、魔法の的にされるというのは良い案だな。勝負としてもわかりやすい」

「えっ⁉　エイドス、何を言い出すのさ⁉」

「ははは、そう焦《あせ》るな主よ。ナッシュが魔法を放ち、主がそれを防ぐ。実にわかりやすいだろう？」

「それは………」

俺の提案に、ミゲルがポカンとした表情で俺の顔を見上げてくる。だが次に俺に声をかけてきたのはミゲルでもナッシュでもなく、側で話を聞いていたトーマスだ。

「おいエイドス、お前何言ってんだよ⁉　そんなこととしてミゲルが怪我《けが》したらどうするつもりだ！」

「ん？　戦闘《せんとう》訓練であれば、多少の怪我は普通だろう？」

「そりゃそうだけど、でも俺達はまだ精霊使いになったばっかりなんだし、そんな本格的なこと、今やらなくたって……先生！」

「そうですねぇ。実戦形式の訓練も先の授業ではありますが、流石《さすが》に初日にやるようなことでは……」

トーマスに問われ、その教師が困ったような表情で言う。フフフ、だがこの流れは想定内だ。

「ならば、ミゲルではなく私に向かって魔法を撃《う》たせればいいのではないか？　私とて精霊の端《はし》くれなれば、あの程度の魔法で傷ついたりはしない。それで私が全《すべ》ての魔法を防ぐことができたならば、結果としてミゲルを守ることができたと言えるのではないか？」

「それは確かに……ですが……」

「…………僕、やるよ」

判断に迷う教師に、真剣《しんけん》な顔つきでミゲルが告げる。そのまま教師の横を歩いて俺の方にやってくると、俺の目をまっすぐに見つめて話しかけてきた。

「できるんだよね？　エイドス？」

「無論だ。本当に強力な精霊魔法ならともかく、あの程度の基礎魔法《きそまほう》を防ぐことなど造作

「そっか。なら………」

ニコリと笑ったミゲルが、俺の背後に立つ。するとそれを見たトーマスが大声でミゲルに呼びかける。

「おい、ミゲル！　何やってんだよ！　そこじゃ危ねーだろうが！」

「いいんだよトーマス。だって僕は、エイドスの契約者なんだ。エイドスができるって言うんだから、僕はそれを信じる！　人の精霊エイドス、我にその力を貸し与え給え！」

震《ふる》える手で握った杖をかざし、それでもミゲルがしっかりと声を出す。

「僕を守れ……じゃないな。ナッシュの使う魔法なんて、全部打ち落としてやれ！」

「了解だ、主よ。その期待に応えてみせよう」

「チッ、調子に乗ってんじゃねーぞミゲル！　美の精霊ティア、我にその力を貸し与え給え！　炎《ほのお》よ集え！　そして我が敵を討ち果たせ！　『ファイアアロー』！」

「あっ⁉　ナッシュ君⁉」

教師が止めるまもなく、ナッシュが火の矢の魔法を唱える。するとその杖の先端《せんたん》からそれなりの勢いで火の矢が飛び出し……

「フッ！」

俺の顔目がけて飛んできたそれを、腰《こし》の剣を抜《ぬ》いて斬《き》りつける。すると鋭《するど》い銀閃で引き裂《さ》かれた火の矢は、あっさりと空中で霧散《むさん》してしまった。

「なっ…………⁉」

「嘘《うそ》だろ、魔法を斬った⁉」

「え、斬ったの？　これ真後ろにいると何も見えないんだけど……エイドス？」

「うむ、斬ったぞ。主の要求通りにな」

「うわー、凄いやエイドス！　っていうか、僕も見たかったなぁ……って、うわっ⁉」

「何だよミゲル、お前の精霊スゲーじゃん！」

「そうですねぇ。ナッシュ君とは方向性が違いますが、魔法を斬って無効化できるなんて、素晴らしい力です。ミゲル君、良い精霊と契約できたんですねぇ」

「トーマス、それに先生……えへへへへ」

満面の笑みで肩を組んできたトーマスと、穏《おだ》やかな笑みを浮《う》かべる教師に褒《ほ》められ、ミゲルが照れくさそうに笑う。そんな幸せそうな光景と対極に位置するのが、思い切り不満げに顔をしかめるナッシュだ。

「ふっざけんな！　まぐれだ！　あんなのまぐれに決まってる！　俺の魔法がそんなしょぼくれた精霊に防がれるなんて……っ！　ティア、もっとだ！　もっとドンドンいくぞ！」

ムキになったナッシュが、続けて魔法を詠唱していく。だが水も、風も、土塊も、俺の前に飛んできた矢はその悉《ことごと》くが斬り跳《と》ばされる。

当然だ。ティアの使う魔法はナッシュが使えても違和感《いわかん》のないレベルにまで加減されているので、速度も威力《いりょく》も……そして何より、相手を倒《たお》そうという意識が決定的に込《こ》められていない。そんなへなちょこ魔法なんぞ、一〇〇連発されたって余裕《よゆう》で防げる。

「どうしたナッシュよ？　これで終わりか？」

「そんな……そんな、どうして……っ⁉」

「ナッシュ君！　最初の一発はともかく、今のはよくありませんよ！　これはあくまで練習の延長なのですから、相手の合意なしに魔法を連発したりしては駄目です」

「先生まで⁉　くそっ、くそっ！」

すっかり風向きの悪くなったナッシュが、その場で地団駄《じだんだ》を踏む。その目が俺を睨《にら》み付け、次いでミゲルの方に向けられる。

「違う！　そうだ、こんなのミゲルの力じゃねーだろ！　このオッサン精霊が勝手に魔法を斬っただけじゃねーか！」

「え⁉　いや、それはまあ……」

「ズルだ！　凄い精霊と契約したから強いなんて、そんなのただのズルだろ！」

「ナッシュ、お前自分が何言ってるかわかってんのか？」

すっかり自分を棚《たな》の上にあげたナッシュに言いがかりに、トーマスが呆れた声をかける。

とはいえその言い分も半分くらいは正しいので、俺《おれ》はクルリと後ろを向くと、ミゲルの肩に手を置いて声をかけた。

「ふむ、ナッシュの言うことも全てが間違いというわけではない。ということで主よ、次は主もやってみてはどうだ？」

「え、僕？」

「そうだ。主ならば、魔法を斬るくらいはできるはずだ」

「えぇぇ⁉」

俺の言葉に、ミゲルが盛大に驚く。

「そんな、無理だよ！　魔法なんて斬れるわけないじゃないか！」

「そんなことはない。もう何度も言ったぞ？　私は人の精霊、エイドス。私は人にできることしかできない。つまり私にできることは……」

「人に……僕にできる？」

「そういうことだ」

頷《うなず》く俺の顔をミゲルが見つめ……そして幾度《いくど》か躊躇《ためら》いながらも、小さく頷く。

「……わかった。僕、やってみるよ」

「おいおいミゲル、本気か⁉　やめとけって！」

「そうですよミゲル君。そんな危ないことを、先生として許すことはできません」

「二人とも、そう言わないでくれ。これは主が成長するまたとない機会なのだ」

「でも！」

「ですが、エイドスさん……」

「お願いします！」

異論を口にするトーマスと教師に、ミゲルが大きな声でそう言って頭を下げる。

「僕、やってみたいんです！　勿論《もちろん》怪我《けが》をしないように気をつけますし、やってみる途中《とちゅう》でも、無理だと思ったらそこで止《や》めます！

でも……でも！　何もしないで諦めるのは、もう嫌なんです！」

「ミゲル……」

「ミゲル君……わかりました。ミゲル君にそれだけの覚悟《かくご》があるのなら、許可します。ただそれをやるときは、必ず先生が居る場所ですること……と言うか、今更ですけど、それ今すぐやるわけじゃないんですよね？」

「えっと……エイドス？」

「うん？　そうだな……なら一ヶ月後くらいでどうだ？」

「えっ、そんなにすぐ!?」

首を捻《ひね》る俺の言葉に、ミゲルのみならずトーマスや教師、ナッシュまで驚きの表情を浮かべる。確かにこの世界の常識の中にいる面々が、「たった一ヶ月で一二歳《さい》の子供が世界中の誰にもできない『魔法斬り《まほうぎ》』を出来るようになります」と言われたら、そんな反応も当然だろう。

だが、俺に心配はない。ミゲルの剣《けん》の才能を考えれば、その程度のことは出来て当然だと確信しているからだ。

「わかった！　僕頑張《ぼくがんば》るよエイドス！」

「うむうむ、その意気だ主よ……それと、ナッシュよ」

「……なんだよ」

すっかりふてくされた顔をするナッシュが、再び俺を睨み付けてくる。正直こいつに良い印象はないんだが……それでもひねくれた子供を叩《たた》き潰《つぶ》して悦《えつ》に入るような趣味《しゅみ》は、俺にはない。

「お前もしっかりと練習するのだ。私の見る限り、お前は精霊の力を全く引き出せていないぞ？」

「は⁉　何言ってんだよ、俺はティアの力を使いこなしてるから、誰にも出来なかった全属性の魔法が使えてるんだぞ⁉」

「それは単にティアが優《すぐ》れているというだけで、お前が優れているわけではない。現にお前は、ティアの声を聞けていないだろう？」

「声？　ティアは喋《しゃべ》らないだろ？」

「馬鹿《ばか》を言うな。本当に喋らないなら、何故《なぜ》お前はティアの名を知っているのだ？」

「あっ……」

呆れた声で指摘《してき》する俺に、ナッシュがハッとしてティアの方を振り返る。

「ど、どういうことだよ⁉　まさかティア、お前喋れるのに喋らないのか⁉　何で⁉」

「だから、それはお前とティアの間にきちんとした信頼《しんらい》関係が無いからだ。今日の授業の趣旨《しゅし》を忘れたか？」

「授業？」

「あっ、そうか！　今日の授業って、そう言えば精霊と仲良くなって、その力を引き出せるようにしましょうってやつだったっけ」

顔をしかめるナッシュをそのままに、トーマスが思い出したとばかりにそう口にする。

「そうだトーマス、それにナッシュよ。精霊《せいれい》の声を聞くには、その精霊と信頼関係を結ばなければならない。さっき自分が主に言った言葉を思い出してみろ。今のお前は、ただ精霊の力に頼っているだけで……精霊の力を引き出し、操《あやつ》れているわけではないのだ」

「そんな……っ!?」

愕然《がくぜん》とした顔つきになったナッシュが、振り返ってティアを見る。そこに立っているのは、未《いま》だ無表情なままのティアの姿。

「ティア、なあティア！　俺、俺は…………」

「……ハァ。やっとちゃんと私の名前を呼んでくれたわね」

「ティア!?」

ため息と共に言葉を発したティアに、掴《つか》みかかる勢いでナッシュが近づく。だがティアはひょいとその身をかわし、よろけたナッシュがそれでもティアに食い下がる。

「何で!?　今までだって何度も話しかけただろ！　なのにどうして何も言わなかったんだよ!?」

「それは貴方《あなた》が一番良くわかってることでしょう？　貴方が私を呼んだのは、自分の凄さを自慢《じまん》するため。私を私としてではなく、自分の力としてしか認識《にんしき》していなかったから、私の声は貴方に届かなかったのよ」

「そんな…………っ」

「でも、やっと気づいてくれた……いえ、そこのエド……じゃない、エイドスに気づかせてもらえたみたいだから、これからはきっと話ができるわ。大丈夫、貴方がきちんと精霊に向き合う心を持つなら、私が貴方に精霊の力の使い方を教えてあげるから」

「お、おぅ……え、じゃあ今までの俺は、ティアの力をちゃんと使えてなかったのか？」

「そりゃ、これっぽっちも使えてなかったわよ？　たとえば……えいっ！」

ニッコリと笑ったティアが、不意にその指先から渦巻《うずま》く風の矢を撃ちだしてきた。それはさっきまでのヘロヘロ魔法とは一線を画す勢いで飛んできたが、俺はそれをきっちりと斬って無効化する。

「おいティア、何のつもりだ？」

「あら、エイドスならそのくらい、余裕で防げるでしょ？」

「それはまあ……ああ、そうか」

どうやらティアが、俺に気を遣《つか》ってくれたらしい。確かに俺の上限があの程度じゃないと見せるのは、ミゲルのやる気をあげるのに繋がるだろうしな。

「ということでナッシュ、貴方も今くらいの魔法が使えるように、しっかり練習するのよ？」

「わかったよ……見てろよミゲル！　一ヶ月後には、鍛《きた》えに鍛えた俺の魔法で、お前なんか真っ黒焦《こ》げにしてやるからな！」

「そうはならないよ！　今まで精霊の声も聞けてなかったナッシュの魔法なんて、僕がエイドスみたいに斬っちゃうんだから！」

「ぐっ⁉　くそっ、ミゲルのくせに……絶対絶対、負けねーからな！　フンッ！」

鼻を鳴らしたナッシュが、ズンズンと足を踏みならしながらその場を去って行く。その背中を見送るミゲルの顔に、もう自分を卑下《ひげ》する様子はない。

「エイドス、僕頑張るから！　だからえっと……よろしくお願いします！」

「ははは、いいとも。共に頑張《がんば》ろう」

ぺこりと頭を下げたミゲルに笑顔《えがお》で応《こた》え、こうして俺達は一ヶ月後に向けて、剣の修《しゅ》行《ぎょう》を始めることとなった。


「フッ…………フッ…………」

そうして時は流れゆき、そろそろ約束の一ヶ月が経《た》とうかという日の放課後。一般人《いっぱんじん》が想像するよりも相当にゆっくりとした動作で、ミゲルが額から滝《たき》のような汗《あせ》を滴《したた》らせつつ素《す》振《ぶ》りを続ける。

無論、そこには俺の指示がある。何故《なぜ》ならミゲルには一日一〇〇回しか素振りをすることを許していないからだ。

「フッ…………フッ…………」

たった一〇〇回の素振り……だがそれは決して楽ではない。むしろ何も考えず、適当に一〇〇〇回素振りする方がずっと楽なはずだ。

「フッ…………フッ…………」

全身の骨の位置まで意識した立ち姿と、そうして整えた体幹を崩《くず》すことなくまっすぐに剣を振るための腕《うで》の動き。本来ならば何年ものたゆまぬ訓練を経て初めて意識できるようなそれを、圧倒的な才能でミゲルは半ば本能的に理解している。

だからこそ俺は最初に「正解」を教え、ミゲルはそれを完璧にこなせるように、こうして一振《ひとふ》り一振りに全身全霊《ぜんしんぜんれい》で向き合っているというわけである。

「フッ……フッ……ふぅぅ……よし、今日の素振り、終わり！」

「うむ、よく頑張ったな主よ」

日課を終えて息を吐《は》くミゲルに、俺は笑顔で汗拭《あせふ》き用の布を渡《わた》す。するとミゲルは汗を拭《ぬぐ》いながら、俺を見て問うてきた。

「ありがとうエイドス。今日はどうだった？」

「うむ、良かったぞ。私の見る限り、おおよそ三割ほどは正しく振れていた」

「そっかぁ。まだまだだね」

「ふふふ、当然だ。だが確実に前に進んでいるぞ」

三割と言われたにも拘《かか》わらず、ミゲルの顔は知らずにやけている。幼い頃《ころ》に天才と言われながら、精霊魔法《せいれいまほう》の技術が全く伸《の》びない時期が長かっただけに、努力すればするだけ力がつくのが実感できる今の状況《じょうきょう》は、ミゲルにとって楽しくて仕方が無いのだろう。

「ナッシュの方は、どうなのかな？」

「うん？　そうだな……」

俺達が揃《そろ》って横を向くと、少し離《はな》れたところではナッシュがティアと一緒に魔法《まほう》の練習をしているのが見える。俺とミゲルがストイックな感じで訓練をしているのに対し、あの日以来ティアが普通に会話をするようになったこともあって、あっちはいつも賑《にぎ》やかだ。

「こ、こんな感じ、か？」

「ええ、いいわよ。それじゃその状態を一〇秒維持《いじ》してみて」

「一〇秒⁉　ぐ、ううう……」

ティアに見守られながら、ナッシュがしかめっ面《つら》で自分の掲げた杖の先を見つめる。しかしすぐその手が震え始め、ブハッと息を吐いて緊張《きんちょう》を解いてしまった。

「くそっ！」

「あー、残念。というか、何で息を止めるの？　必要なのは魔力《まりょく》を維持することだけよ？」

「それは……何となくだよ！　っていうか、本当にこんな訓練、必要なのか？　精霊にバーッと魔力を送れば、魔法は発動するんだろ？」

「駄目《だめ》よ！　そんな雑なやり方をしてたら、精霊の力を半分も引き出せないわ。というか、そもそも精霊魔法の発動には、詠唱中に精霊に安定した魔力を送り続けることが重要なの。こんな何も無い状況で一〇秒すら維持できないんじゃ、実践《じっせん》では一秒だって魔力を安定させられないわよ？」

「ぐぅぅ…………」

　あれだけ態度の悪かったナッシュが、ティアに言い負かされて悔《くや》しげに唇《くちびる》を噛《か》んでいる。流石に自分の精霊にまで高圧的には出られないようだ。それに……

「これで……どうだっ！」

「惜《お》しい！　あとちょっとね……でも、ちゃんと良くなってるわよ？」

「そ、そうか？　へへへ……」

　腰を落として目線の高さを合わせたティアに、自分の顔のすぐ横で褒められたことで、ナッシュの表情がちょっとだけ緩む。あの距離《きょり》感で褒められたら、まあそういう感じにもなるだろうなぁ。

「………いいなぁ」

そんなナッシュとティアを見て、ミゲルが小さく呟《つぶや》く。俺の鋭敏《えいびん》な聴覚《ちょうかく》は、幸か不幸かそれをしっかりと聞き取ってしまった。

「主よ……」

「あっ、いや、違うよ⁉　別にエイドスが駄目とか、そんなんじゃ全然！　全然そういうのじゃないから！」

「ははは、わかっているから気にするな。確かに主のような年頃《としごろ》なら、ティアに憧《あこが》れるのもわかる。

だが憧れというのは、憧れに留《とど》めておくから美しいのだ。ああ見えてティアは、割とだらしないところとかも……イテェ⁉」

バスッという音がして、俺の頭に乾《かわ》いた土の塊《かたまり》が炸裂《さくれつ》した。すぐにボロボロに崩れ落ちたそれが硬《かた》い石でなかったのは、きっと乙女心《おとめごころ》を傷つけた俺に対する最後の温情だったのだと思われる。

「エイドス⁉　ナッシュ、何するのさ⁉」

「へ⁉　ち、違うぞ⁉　今のは俺じゃ――」

「そうね、今のはナッシュじゃないわね。きっと失礼なことを言おうとした精霊が、別の精霊にお仕置きされただけよ」

「お仕置きって……」

ジト目で見てくるティアから視線を逸《そ》らし、俺は頭をさすりながらミゲルに話しかける。

「わかったかミゲル。憧れは憧れのまま留めておくのが一番だ」

「う、うん。わかったよ………あんまりわかりたくなかったけど」

「ははは………」

「あ、いたいた！　おーい、ミゲルー！」

俺が乾いた笑い声をあげたところで、不意に遠くからミゲルを呼ぶ声が聞こえた。そちらに顔を向けると、そこには肩に燃えるウオトカゲのサランを乗せたトーマスが、手を振りながらこっちに近づいてくるのが見える。

「よかった、ナッシュも一緒にいたな。まあ二人ともいつもここで訓練してるから、いるとは思ってたけど」

「……俺に何か用かよ？」

「アマル先生が、ミゲルとナッシュを呼んでるんだよ。精霊と一緒《いっしょ》に来てくれって」

「僕達を？　何だろう？」

「さあ？　しかし行ってみればわかるだろう」

当たり前の話だが、一周目の俺達《おれたち》はここで呼び出しなんて受けていない。なので詳細《しょうさい》はわからないが、ティア達も一緒だというのなら、おそらく悪い話ではないだろう。

「それもそうだね。じゃあ行こっか」

「チッ、面倒《めんどう》くせーなぁ」

「こら、ナッシュ！　そういうこと言わないの！」

「わ、わかったよ……」

ふてくされて地面を蹴《け》るナッシュが、ティアに怒《おこ》られて口を尖らせる。その光景は母子というよりは、姉弟《してい》という感じだろうか？　というか、一見不満げなナッシュの顔に、何処《どこ》か嬉しそうな気配が見え隠《かく》れしているのが、何とも業《ごう》が深いというか……まあティアだしなぁ。

とまあそれはそれとして、俺達はトーマスと別れて、一路職員室へと向かった。揃って扉《とびら》をくぐると、そこではアマルを中心とした教師陣《きょうしじん》がぐるりとこちらを囲むような感じで揃っている。

「ああ、来たわねミゲル君、ナッシュ君」

「アマル先生！　あの、僕達に何の用でしょうか？」

「そうだぜ先生！　俺はティアと魔法の練習で忙《いそが》しいのに！」

「ふふ、ごめんなさいナッシュ君。でも、今回はそれに関してのお話なの。あの、エイドスさんと、ティアさん？」

「む？　私か？」

「はい、何ですか？」

　普段《ふだん》はミゲル達のおまけ……という言い方が悪いが、あくまでも主に対する従という扱いだったのだが、改めて名前を呼ばれたことで俺とティアはアマルの方を向く。すると真剣な表情をしたアマルが、少しだけ躊躇いながらも話を続けてきた。

「その……こんなことをお願いしてもいいのかわからないのだけれど、もしよかったら一日でいいから、二人に先生役をお願いできないかしら？」

「先生？　というと、私とティアが子供達に何かを教えるということか？」

　俺の問いに、アマルが大きく頷く。

「ええ、そうです。お二人のように契約者《けいやくしゃ》以外とも完全に会話が成り立つ精霊というのは前代未聞《ぜんだいみもん》ですし、その教えを受けたミゲル君とナッシュ君は、素晴《すば》らしい成長をしています。ならばそれを、他の子供達にも共有できないかと思いまして……どうでしょう？　引き受けていただけませんか？」

アマルの提案に、俺は軽く考《かんが》え込む。なお今更《いまさら》言うまでもないことだが、二周目の今は一周目と違い、俺が精霊であることは疑われていないため、ただの人間であることはバレていない。俺だけなら微妙《びみょう》なところだったかも知れねーが、何せティアがいるからな。ならばこその頼《たの》みなんだろうが……

「ふむ、私は構わないが……主？」

「えっ、僕？　うん、いいと思うよ」

「そうか、ならば私は引き受けよう」

「私もいいわよ。ねえ、ナッシュ？」

「えぇー？　まあ、ティアがいいなら……」

全く迷わなかったミゲルと違い、ナッシュは今ひとつ納得《なっとく》していないようだ。そこには自分の強さや、何よりティアを独占《どくせん》しておきたいという子供じみた欲求があるんだろうが、それでも頷いたのは、きちんとこの世界の情勢を理解しているからだろう。

そう、この世界にもまた魔王《まおう》がおり、才能ある少年を多大な税金を投入して集め、教育して戦力にしたいと思う程度には追い詰《つ》められているのだから。

「引き受けていただいて、ありがとうございます！　それじゃ早速《さっそく》、日程などの細かい打ち合わせを――」

俺達の快諾《かいだく》にアマルが表情を緩め、こうして俺とティアは、成り行きで他の子供達も指導することとなった。

「はい！　では事前に説明した通り、今日はこちらの二人が皆《みな》さんの先生になってくれます！　では先生、挨拶《あいさつ》をお願いします」

打ち合わせから、一週間後。いつもの教室ではなく外の訓練場に集められた子供達の前で、紹介《しょうかい》を受けた俺とティアが並んで前に出る。

「皆さん、こんにちは！　私はティアよ。今日はみんなに上手な精霊魔法の使い方を教えるわね」

「私はエイドスだ。皆には人の可能性について教えていこうと思う」

「ありがとうございます。ではまず、お二人に――」

「はーい！　先生、いいですかー？」

と、紹介もそこそこにアマルが授業の導入に入ろうとしたところで、一人の生徒が元気よく手を挙げる。

「はい、マリィさん。何ですか？」

「えっと、ティア先生の教えてくれることはわかったんですけど、エイドス先生の……人の可能性？　っていうのは、具体的にはどんなことを教えてくれるんですか？」

「ふふふ、興味があるかな？　ならば私の方から授業を始めようと思うが、どうだろうか？」

せっかく生徒の方から疑問を投げてくれたなら、その流れを生かしたい。ということでチラリと視線を横に向ければ、ティアもアマルも小さく頷いて了承《りようしよう》してくれた。

「ありがとう、では始めよう……そもそも、人というのは様々な可能性を持っているものだ。そんななかで皆は『精霊魔法が使える』という可能性を持っているからここに集められたわけだが、その可能性……才能が、皆にとって一番の才能であるかというと、必ずしもそうではない」

「えっと……？」

「はは、少し難しいか？　ならば具体例を出そう」

質問してきたマリィを含《ふく》め、生徒の六、七割くらいが首を傾《かし》げているのを見て、俺はそう言いながらミゲルの方に視線を向ける。

「たとえば、私が契約《けいやく》しているミゲルだが、ミゲルの持つ精霊魔法の才能は、私の見た限りではかなり低い。適切な努力を重ねれば使えないとは言わないが……おそらく一〇年訓練をしたとしても、来年の君達よりずっと拙《つたな》い力しか使えないはずだ。

つまりミゲルは『精霊魔法が使える』という可能性を見いだされてここに来たにも拘《かか》わらず、その可能性はミゲルにとってとても小さなものでしかなかったというわけだ」

「うわ、だっせー！」

「昔は天才だって言われてたのにね」

俺の言葉に、教室の至る所からミゲルを馬鹿にするような言葉が聞こえてくる。だがそんな罵声《ばせい》を向けられても、ミゲルは卑屈《ひくつ》になることなく堂々と俺を見ている。そうできるだけの自信をミゲルが持てていることに、俺は何とも誇《ほこ》らしい気持ちになりつつ更《さら》に話を続けていく。

「静かに。確かにミゲルには『精霊使い』としての可能性はなかった。だが代わりに、ここにいる誰《だれ》よりも凄い、圧倒的な剣の才能がある。

断言しよう。ミゲルが真面目《まじめ》に訓練を続ければという前提はあるが、一年後のミゲルに勝てる者は、この場に一人もいない。そしてその差は年を追う毎《ごと》に広がっていき、一〇年後のミゲルはこの世界に並ぶ者のない最強の剣士《けんし》となっていることだろう。それこそ君達では、全員が束になっても勝てないくらいにな」

「えー、うっそだー！」

「剣で精霊魔法に勝てるわけないじゃん！」

子供達のなかから、一斉《いっせい》にそんな声があがる。だがこれは俺の知る常識からすれば、かなり異質だ。精霊使いと剣士は得意な間合いが違《ちが》うだけで、一概《いちがい》にどちらが強いとか優れているなんてものじゃないからな。

ならば何故そこまで剣士が軽《かろ》んじられ、また精霊魔法が特別視されているかと言えば、そこにはこの世界特有の理由がある。

この世界の北には、海を隔《へだ》てて魔王が支配する大陸がある。そしてその大陸からは、海を越《こ》えて飛行する魔獣《まじゅう》が絶えず南にある人の大陸に攻《せ》め入ってきている。

そう、飛行する魔獣だ。ノースランドの悪魔《あくま》……通称《つうしょう》ノルデと呼ばれているそれらは、ただ一匹《ぴき》の例外もなく空を飛ぶ。

であれば当然、こちらが使うのは遠距離《えんきょり》攻撃《こうげき》が主となるわけだが、敵が毎日攻めてくるような状況となると、消耗品《しょうもうひん》である弓矢ではとても供給が間に合わない。

故にこの世界でノルデを倒すには、休めば回復する魔力だけで攻撃する手段……即《すなわ》ち精霊魔法が主役となり、逆に剣や斧《おの》のような近接攻撃は、撃ち落としたノルデにとどめを刺《さ》すだけの手段として軽んじられているというわけである。

と言うことなので、この流れは想定済み。俺は内心でニヤリと笑いつつ、更に話を続けていく。

「うむ、そう言う感想が出るのはわかっていた。故に今日はまず、その証明をしてみようと思う。ミゲル、それにナッシュ！」

「はい！」

「おう！」

俺に呼ばれて、ミゲルとナッシュが歩み出てくる。

「今からこの二人に、勝負をして貰《もら》う。具体的にはナッシュが使った魔法を、ミゲルが剣で防ぐというものだな」

「えっ⁉　そんなの危ないよー？」

「そうだぜミゲル、無理すんなー」

「大丈夫《だいじょうぶ》だよ！　僕だって今日までずっと頑張ってきたんだし……それに」

そこで一旦《いったん》言葉を切ると、ミゲルが俺の方を見る。

「今の僕《ぼく》なら、できるんだよね？　エイドス？」

「無論だ。私が保証しよう」

「ということだから、やろうナッシュ」

「ハッ！　遂《つい》に決着をつけるときが来たって訳だな」

やる気に満ちた顔をして、ミゲルが俺の渡した練習用の剣を構える。他の子達の杖《つえ》の代わりにずっと持ち歩いていることもあって、なかなかに堂に入った姿だ。

「一ヶ月……長かったぜ。今日こそお前を真っ黒焦げにしてやる！」

「前みたいに、落ちこぼれって馬鹿にしないんだね」

「……まあ、見てたからな」

この一ヶ月、ミゲルとナッシュはいつも同じ場所で訓練をしていた。それはつまり、互《たが》いの頑張りを見ていたということだ。

その目で努力する姿を見ていた人間を馬鹿にできる奴《やつ》は、そういない。ましてや自分自身もその隣《となり》で努力していたとなれば尚更《なおさら》だ。まっすぐひたむきに剣術《けんじゅつ》に打ち込むミゲルの姿は、いびつに歪《ゆが》んでいたナッシュの精神にも間違《まちが》いなく影響《えいきょう》を与《あた》えている。

「でも、勝つのは俺だ！」

「いや、僕だ！」

今までなら精々「やってみなくちゃわからない」くらいしか言えなかったであろうミゲルが、ここで初めて「自分が勝つ」と言い切った。そんな落ちこぼれ《ミゲル》の姿に何を思ったのか、ナッシュが露骨《ろこつ》に顔をしかめてから杖を構え……そして遂に、決着の時が訪《おとず》れる。

「炎よ集まり形を作り、鈍《にび》の鏃《やじり》と混じりて射貫《いぬ》け！　『ファイアアロー』！」

以前とは違う詠唱《えいしょう》により、ナッシュの構えた杖の先から火の矢が飛び出す。それは以前ティアが使ってみせた魔法よりもか細く勢いの無いものだったが、正真正銘《しょうしんしょうめい》ナッシュ自身の力で発動した魔法だ。

体に当たれば、火傷《やけど》くらいはするだろう。万が一目にでも当たれば、熱いじゃ済まない。そんな魔法が自分の顔に向かってくる状況で……しかしミゲルは冷静にその軌道《きどう》を見極《みきわ》め、構えていた剣をまっすぐに振《ふ》り上げ、振り下ろした。

「フッ！」

閃光《せんこう》のような……とまでは言わずとも、素人《しろうと》とはかけ離れた鋭い一撃《いちげき》。練習用の鉄剣《てっけん》は飛来する火の矢をまっすぐに断《た》ち、炎がふわりと宙に舞《ま》ってから消えた。

「できた……できた！　見た、エイドス!?　僕にもエイドスと同じ事ができたよ！」

「ああ、見ていたとも。実に見事だったぞ、主よ」

「やったやった！　本当にやったんだ！」

「スゲー！　本当に魔法を斬っちまったぜ!?」

「ミゲル君、かっこいいー！」

「えへへへ………」

ずっと褒められることなどなかったミゲルが、湧《わ》き上がる歓声《かんせい》に照れくさそうな笑《え》みを浮かべる。それと対照的なのは、完全に魔法を防がれたナッシュだ。悔しげに顔を歪めているナッシュに、ティアが近づいて話しかける。

「………クソッ！」

「残念だったわね、ナッシュ。でも貴方の魔法はとっても良かったわよ？」

「ティア……なら何で俺の魔法が、ミゲルなんかに斬られちまったんだよ⁉」

「それはミゲルの方が、ナッシュより少しだけ凄《すご》かったからよ。自分で望んだ勝負なのだから、それはきちんと受け入れるべきだわ」

「でも、俺だって頑張ったのに………っ！」

「そうだね」

そんなナッシュに、ミゲルが声をかける。だが剣を収めて近づいてきたミゲルに、ナッシュは睨むような目を向ける。

「ミゲル……ハッ！　何だよ、天才に返り咲《ざ》いたミゲルさんが、今度はすっかり落ちこぼれになっちまった俺を馬鹿にでもしようってのか⁉」

「そんなわけないだろ！」

「っ⁉」

強いミゲルの言葉に、ナッシュがたじろぐ。その口が何か言いたげにパクパクと動いたが、それより前にミゲルが更に言葉を続ける。

「馬鹿になんてするわけないだろ！　ナッシュが頑張ってたことは、いつも隣で練習してた僕が一番よく知ってるんだ！　だからそんな、自分の努力が無駄《むだ》だったみたいなこと言うなよ！　ナッシュの魔法は、ちゃんと凄くなってたじゃないか！」

「でも、俺は……」

「確かに今回は僕が勝ったよ？　でも次はどうだかわからないじゃないか！　だよねエイドス？」

「ん？　そうだな」

名を呼ばれ、俺はミゲルとナッシュ、二人の側に歩み寄る。

「なあ、ナッシュよ。お前は主に負けて心底悔しいのだろうが、そんなものはここから先長く続く人生のなかの、たった一度の敗北でしかない。

というか、そもそもお前達はまだ一二歳の子供だ。お前より優れた精霊使いなどそれこそ幾《いく》らでもいる。お前だって、例えばアマル先生と同じような勝負をして、自分が勝てるとは思っていないだろう？」

「そりゃまあ、そうだけど……」

チラリとアマルを見たナッシュが、ふてくされたように言う。全属性が使えると持て囃《はや》されていた時期のナッシュなら「俺の方が凄い！」と言ったかも知れないが、きちんと練習して自分で魔法を使えるようになったからこそ、先達の凄さを認められるようになったのだろう。

「なら、そういうことだ。我《わ》が主であるミゲルもナッシュも、ここにいる子供達は皆、まだこれから成長していく段階なのだ。その最初の一歩で自分より少し先に行った相手がいたからといって、それでふてくされて足を止めるのはあまりにも勿体《もったい》ない。お前達の中には、まだ無尽《むじん》の可能性が眠《ねむ》っているのだからな」

「無尽？　無限じゃねーの？」

俺の言葉に、顔を上げたナッシュが微妙に眉根《まゆね》を寄せながら問うてくる。

「ははは、間違いではないぞ。残念ながら、この世に無限の可能性を持ったモノなどというのは存在しない。たとえばどれだけ人が努力しようとも、魔法や魔導具も無しに空を飛んだりはできないだろう？　あるいは何千、何万年とかければそういう風に進化するのかも知れないが、少なくともそう望んだ人間が生きている間に空を飛べるようになるのは、事実上不可能だ。

だが今現在できることであれば話は別だ。より良く在りたい、少しでも前に進みたい。そういう想《おも》いが尽《つ》きない限り、可能性の行き着く先もまた尽きることは無い。

故に人には、無尽の可能性がある。望んで努力し続ける限り、何処《どこ》まででも尽きること無く前進し続けられる可能性がな」

「どこまででも、前に…………」

「そうだよナッシュ！　だから僕は、これからも努力し続けるよ。僕には剣の才能しかなかったみたいだけど、ならこの剣一本で何処までだって行ってやる！　なのにナッシュは、そこに立ったままでいるつもりなのかい？」

挑発《ちょうはつ》するようなミゲルの言葉に、ナッシュの淀《よど》んでいた目に火が灯《とも》る。

「ふっざけんな！　ミゲルが進んでくのに、俺《おれ》がこんなところで足踏《あしぶ》みしてるわけねーだろ！　次だ！　次は絶対、俺の魔法がお前を真っ黒焦げにしてやる！」

「ふふーん、どうかな？　次もきっと僕の剣がナッシュの魔法を斬《き》っちゃうと思うよ？」

「うるせぇうるせぇ！　次は……次は絶対に勝つ！　だから……」

ナッシュの左手がミゲルの右手を掴んで自分の方に引き寄せると、その手のひらに自分の右手をバチンと打ち付ける。

「いたっ!?　何するんだよナッシュ!?」

「ふんっ！　今日のところは、負けを認めといてやる……そんだけだよ」

「フフッ、ナッシュったら、相変わらず素直《すなお》じゃないわねぇ。普通《ふつう》に握手《あくしゅ》すればいいのに」

「何だよティア！　俺がミゲルなんかと握手するわけねーだろ！」

「はいはい、そうね」

「ははは、良かったな主よ」

「うん！　全部エイドスのおかげだよ！」

俺がミゲルに、ティアがナッシュに声をかけ、勝負が終わる。生徒達からはミゲルのみならずナッシュの方にも賞賛の声が飛んだが、そこでアマルがパンと手を打ち鳴らし、場を仕切り直した。

「はーい、みんな静かに！　とってもいい勝負で、先生も感動しちゃいましたが……エイドス先生、授業の続きをしてもらってもいいですか？」

「おっと、そうだったな。今見てもらった通り、人には様々な可能性が眠っている。精霊使いの才能を期待されて学園にやってきたミゲルに、これほどの剣《けん》の才能が眠っていたようにな。

そしてそれは、ここにいる皆も同じだ。故に私は、皆の中にある、自分では気づいていない可能性について説明しようと思っている」

「それって、私にも精霊使い以外の才能があるってことですか？」

授業の最初で質問をしてきた女の子が、再び手を挙げてそう問うてくる。なので俺はその子を見ると、こっそりと〈七光りの眼鏡《レインボーグラス》〉を発動した。

「うむ、そうだ。例えば君……マリィだったか？　君には精霊使いとしてもそれなりの才能があるが、君の中にある最も優れた才能は、『裁縫《さいほう》』だ」

「へ？　お裁縫ですか⁉　あの、縫《ぬ》い物とかの？」

「そうだ。君ほどの才能なら、きちんと学んで練習を重ねれば、いずれはお城のお姫様《ひめさま》が着るドレスすら縫えるようになるだろう。それを聞いて、君はどう思う？」

「え、え⁉　いきなりそんなこと言われても……」

「焦《あせ》ることはないし、別に正解があるようなものでもない。ゆっくりと考えて、自分の気持ちや考えを伝えてくれればいいのだ」

「うーん……」

優《やさ》しく言う俺に、マリィが真剣《しんけん》な表情で考え込《こ》む。そうしてたっぷり一〇秒ほど思案すると、改めてマリィが口を開いた。

「えっと、才能があるって言われたのは嬉《うれ》しいけど、でも私、別にお裁縫が好きってわけじゃないから、どうしていいかわからない……かな？」

「ははは、そうか。うむ、それでいいのだ。人には様々な才能があり、可能性が眠ってはいるが、それが本人の望んだものであるとは限らないからな。

ただ、それを知っておくことは人生においてとても有用だ。精霊使いの才能を見出《みいだ》されてこの学園に来た皆ではあるが、必ずしも精霊使いになる必要はない。やりたいこと、やれること、もっと他に向いていること、皆の前には様々な未来があるのだから」

「「おおー」」

俺の言葉に、子供達の間から感心したような声があがる。全《すべ》ての子供達が俺の説明を完《かん》璧《ぺき》に理解したとは思ってねーが、それでも何となく、自分達の前にある「可能性」というものを感じることができたからだろう。

が、それはあくまでも子供達の間でのみ。俺の隣にいたアマルが、困ったような顔で俺に声をかけてくる。

「あのー、エイドスさん？　精霊使いの数は国防に直結する重要な要素で、この学園はそうした精霊使いを養成するために税金で運営されているものなので、他の進路に進まれてしまうと凄く困るのですが……えっと、精霊でもそういうのって、わかります？」

「ははは、無論わかっているとも。私は人の精霊故に、人の事情も理解している」

「だったら――」

「大丈夫だ。別に率先《そっせん》して違うことをやれと言っているわけではないし、ミゲルのように精霊使いとは違う道を行った方が明らかに人類に貢献《こうけん》できる者だっている。それに何より……」

そこで一旦言葉を切ると、俺はティアの方をチラリと見る。するとそれに気づいたティアが、得意満面な笑みを浮《う》かべているのが見えた。

「すぐにこの世界の精霊使いの質があがる。まあもう少し様子を見てくれ」

「はあ、まあ精霊であるエイドスさんがそう言うのであれば……」

自分達で授業を頼んだ手前、強くは言いづらいのだろう。腑《ふ》に落ちないような顔をするアマルだが、それでも一歩下がってくれた。ならば問題無い。そんな不満など、この後の授業で綺麗《きれい》さっぱり吹《ふ》き飛んでしまうだろうからな。

「さて、では私が皆に語るような話はこれで終わりだ。あとは個別にそれぞれの才能を見ていくことになるので、その前にティアの授業を聞いて欲《ほ》しいと思う。ティア、頼めるか？」

「任せて！　ふふ、漸《よう》や く私の出番ね！」

俺に話を振られて、待ってましたとばかりにティアがぴょんと一歩前に出る。その無邪《むじゃ》気《き》な姿は当初貫いていた無口キャラとは似ても似つかず、一部の生徒が驚《おどろ》きに目を見開いていたが、ティアはそれすらも楽しそうに笑い、俺に代わって生徒達の前で話し始めた。

「それじゃ、授業を始めていくわね。まず最初に基本的な事を確認《かくにん》するけど、精霊魔法というのは精霊と契約し、その力を借りて発動する魔法だっていうのは、みんなわかってるわよね？」

「「「はーい」」」

ティアの問いに、生徒達から元気な声があがる。だがここぞとばかりにティアが大きく手を打ち鳴らし、それを遮《さえぎ》る。

「はい、そこから間違いです！　精霊魔法を使うのに精霊との契約は必要ありません！むしろ最初から精霊と契約するのは、精霊魔法を上達させるうえであんまりいい方法とは言えないわね」

「「「えーっ⁉」」」

「ちょ、ちょっとティア先生⁉　それは一体……⁉」

ティアの言葉に生徒達から戸惑《とまど》いの声があがったが、誰より慌《あわ》てているのは他《ほか》ならぬアマルだ。勢《いきお》い込んで顔を近づけてくるアマルに、ティアはニッコリと笑って声をかける。

「ふふ、こういうのは実際にやってみせるのが一番よね。ねえアマル先生。貴方《あなた》はどんな精霊と契約してるの？　それを見せてもらっていいかしら？」

「え？　ええ、構いませんよ。いらっしゃいフロウティア」

アマルがそう呼びかけると、彼女《かのじょ》の肩《かた》の上に水が集まっていき、やがて人の頭ほどの大きさの水球となった。俺の目にはただの水が浮いているだけにしか見えないんだが、おそらくはあれも精霊なんだろう。

「ああ、純属性の子なのね。これは少し大変かも……でも先生なら平気よね？　さ、アマル先生。試《ため》しに……そうね、風属性の精霊魔法を使ってみてくれないかしら？」

「風、ですか？　でもフロウティアは水属性の精霊ですから、他の属性の魔法は使えませんよ？」

「いいからいいから！　そうね、『アクアアロー』を使う時の要領で、風の精霊に呼びかけながら杖の先に魔力を流してみて」

「ええっ⁉　違う属性の精霊に呼びかけたりしたら、フロウティアが機嫌《きげん》を悪くしませんか？」

「しないわよ！　流石《さすが》に完全な反属性の強力な魔法を使おうとすれば嫌《いや》がると思うけど、簡単な魔法ならどんな属性だって気にしないわ。その程度に影響を受けたりしたら、そもそも精霊として存在できないでしょ？　地面の上で燃えている火に、風が吹いたり雨が降ったりなんて当たり前のことなんだし」

「そ、そう言われれば……」

ティアの説明にアマルが、そして俺も密《ひそ》かに納得する。確かに自然ってそういうもんだよな。精霊が見えず感じられずとも、その理屈《りくつ》はよくわかる。俺ですらそう思ったのだから、精霊使いであるアマルも納得し、ティアに言われた通りに杖に魔力を集め始めたようだ。

「えっと、これでいいでしょうか？」

「うん、十分よ。そしたら私が言うとおりに詠唱してね。風よ集いて渦巻《うずま》きて――」

「ええ？　か、風よ集いて渦巻きて――」

ティアに続いて、アマルが詠唱を始める。だが詠唱を終えたティアの手の上に小さな旋《せん》風《ぷう》が発生したのに対し、アマルの杖の先には何も変化が起こらない。

「ほらほら、頑張《がんば》って！　もっと安定して、多めに魔力を送《おく》り込むの！」

「で、でももう、中級魔法くらいの魔力を消費してますよ？　初級どころか初歩の魔法でこれだけ魔力を注いでも発動しないなら、やはり……」

「大丈夫だから！　別にこの後で戦闘《せんとう》をするとかじゃないんだし、先生ならこのくらいは平気でしょ？」

「それはまあ、平気ですけど」

「なら、私を信じて」

「……わかりました」

まっすぐに目を見て言うティアに、アマルが頷《うなず》いてその視線を自分の杖に向ける。俺にはわからねーが、きっと言われた通りに更なる魔力を注《そそ》ぎ込んでいるんだろう。そうして一分ほど経《た》つと、遂にアマルが持った杖の先に、小さな旋風が出現した。

「は、発動した⁉　え、本当に⁉」

「やったわねアマル先生！　私が思ったよりフロウティアとアマル先生の結びつきが強かったみたいだから、どうなるかなってちょっと心配だったけど」

「ど、どういうことですか⁉　何で、何で契約もしていない精霊の魔法《まほう》が……」

「だから言ったでしょ？　精霊魔法を使うのに、精霊と契約する必要はないのよ。重ねて言うなら、さっきナッシュが使った魔法も、今アマル先生が使ったのと同じものよ。あの魔法の発動に、私は一切《いっさい》力を貸していないもの」

「「「えええーっ⁉」」」

　ティアの言葉に、その場の全員が驚きの声をあげる……っていうか、ナッシュまで驚いているんだが、何故《なぜ》に？

「てぃ、ティア⁉　え、そうなのか⁉　俺、てっきり……」

「ふふ、ごめんなさいナッシュ。でも他の人で証明する前だったら、言っても信じてもらえないかも知れないと思って」

「じゃあ、前は全属性使えてたのに、最近は使えなくなったのは……」

「私が力を貸さなくなったからね。でもそれは、私がいなくなっても消えることのない、ナッシュが自分で努力して身につけた力よ。だから胸を張っていいと思うわ」

「そ、そうなんだ……」

ティアは褒《ほ》めているのだが、ナッシュは微妙に寂《さび》しそうな顔をしている。ティアとの絆《きずな》が深まった結果かと思ったら全然そんなことはなかったと言われたからだろう。その気持ちは、正直ちょっとわかる。

「ということで、今から私がちゃんとした精霊魔法の使い方を――」

「ちょっ⁉　てぃ、ティア先生！　ちょっと！　ちょっとだけ待っていただけませんか？　その、他の先生方にも是非《ぜひ》ともその話を聞かせていただきたいんですけど！」

「ええ、別にいいわよ」

「ありがとうございます！　それじゃすぐに呼んできますね！」

そう言って一礼すると、アマルが放たれた矢のような勢いで学舎の方へと走っていった。

「じゃあ先生を待っている間に、私はみんなの契約してる精霊とご挨拶をしようかしら？みんな、紹介してくれる？」

「お、そういうことなら私の方も一緒にやろう。ティアの話が終わったら、私のところに来てくれ。そうすれば君達の才能、可能性の話をしよう。いいかな？」

「「「はーい！」」」

俺とティアの提案に、生徒達が元気に応《こた》えてくれる。ということでアマルが他の教師達を呼んでくる間に、俺達による簡易面接のようなものが始まった。

「よろしくお願いします、ティア先生！　ほら、ロッキーもご挨拶！」

「キュウ！」

おかっぱ頭の少女が促《うなが》すと、その肩からちょろりと下りてきた石の棘《とげ》をもつハリネズミが、ティアに向かって小さく鳴く。その鼻先にティアが指を伸《の》ばすと、フンフンと動いたロッキーの鼻がちょんとくっついた。

「ふふ、素敵《すてき》な挨拶をありがとう、ロッキー。それで、貴方のお名前は？」

「ハッ!?　そうでした！　私はリルカです！」

俺の隣で、そんな可愛らしいやりとりが行われている。そして俺自身の方にも、当然ながら生徒がやってきている。

「ふむ、君の中にある最も優秀《ゆうしゅう》な才能は、園芸だな。畑仕事などの適性が極《きわ》めて高い」

「えーっ、畑仕事かよ!?　せっかく田舎《いなか》から出てきて、スゲー精霊使いになれるって思ってたのに……」

「ははは、そう落ち込むことはない。確かに最も伸び代があるのは園芸だが、見たところ土系統の精霊魔法にも適性がありそうだ。普段はそちらで活躍《かつやく》しつつ、困ったときには精霊魔法を併用《へいよう》した農業で大量の食料を作り出すなどすれば、どんな場所でも重宝されると思うぞ?」

「そっか。確かに腹が減ってちゃ活躍なんてできねーもんなぁ」

「そういうことだ。才能は所詮《しょせん》才能。それに拘《こだわ》ったり振り回されたりするのではなく、自分がやりたいことを手助けする丁度いい手段、くらいに捉《とら》えればいい。希少な薬草の栽培《さいばい》でもして金を稼《かせ》げれば、それだけでもできることは大幅《おおはば》に増えることだしな」

「そりゃそうだ! へへっ、そしたら何しようかなぁ?」

優《すぐ》れた才能に振り回されるのではなく、上手《うま》く利用すれば好きな事をするきっかけになる。そう気づいた少年が、楽しげに笑いながら次の生徒に順番を譲《ゆず》るべく、俺の前から去って行く。そんなやりとりが幾度《いくど》も続き、四〇人いた生徒のほぼ全員と面談を終えた辺りで、他の教師達《たち》を連れたアマルが漸くこの場に帰ってきた。

「ぜぇ、はぁ……お、お待たせしました……はひぃ……」

「お、おぅ……その、大丈夫か、アマル先生?」

「ひぃ、ふぅ……ええ、何とか……都合のつく先生方を、全員集めてこられました……」

肩で息をするアマルが、薄笑《うすわら》いを浮かべながら言う。するとそんなアマルを押《お》しのけるように、年配の男性教師が前に出てくる。

「それで、本当なのかね？　精霊と契約せずとも魔法を使えるなど……」

「ええ、本当よ。先に試してもらってもいいんだけど、属性によっては発動が難しいこともあるから、まずは私達が生徒達との面談を終えるのを待ってもらえます？　で、その後に細かい理由を説明しますから、実践《じっせん》はそれを聞いてからってことで」

「そうか、わかった。すぐにでも話を聞きたいところだが、教師として子供を蔑《ないがし》ろにするわけにはいかないからな」

「ありがとうございます。じゃ、ちょっと待っててくださいね」

ティアの言葉に教師達が一旦引き下がり、俺達《おれたち》は手早く、だが丁寧《ていねい》に、残っていた何人かの生徒達との話を終えた。その後はティアが俺と再会したときにした話を全体に向けて説明して……

「で、できた……できてしまった……」

「ね、言った通りでしょう？」

指先に小さな火を灯した男性教師が、あんぐりと口を開けてそれを見つめている。ティアの説明がどれほど信じ難《がた》くとも、自分の身で確かめてしまえば信じざるを得ない。

「そんな、そんなことが……では我々が今まで教えてきたことは………」

「大変な発見だ。これは間違いなく歴史の転換期《てんかんき》だぞ！」

「というか、何故《なぜ》今までは間違った知識が広がっていたのじゃ？　まさか始まりの精霊使いと言われたロックベル様の伝説すら偽《いつわ》りであったと⁉」

　何十人もの教師達に交じって、やたらと長い口ひげを伸ばした爺《じい》さんが愕然《がくぜん》とした表情でそう呟《つぶや》く。確かあの人は、この学園の学園長だったはずだ。そんな爺さんの自問のような呟きに、ティアが小さく首を傾げながら話を続ける。

「うーん、私はこの世界の歴史に関しては、子供達が受けている授業と同じ程度のことしか知らないけど、少なくとも『精霊と契約した方が、より強力な精霊魔法が使える』というのは間違ってないわよ？

　だから予想としては、その人はもの凄く高位の精霊と契約できたんじゃないかしら？で、その精霊の力を生かすために魔法の方向性を完全に特化させることで、とんでもない威力《いりょく》の魔法を使えたから伝説になった……って感じじゃないかと思うんだけど」

「となると、精霊と契約しないと魔法が使えないとなったのは……」

「多分、精霊と契約しないと『強力な』魔法は使えないって教えだったのが、何処《どこ》かで変わっちゃったんでしょうね。勿論《もちろん》それに疑問を持った人は今までにもいたんでしょうけど、契約精霊《けいやくせいれい》に合わせた魔法を使うことが常識になってたから、普通の倍くらい魔力《まりょく》を込めた程度じゃ魔法が発動しなくて……」

「結果として、契約しなければ魔法が使えないという教えを裏付けてしまい、疑う者もいなくなっていった、と……何と言うことじゃ」

学園長の爺さんが、ガックリと肩を落とす。連綿と受け継《つ》がれてきた教えこそが自分達の可能性を狭《せば》めていたのだと言われたら、そりゃそんな気持ちにもなるだろう。だがそんな学園長に、徐《おもむろ》にアマルが近づいて声をかける。

「気を落とさないでください、学園長。確かに私達は間違った教えを盲信《もうしん》していた愚《おろ》か者ですけど、今こうして真実を知ることが出来たのですから」

「そうですよ学園長！　この事実を一刻も早く世界中に広げて、皆の目を覚まさせてやらなければ！」

「くだらない横やりを入れてくるようなお偉方《えらがた》も、実際に魔法が使えるとなればどうにでもなるはず。やりましょう、学園長！　この世界と、子供達の未来のために！」

「皆《みな》……そうじゃのう。ここで足を止めるなど、教育者の名折れじゃ！　よし、すぐにこの事実を公表するぞ！　ベガリット先生、すぐに緊急《きんきゅう》通信の準備を」

「わかりました！」

周囲の教師達に励《はげ》まされ、やる気を取り戻《もど》した学園長の指示で、教師達がにわかに活気づく。そうして指示を出し終えると、学園長が俺達の前にやってきて、その頭を深く下げた。

「美の精霊ティア殿《どの》に、人の精霊エイドス殿。お二人のおかげで、魔王《まおう》軍に押され気味だった我ら人間の未来は大きく変わった。心から感謝致《いた》しますぞ」

「そんな、顔をあげてください！　私はただ、皆さんと精霊の関《かか》わり方を正しい状態に戻したかっただけですから！」

「それでもです。本当にありがとうございました」

そう言って学園長は俺達の手を取ると、最後にもう一度頭を下げてからその場を去って行った。そうして教師達が去って行くと、代わりに一人の少女がティアの前にやってくる。

「あの、ティア先生？」

「あら、リルカちゃん。どうしたの？」

「あのね、先生のお話を聞いて思ったんだけど……私が精霊と仲良くするのは、あんまり良くないことだったの？」

「キュウ………」

リルカの腕《うで》の中には、岩の棘を持つ精霊ハリネズミのロッキーが大事そうに抱《だ》きかかえられている。そんな一人と一匹の姿に、ティアはギュッとリルカの体を抱きしめた。

「違うわ、それは絶対に違う。貴方達《あなたたち》が出会って仲良くなれたことは、他の魔法がちょっと使いづらくなることなんかより、ずっとずっと素敵な奇跡《きせき》なの。だからそれを悪く思うことなんて、絶対にないわ。

それとも、リルカちゃんは私の話を聞いて、ロッキーと契約しなければ他の魔法も使えたのにって、嫌《きら》いになっちゃった？」

「そんなことない！　私、ロッキーのこと大好きだもん！」

ティアの問いかけに、リルカが強い口調で答える。そしてそれを聞いたティアが、本当に嬉しそうに微笑《ほほえ》む。

「なら大丈夫よ。大好きなお友達と一緒《いっしょ》なら、簡単な魔法なんてすぐに使えるようになるわ。だからこれからも、ロッキーと仲良くしてあげてね」

「うん！　ごめんねロッキー。これからもよろしくね」

「キュウ！」

リルカの腕の中で、ロッキーが嬉しそうな鳴き声をあげる。そうして手を振りながら去って行くリルカを見送ると、俺は改めてティアの隣に立って声をかけた。

「お疲《つか》れさん、ティア。大丈夫そうか？」

「ええ、平気よ。みんな素直ないい子達だったもの。きっとこれで……」

「そうだな、この世界の歴史は変わる……ハァ、漸く一段落だぜ」

再会した初日の夜にも話し合ったことだが、この「精霊魔法の真実」は、この世界の辿《たど》る運命を大きく変える事実だ。だからこそそれを伝える機会を、俺達はずっと窺《うかが》っていた。

何せこの知識を独占《どくせん》できれば、世界最高の精霊使いという地位を得ることすら難しくないのだ。故にミゲルやナッシュは勿論、教師に相談することもできなかった。ここまででかい餌《えさ》なら善良な一般人《いっぱんじん》だって気の迷いを起こすこともあるだろうし、そもそも一ヶ月かそこらで相手の本質なんてわかるわけねーしな。

だからこそ、授業というのはありがたかった。各地から集められた何十人もの子供達全員の口封《くちふう》じなんて現実的ではないし、それを由とするほど腐《くさ》った個人や組織であれば、俺達だって自重せずに対応できる。

まあ幸いにして学園長を含《ふく》む教師の大半を巻き込めたうえに、彼《かれ》らは情報の公開と共有を方針としてくれるようだから、俺としても一安心ではある。

が、そうは言ってもまだ種を蒔《ま》いただけだ。これがどう育っていくかは今後のこの世界の人達がどうしていくかにかかってるし、それを俺が見届けることはない。今までの世界と違《ちが》って、この世界を追放される日は、明確に決まってるからな。でもまあ……

(それまでの間に、もうちょっとくらいは育ててやらねーとな)

「よーし、皆、授業を再開するぞ！　私の方では、今教えた精霊魔法以外の可能性を生かしてみたいという者を指導しようと思う」

「なら、私は純粋《じゅんすい》に魔法を上手に使いたいとか、精霊と仲良くなりたいって人が来るといいわ。ああ、勿論どっちかじゃなきゃ駄目《だめ》ってわけじゃないわよ？　他の先生方にお願いしてまた授業をする機会を作るから、むしろどちらかに偏《かたよ》るんじゃなく、私とエイドスの両方の授業を受けてみるのがいいかもね。ということで、早速《さっそく》始めましょう！」

「「「はーい！」」」

俺とティアの言葉に、子供達が元気に返事をしてくれる。いつかあるかも知れない「勇者ミゲル」の戦い……少しでもそこに希望を繋《つな》げられるよう、俺達は俺達にできることをするだけなのだ。


「すごーい！　すいすい縫える！　たのしー！」

「ワン！」

そうして授業を始めるようになって、一ヶ月と少し。都合四度目となる授業中、俺の目の前では俺が「裁縫の才能がある」と告げた少女マリィが、割と厚いなめし革《がわ》に軽《かろ》やかな手つきで針を刺《さ》していた。その傍《かたわ》らでは契約精霊である半透明《はんとうめい》の子犬が、エメラルドグリーンの尻尾《しっぽ》をブンブン振りながらマリィの手にした針に風を送っている。

そう、これは単なる裁縫ではない。針に風の魔法を纏《まと》わせることで、針の貫通《かんつう》力を向上させているのだ。

「うむ、実にいい手際《てぎわ》だな。それに魔法の方も安定しているようだ」

「でしょー？ ティア先生にも褒められたんですよ。すぐ疲れちゃうから、あんまり長くはできないですけど」

「クーン……」

「ああ、ごめんね！ 別にグリグリのせいじゃないのよ？ もうちょっと魔力の制御《せいぎょ》が上手くなったら、今度はグリグリの服も縫ってあげるからね」

「ワン！」

話しながらも危なげなく手を動かし続けるマリィに、子犬精霊が嬉しそうに鳴く。その様子は実に微笑ましく、最初に「裁縫には興味が無い」と言っていたのが嘘《うそ》のようだ。まあ人間、上達が実感できるなら大抵《たいてい》のことは楽しくなるもんだからな。

ちなみに今マリィが作っているのは、作業用の革手袋《かわてぶくろ》だ。それはマリィ自身が身につけるものなので何の問題も無いんだが……精霊に服って着せられるのか？ あるいは精霊が身につけられる素材があるとか？

（……ティアが何とかしてくれるだろ。うん、ティアに丸投げしよう）

俺はあくまでも人の精霊。人は精霊の服を作ったりしないので、わからないのは仕方ないのだ。そういうのは美の精霊に任せるのが一番だろう。

「おーい、エイドスせんせーい！」

「おっと、呼ばれたか。ではマリィ、また後でな」

「はーい！　あ、こらグリグリ！　じゃれついたら危ない……精霊だから危なくないのかな？　ねえ先生――」

「すまん、それはティア先生に聞いてくれ。今行くぞー！」

自分の力を付与《ふよ》した針で精霊が傷つくかどうかなんて、俺にはこれっぽっちもわからない。なのでそれもまたティアに丸投げしつつ呼ばれた方に行ってみれば、そこには刃物《はもの》を手にした一人の少年が待っていた。

勿論、襲《おそ》いかかってくるわけではない。鍛冶《かじ》の才能がある少年が、許可をもらって学園内にある簡易的な鍛冶場を使って作ったものを見せにきたのだろう。

「レンブラントか。どうした？」

「これ！　やっと一本出来たんだけど、先生から見て、どう？」

「ふむ……」

長時間火に当てられ続けたせいか、やや顔を赤くしたレンブラントがそう言って小さなナイフを差し出してくる。

素材は、ごく普通の鉄。作りは甘《あま》く、売り物になるレベルではない。経験の浅い素人《しろうと》が頑張って作りましたという感じがありありと見て取れる代物《しろもの》だが……うん？

「これは、僅《わず》かだが付与魔法《エンチャント》が入ってるのか？」

「そうなんだよ！　グリムと一緒に作業したらそうなったんだ！　親方もビックリしてたんだぜ？」

「っ！」

はしゃぐレンブラントの足下《あしもと》では、緑のジャケットに赤い三角棒を被《かぶ》った身長二〇センチほどの小人が、手にした小槌《こづち》を振《ふ》り上げて自己アピールをしている。なるほど、この精霊が相槌《あいづち》を打った結果、精霊の力が宿ったとか、そういうことだろうか？

「それは何とも、面白《おもしろ》いな。完成品に後付けではなく、最初から付与魔法《エンチャント》を入れられるというのは新しい。このまま鍛冶の腕が上がり、かつグリムとの絆が深まってより強い付与ができるようになれば、今までに無い魔剣《まけん》などを造れるかもな」

「ほんとかっ⁉　それなら俺、光る剣とか造ってみたい！」

「光る剣、か……しかし、グリムは確か土属性の精霊ではなかったか？」

「っ！」

「そうだけど、グリムはやれるって言ってるぜ？」

「ははっ、そうか。ならば鍛冶の腕だけでなく、精霊魔法の腕も並行して磨《みが》かなければならないだろうな。そちらはティア先生に聞くといい」

「わかった！　じゃあ先生、また何か出来たら見てくれよな！」

「ああ、いいとも」

　俺が返したナイフを大事そうにしまい込んでから、レンブラントがティアの方へと走っていく。それを見送りつつ周囲を見回すと、子供達は皆《みな》目の前の作業に熱中している感じで、俺に質問に来る様子はない。

　うん、こっちは一段落って感じだな。ならばとティアの方に視線を向けてみれば、どうやらちょうど生徒の質問に答えている最中のようだ。

「人の魔力にはね、それぞれほんのりと色がついてるの。で、自分の魔力の色が、そのまま使える属性魔法の種類って感じね。ああ、勿論例えよ？　実際にはもっとこう、波長？　とか色々な理屈があるらしいけど、その辺は私にはちょっとわからないわね」

「えー、精霊なのにわからないの？」

不思議そうに問うてくる少女に、ティアが苦笑《くしょう》しながら答える。

「あはは、そりゃそうよ。精霊だって人間だって、わかってることの方がずっと少ないの。だからみんな勉強するのよ……っと、話が逸《そ》れたわね。で、続きだけど、精霊っていうのはその色が凄《すご》く濃《こ》くて、人間が精霊と契約《けいやく》すると、精霊の色が自分の魔力に混じっちゃうのよ。

　だから契約した精霊の魔法は凄く楽に使えるようになるけど、代わりに他の色……他の属性の魔法は凄く使いづらくなっちゃうの」

「そっかー。じゃあ私が水属性の魔法しか使えないのは、タッコンと契約したからなの？」

「プコッ！」

　少女の腕には、小さなタコっぽい精霊が腕にくっついてる。少女がその頭をペコペコと指で突《つつ》くと、タコ精霊の口からプクッと泡《あわ》が膨《ふく》れて飛び出した。

「ある意味ではそうね。でも契約できる精霊は基本的には自分と一番相性《あいしょう》のいい子のはずだから……一番得意な魔法が凄く上手に使えるようになる代わりに、あんまり得意じゃなかった魔法がもっと苦手になっちゃったって感じかしら」

「そうなんだー」

「ふぅむ……ではティア殿、特定の精霊と契約している限りは、それとは違う属性の魔法を運用するのは難しいままということなのだろうか？」

　ティアと生徒の少女の会話に、側にいた大人の男性が割《わ》り込んでくる。これは俺達の教える内容が極めて画期的かつ有用なものだったため、一緒に話を聞きたいという教師からの要望が多出したことで学園長が許可した特別措置《そち》の影響《えいきょう》だ。

　とはいえ、特別扱《あつか》いはされない……というか、俺達はしていない。子供達と同じように質問を受けたり、周囲の子供達にもわかるような答え方をするだけだ。実際ティアも教師の男に顔を向けたが、その目は子供を見ているときと何も変わらない。

「ある程度までだと、そうね。ただ、改善する方法はあるわ」

「ほほぅ。それはどんな？」

「一番いいのは、契約している精霊ともっとずーっと仲良くなって、専用の道を作ってしまうことかしら？　前も言ったとおり、人間と契約精霊の間には、いつも繋がっている魔力の道ができているの。

　で、契約したばっかりだと、その道が曖昧《あいまい》なせいで精霊の色がそこから染《し》みだしてしまうんだけど、凄く凄く仲良くなると、その道が丈夫《じょうぶ》になって、周りに色が染み出さなくなるのよ」

「うん？　だがそれだと、年長の精霊使いならば他の属性魔法が簡単に使えるはずなのではないかな？」

「それは今の理屈を理解したうえで、契約精霊と繋がっているのと別の魔力を制御できればの話ね。そうやって切り替《か》えられれば簡単だけど、今までの先生方は、それを知らずに精霊の色に染まりきった道の魔力を、無理矢理《むりやり》他の色に変えようとしていたから、普通より更《さら》に難しくなっちゃってたんだと思うわ」

「ああ、なるほど！　それは確かに、知らねばできぬでしょうなぁ。まさかそんなところにも、精霊契約の功罪があったとは……」

ティアの話に納得《なっとく》したのか、教師の男が思わずといった感じで天を仰《あお》ぐ。大人と子供が交じり合って、同じように学ぶ……何とも微笑ましく平和な光景だ。

ちなみに、俺達が授業を始めた当初は、割と露骨《ろこつ》な嫌がらせがあったりもした。いい感じの流れになったとはいえ、やはり利権だとか主義主張だとかで相容《あいい》れない相手というのはどうしても存在してしまう。

中には「契約した精霊以外の精霊の力を使うなど、契約してくれた精霊に対する裏切りである」なんてもっともらしい理論を振りかざす奴《やつ》もいて、一時教師陣《きょうしじん》の間でも意見が分かれたりしたのだが、その辺の問題は全てティアが解決してしまった。

と言うのも、この世界の一般的《いっぱんてき》な精霊使いは自分の契約した精霊としか複雑な意思疎通《そつう》はできないが、ティアはどんな精霊の言葉でも聞けたからである。そうして聞き取りを行った結果、少なくともこの学園にいる精霊達の間で、他の精霊の力を使われるのが嫌だという精霊は一人も……一精霊も？　いなかったようだ。

勿論その結果にすら「ティアが自分に都合のいいことを言っているだけだ」と文句をつけた教師もいたのだが、ならばとティアはその教師の精霊と話をして、ティアが知り得るはずのないその教師の秘密などを語ってみせたところ、相手は口を噤《つぐ》むしかなくなってしまった。

その後はもっと直接的な方法に出た過激派もいたりしたのだが、この世界の精霊魔法は全て契約した精霊が力を行使した結果なので、ティアにはどの精霊が自分を襲ってきたのかが完璧にわかってしまう。

まあそれでもティアが「この人の精霊がやりました」と言っただけでは証拠《しょうこ》としては不十分で、それによって実行犯と思われる教師が罪に問われたりすることはなかったのだが、誰《だれ》よりもそれが真実だとわかっている実行犯が、全て見透《みす》かされていることを前提にそれ以上何かをすることなどできるはずもない。

結局周囲からの視線に耐《た》えきれず、その教師は学園を去って行くことになった。もし俺達が学園から出て町で活動するようになれば、適当なごろつきを差し向けられたりするのかも知れねーが、俺達は基本ここから出ないので、問題はそれで完全終了《しゅうりょう》である。

ということで、俺達はその日も平和に授業を終え、放課後。いつも通りに自主訓練に打ち込むミゲルやナッシュ、それにトーマスなんかを横目に、並んで立つティアがそっと俺に話しかけてきた。

「ねえエド。最近は随分《ずいぶん》と落ち着いた感じだけど、この後って何かあるの？」

「うん？　そうだなぁ……」

この世界にやってきて、もうすぐ三ヶ月。一周目の時のことを色々と思い出してみるのだが……

「すまん、ちょっとわかんねーや」

「ええ、そうなの？」

「いや、色んな行事があったのは覚えてるぜ？　でもそういうののほとんどに、あの頃《ころ》のミゲルは関わってねーんだよ」

落ちこぼれと蔑《さげす》まれていた当時のミゲルは、基本的にクラスの端《はし》で一人縮こまっているだけの存在だった。課外授業では強制的に班を組まされた同級生にハズレ扱いされてずっと居心地《いごこち》悪そうに少し離《はな》れた場所を歩いてるだけだったたし、学園対抗《たいこう》の模擬《もぎ》戦なんかも当然メンバーに選ばれないどころか、観戦に行くことさえせず部屋で一人で過ごしていた。

他にも細々とした行事はあったが、どれもこれもミゲルにとっては自分の無能を見せつけられるだけのものでしかなく……俺はミゲルが楽しそうに笑っているところなんて、ただの一度も見たことが無い。

が、今のミゲルはあの時とは全く違う。子供らしい明るさを取り戻し、その周囲には普《ふ》通《つう》に友人もいる。毎日楽しそうに笑って、美味《おい》しそうに飯を食い、明日を夢見て安らかに眠《ねむ》るその姿は、きっと当時のミゲルが何を犠牲《ぎせい》にしてでも手にしたかったはずの、楽しい学園生活そのものだろう。

とまあ、ここまで流れが変わってしまうと、正直一周目の知識なんてほとんど何の役にも立たない。いつどんな行事があるかなんてその辺の教師に聞けばわかることだし、ティアのぶっちゃけ話があったので、来月にある試験の内容だって変わってることだろう。

(まあ、それを教えるようなズルをする気はねーし、ミゲルも聞かないだろうけどな)

「フッ……フッ……フッ………」

今日も真剣《しんけん》な表情で剣《けん》を振っているミゲルを見れば、イカサマなんて必要ないことは明白だ。というか、今のミゲルなら笑って「そんなの教えなくていいよ」と言うことだろう。せっかく努力した結果を試す機会を投げ捨てるのは、努力してこなかった奴だけだからな。

「……うん、そうだな。特に何もねーや。まあティアが話した精霊《せいれい》の真実関連で動きがある可能性はあるけど、それは俺達の領分だから、ミゲルやナッシュには関係ねーし」

「そう。なら私達が油断し過ぎなければ、子供達は自由に過ごしてても平気ってこと？」

「多分な。成功も失敗もあるだろうけど、子供のうちなら全部いい経験さ」

先がわからないということは、常に最善手を打つことができないということ。ならば準備や能力が足りず、ミゲルが失敗することだってあるだろう。

だが、それは成長できるきっかけだ。今の子供達なら、躓《つまず》いたって自力で起き上がれる。痛みを知らず成功だけを重ねるよりも、それはずっとずっと尊いことだ。そしてそんな俺の考えに、ティアも小さく微笑んでくれる。

「フフッ、そうね。この学園のなかから出られないまま一年も過ごすなんて、最初はどうなのかなって思ってたけど……」

「ははは、飽《あ》きてる暇《ひま》なんてねーぜ？　我《わ》が契約者《けいやくしゃ》たるミゲルが活躍するのは、むしろこれからだからな！」

「あら、美の精霊が契約してるナッシュだって、きっとこれからも活躍するわよ？」

「ほほぅ？　ならどっちがより活躍するか、勝負といくか？」

「いいわよ、受けて立ちましょう！」

「ふぅ……ふぅ……終わったよエイドス！」

「おーいティア！　俺も言われたとおりにできたぞ！」

ニヤリと笑い合う俺とティアに、額の汗《あせ》を拭《ぬぐ》いながらミゲルとナッシュが声をかけてくる。その顔がどうにも眩《まぶ》しくて、俺は思わず目を細めながらミゲルの側へと近づいていくのだった。

第三章 予定に無かった来訪者

そこからの日々は、予想通りに賑《にぎ》やかで、予想以上に平穏《へいおん》であった。課外授業で野生の獣《けもの》に襲われた女子生徒を、颯爽《さっそう》と現れた……本当は用を足しに茂《しげ》みに入っただけなんだが……ミゲルが見事に守ってちょっといい感じの空気になったり、学園対抗の模擬戦でナッシュが遂《つい》に四属性の精霊魔法の発動に成功して大きな注目を集めたりなど、学園らしい楽しげなイベントを、俺達は子供達と一緒に存分に楽しんでいく。

そんなこんなで、俺達がこの世界に来てから、おおよそ八ヶ月。その日も俺は、ミゲルの訓練を見守っていた。

「フッ……フッ……ふぅぅ…………どうだった、エイドス？」

「うむ、完璧《かんぺき》だったぞ主よ」

「ホント⁉　やったぁ！」

俺の言葉に、ミゲルが全身で喜びを表現する。日々のたゆまぬ努力が実を結び、遂にミゲルは一〇〇回全《すべ》ての素振《すぶ》りを完璧にこなすことに成功したのだ。

「よくやったな主よ。主ならばいつかできるとは思っていたが、まさかこれほど短期間で達成するとは。いや、まったく素晴《すば》らしい」

「何だよエイドス、そんなに褒められたら照れちゃうよ。へへへ……」

「ははは、いいではないか。なあ主よ、努力というのは二種類ある。一つは他人が認める努力……即《すなわ》ち結果に繋がる努力だ。これはまあ、わかりやすいな。頑張《がんば》った結果大きな成功を収めれば、誰でも認める。当然のことだ」

「？　うん、そうだね？　なら、もう一つは？」

「うむ。もう一つは……自分が認める努力だ。主はまだ子供で、かつ学園の生徒であるからあまり実感がないだろうが、大人になると多くの場合、先に言った『他人が認める努力』以外を価値の無いものとして切り捨てようとする。

　どんなに頑張っても、それが目に見える結果に至っていないのであれば無駄《むだ》だと馬鹿《ばか》にする者に、主はこれからの人生できっと沢山《たくさん》出会うことだろう。

　だが、そんな時に役立つのが今言った『自分が認める努力』だ。自分が心から頑張ったと、全力を尽《つ》くしたと誰憚《だれはばか》ることなく言える努力は、自分を支える自信となる。それがしっかりしてさえいれば、何も知らない他人からの悪口など、鼻で笑えるようになるのだ。

　今日までの主の努力は、他人に見えないものであった。精霊魔法が全てのこの世界で、主がやっていることを『無駄な努力』だと陰《かげ》で笑っている者がいたことを、私は知っている。

だが主よ、主はそんな雑音を気にすることなくやり遂《と》げた。そうして得た結果は、いずれ時が来れば誰もが無視できないほどに偉大《いだい》なものとなるだろう。

誇《ほこ》れ、主よ。結果を出したことではなく、結果が出るまでひたむきに努力を続けられた自分を、何より誇れ。私もまた主のことを、心から誇りに思うぞ」

「エイドス………」

優《やさ》しくミゲルの頭を撫《な》でると、ミゲルの目にうっすらと涙《なみだ》が浮《う》かぶ。だがそんな俺達の間に、横から声をかけてくる奴がいた。

「おーうミゲルぅ！　何だよ、漸《ようや》く素振りは卒業かぁ？」

「ナッシュ……」

浮かんでいた涙は一瞬《いっしゅん》で引っ込《こ》み、ミゲルが微妙《びみょう》に顔をしかめた。だがすぐにニヤリと笑うと、逆にナッシュに言い返す。

「そうだよ、僕《ぼく》は卒業さ。で？　ナッシュの方は、そろそろ全属性使えるようになったの？」

「うぐっ⁉　そ、それは……」

「残念ながら、まだもう一つ足りないわね」

ビクッと体を引いたナッシュに代わり、背後から近づいてきたティアが答える。

「ティア⁉　お前、何で言うんだよ⁉」

「だって、本当の事でしょう？　フフッ、『ミゲルには負けない！』って頑張ってたけど、一歩先を行かれちゃったわね」

「あー、くそっ！　ぜってー負けねーからな！」

「はいはい、頑張ってねナッシュ君？」

「ぬぁぁー、ミゲルのくせにぃ！」

上から目線で言うミゲルに、ナッシュが悔《くや》しげに地団駄《じだんだ》を踏《ふ》む。

ああ、言うまでもないことだが、ミゲルとナッシュは本気で競《きそ》い合ってはいても、喧嘩《けんか》をしているわけじゃない。生徒達の前で見事な勝負を見せて以降、周囲からも二人は好敵手《ライバル》として認識《にんしき》されているし、本人達もそのつもりでいる。

ワッフルとドーベンの関係に比べればちょっとだけ歪《ゆが》んでいるだろうが、まあ概《おおむ》ねあんな感じだろう。そんな子供達のやりとりを前に、ティアが隣《となり》に来て声をかけてくる。

「それにしても、子供の成長ってやっぱり早いのね。二人ともあっという間に成長していく感じだわ」

「だなぁ。ちなみにナッシュはどのくらいの腕前《うでまえ》になったんだ？」

「今のところは頭一つ抜《ぬ》けてるけど、それはナッシュが事実上どの精霊とも契約してないからだから……同じ条件だと、まあまあってところかしら？」

「おぉう、厳しいな」

忖度《そんたく》の無いティアの評価に、俺は苦笑いを浮かべる。だがそんな評価を下したティアは、楽しげに微笑みながらナッシュを見つめている。

「でも、ミゲルに影響を受けてるからか、ナッシュは凄く頑張ってるわ。あの頑張りをずっと続けられるなら、きっといい精霊使いになると思う。それで、ミゲルの方はどうなの？」

「あー、うん。ミゲルはなぁ……」

「え？　何その反応。ひょっとしてあんまり強くなってないの？」

思わず空を見上げてしまった俺に、ティアが心配そうな顔で問うてくる。だがそれに対する俺の答えは、苦笑しながら首を横に振ることだ。

「いや、逆だ。このまま成長すると、五年でアレクシスに追いつくと思う」

「うわ、それは本当に凄いわね……」

その言葉に、ティアもまた驚《おどろ》きで目を見開く。アレクシスの凄さは、俺達ならよくわかってるからな。無論未《いま》だに勇者の力に目覚めていないミゲルが、聖剣《せいけん》を手にしたアレクシスに勝てるとまでは言わねーが、それを抜いた素の剣技であれば、甲乙《こうおつ》つけがたい勝負ができるくらいには強くなってると予想される。実に将来が楽しみなのだが……

「……最後まで見届けられないのが、本当に残念だわ」

「ははっ、それは流石《さすが》に仕方ねーさ」

師匠《ししょう》と弟子《でし》ってほどではないにしろ、俺もティアもミゲルとナッシュには思い入れがある。だがこの二人が本格的に活躍《かつやく》し始める頃には、俺達はもうこの世界にいない。寂《さび》しい気持ちはあるが、この世界にズルズルと居座《いすわ》ることができないのも事実。

「ま、それでもまだ四ヶ月あるんだ。今はじっくり――――っ!?」

不意に、俺の背中にぞわりと寒気が走った。戦場に身を置いた時のような気配に、俺は慌《あわ》てて周囲を探《さぐ》る。だが特に変化は……うん？

「煙《けむり》が出てる……？」

子供達が精霊魔法《せいれいまほう》を練習で使うということもあり、魔法学園は町から切り離され、周囲を森で囲まれた独立した立地の場所に存在する。そんな学園と外界を隔《へだ》てる森の北方向に、うっすらと煙が立ち上っているのが見えた。

「何だ、火事か？」

「ねえエド、精霊のざわめき方が尋常《じんじょう》じゃないわ。ただの火事じゃ、こんな反応絶対にしないのに」

「ふむ、よくわかんねーけど、警戒《けいかい》しとくに越《こ》したことはねーな。おーい、主にナッシュよ、どうも様子がおかしいから、一旦《いったん》学舎の方に――」

「おーい！　ミゲル、ナッシュ！」

俺が二人に避難《ひなん》を促《うなが》そうとしたところで、逆に学舎の方からトーマスが走ってきた。大声を出し手を振るその肩《かた》には、当然ながらサランの姿もある。

「トーマス？　どうしたの、そんなに慌てて」

「何かお前、いつも俺達《おれたち》を呼びに来るよな」

「そりゃ二人がこんな離れたところで訓練ばっかりしてるからだろ！　って、そうじゃなくて、大変なんだよ！　ノルデが、ノルデの大軍がこっちに向かってきてるって、先生が！」

「は？」

肩で息をするトーマスの言葉に、しかしナッシュが馬鹿にしたような声を出す。

「何言ってんだトーマス。こんな大陸の真ん中まで、ノルデが攻《せ》めてこられるわけねーだろ？」

「そうだよトーマス。それって途中《とちゅう》の守りを全部抜かれたってことでしょ？　そんなことになってたら、とっくに大騒《おおさわ》ぎになってるんじゃない？」

「そりゃ俺だってそう思うけど、でも先生がそう言ってたんだよ！　とにかく一緒に来てくれ！」

「クァ！」

「サランまで……えっと、どうしようエイドス？」

「私も少し、悪い予感がする。できるだけ急いで行った方がいいだろうな」

「そうね。何も無ければそれで済む話だし、今はトーマス達《たち》と一緒に行きましょ」

「エイドスにティアまでそう言うなら……」

「ちぇっ、めんどくせーなぁ」

「いいから早く来いって！　先生がスゲー焦《あせ》ってたんだから！」

俺とティアの口添《くちぞ》えもあって、俺達は早足にトーマスに付いて移動していく。そうして向かった教室には、既《すで》に他の生徒達が集まっていた。

「先生、ミゲルとナッシュを連れてきました！」

「ありがとうトーマス君。さ、二人とも席について。エイドスさんとティアさんは、こちらに」

「はい」

「はーい」

言われた通りにミゲルとナッシュが自分の席に着き、俺とティアは教室の教師側の端に立つ。すると教室全体をゆっくりと見回したアマル先生が、改めてその口を開いた。

「では説明を始めます。まず最初に、皆さん当然ノルデの事は知っていますね？　魔王の支配する北の大陸からこちらに攻めてくる、邪悪《じゃあく》な存在です」

「知ってます！　でも、普段《ふだん》は海岸で食い止められてるんですよね？」

手を挙げた女生徒の言葉に、アマルはコクリと頷《うなず》いて言葉を続ける。

「はい、そうです。優秀《ゆうしゅう》な精霊使いの人達により海上で撃《う》ち落とされ、そこから漏《も》れた僅かなノルデも精霊騎士《せいれいきし》団《だん》の活躍によりこの国に入る前にその全てが殲滅《せんめつ》されています。ですが今回、ノルデは今までとはまるで違う動きを見せました。かつてない大集団で押《お》し寄せたばかりか、途中にある町や村を一切《いっさい》無視してこちらに向かって来ているのです」

「そんな、何で⁉」

「こっちに来てるって、逃《に》げなきゃ危ないんじゃないですか⁉」

にわかにざわつく生徒達を、アマルが身振《みぶ》りを交えて落ち着かせる。

「はーい、皆さん、静かに！　ノルデが何故突然《なぜとつぜん》行動を変えたのかは、今のところわかっていません。偉《えら》い研究者の方達が頑張って調べてくれていますが、結論が出るにはまだしばらく時間がかかると思います。

そして危ないという意見ですが、確かにその通りです。ですが逃げるにしてもこれだけの人数を一度に移動させることなんてできませんし、逃げ出した先でノルデに追いつかれるととても危険です。

その点、この学園であればしっかりとした防備が整っています。なのでノルデの危機が去るまでの間、皆《みな》さんにはここで待機してもらうことになりました」

「えーっ⁉　ここで⁉」

「せめて寮《りょう》の方じゃ駄目なんですか？」

「静かに！　静かにしてください！　確かに寮よりは窮屈《きゅうくつ》ですが、学舎の方がより頑丈《がんじょう》ですから、こっちにしましょうと先生方で話し合った結果です。しばらくは不便だと思いますが、みんなで助け合って――っ⁉」

ドスン！　ガシャン！　ドカーン！

「キャーッ⁉」

「うわぁぁぁぁぁぁ⁉」

突如《とつじょ》室内に響《ひび》き渡《わた》った、爆音《ばくおん》と衝撃《しょうげき》。生徒達が頭を抱《かか》えて蹲《うずくま》るなか俺は慌てて窓の外に視線を向けると、そこには大きな翼《つばさ》の生えた黒い人型の何かが、鳥のような脚《あし》についた鋭《するど》い鉤爪《かぎづめ》を学舎のガラス窓に叩《たた》きつけている光景があった。どうやら俺が想像していたよりも、ずっと敵の進撃《しんげき》速度が速かったようだ。

「ひぃぃ⁉　の、ノルデだぁ！」

「いやー！」

「大丈夫《だいじょうぶ》！　皆さん大丈夫です！　この校舎は強力な結界により守られていますから、このくらいは問題ありません！」

「で、でも先生！　ノルデが⁉」

「誰か！　誰か助けてー！」

「うわーん！　お父さーん！　お母さーん！」

「落ち着いて！　この状況《じょうきょう》は既に王都へと伝えられ、騎士団《きしだん》の人達が助けに来てくれることになっています！　だから少しだけ我慢《がまん》してください！」

「わぁぁぁぁぁぁぁん！」

この場にいる唯一《ゆいいつ》の大人であるアマルが必死に生徒達を宥《なだ》めるが、教室内に響き渡る悲鳴や鳴き声が収まることは無い。そしてそれはここだけでなく、この学舎全体で起こっていることだ。辺り一面から聞こえるそれは、互《たが》いに共鳴するように爆発的《ばくはつてき》に不安を増幅《ぞうふく》させていく。

この流れは、非常にマズい。今のところ結界は完璧にノルデの攻撃《こうげき》を防いでいるが、それでも突如目の前に現れた死の象徴《しょうちょう》と、辺り一面から押し寄せてくる恐怖《きょうふ》の感情に苛《さいな》まれて、たかだか一二、三歳《さい》の子供が正気でいられるはずがないのだ。

これは今すぐにでも手を打たねば……と俺が思ったところで、しかし悲鳴ではない最初の声は、俺ではなく生徒達の中から発せられた。

「みんな、そんなに怖《こわ》がらなくても大丈夫だよ！」

「……ミゲル？」

床《ゆか》に這《は》いつくばり怯《おび》える生徒達のなかで、ミゲルが一人立ち上がって言う。周囲から集まった視線に一瞬《いっしゅん》怯《ひる》んだミゲルだったが、すぐに気合いを入れ直し、あえて笑顔《えがお》を作って声を張る。

「見なよ！　ノルデの奴、怖い顔してたって結界に手も足も出ないじゃないか！　だからそんなに怖がることなんてないんだ！」

「そ、そうだぜ！　こんな奴ら、俺の五属性魔法で簡単にぶっ飛ばしてやる！」

ミゲルに続いて、ナッシュが立ち上がる。膝《ひざ》も声も震《ふる》えているが、それでもしっかり自分の足で立っている。

「だ、だよな！　俺だって、サランが一緒《いっしょ》なら、ノルデなんて……なあサラン？」

「クァ！」

次いで立ち上がったトーマスの言葉に、肩に乗ったサランがいつもと変わらぬ……いや、いつもよりちょっとだけやる気を感じさせる声で鳴く。

「そうだよ！　僕達《ぼくたち》が協力すれば、ノルデなんてやっつけられるんだ！　ミーファちゃん、アイラちゃん、課外授業のとき、僕が襲ってきたオオカミをやっつけただろ？」

「へ⁉　う、うん。そうだね」

「あの時のミゲルって、凄かったよね」

突然《とつぜん》呼びかけられた女生徒二人が、そう言って顔を見合わせる。それを聞いて頷いたミゲルが、訓練終わりで直接来たため持ったままだった剣を構え、窓の外でこっちを睨《にら》んでいるノルデにその切っ先を向ける。

「あの時と同じさ。ううん、あの時と違《ちが》って、今度はみんなを守るよ！　これだけ近くにいるなら、普通に剣で斬《き》れるだろうしね」

「おいおい、ミゲルのくせに格好つけてんじゃねーよ！　俺の魔法なら、ミゲルがやっつける五倍はノルデが倒《たお》せるぜ！」

「俺は……どうなんだろう？　サラン、いけると思うか？」

「クアッ！」

「お、おぅ……何かいけそうだから、一匹《びき》くらいなら倒してやるぜ！」

「ミゲル君、ナッシュ君、トーマス君………」

「何だろう、あいつらにやれるって言われたら、何か俺もやれそうな気がしてきた」

「私も！　戦うのは怖いけど、厚手の布を頭から被せたら、ノルデだって飛んでられなくなったりしないかな？」

「俺も俺も！　最近やっと、風属性の付与に成功したんだ！　このナイフならちょっとくらい遠くから投げたって、ノルデの頭に命中する……はず！」

「え、それは普通に精霊魔法で攻撃した方が早いんじゃない？」

「おま、そういうこと言うなよ！　せっかく俺とグリムが造ったんだぞ！」

「わ、悪いレンブラント……」

「「「ははははは！」」」

さっきまで悲壮《ひそう》な空気に満ちていた教室内に、明るい笑い声が響く。耐えがたい恐怖が伝播《でんぱ》したように、今度はミゲル達の勇気が皆に伝わっていったようだ。

ああ、本当にミゲルは成長した。ならその頑張りに、俺も全力で応《こた》えなきゃ嘘だろ。

「アマル先生、少しいいか？」

「ああ、よかった……あ、はい。何ですかエイドスさん？」

ひとまずは落ち着きを取り戻《もど》した生徒達。その様子にホッと胸を撫で下ろしていたアマルに、俺は小声で話しかける。

「実際のところ、この結界はどの程度保《も》つのだ？　それに、救援《きゅうえん》が来るということだったが、到着《とうちゃく》までどのくらいかかる？」

「そ、それは……」

「頼《たの》む、正確な情報が知りたいのだ」

言い淀《よど》むアマルに、俺は真剣な声で頼む。すると窓の外で暴れるノルデをチラリと見てから、神妙《しんみょう》な顔でアマルが答えてくれた。

「このまま放置するだけなら、一日は保ちません。ですが私達教師陣《きょうしじん》が全力で魔力《まりょく》を供給し続ければ、おそらく一週間から一〇日くらいは保つと思います」

「おお、そりゃ凄いな。なら、救援は？」

「そちらは多分、一週間くらいで来てくれるかと。勿論《もちろん》、予期せぬ邪魔《じゃま》が入ったりしなければ、ですけど」

「ふむ。そうなると理論上は救援が間に合うわけか」

「はい。水は魔法で出せますし、食料の備蓄《びちく》も、そのくらいなら何とかなります。寮までの道が確保できるなら、それこそ一ヶ月だって大丈夫ですしね。ただ……」

そこで一旦言葉を切ると、アマルの視線が子供達に向く。

「ミゲル君達のおかげで、今は落ち着いてくれました。でもこの状態が一週間続くかと言われれば……」

「……難しいだろうな」

一日くらいならともかく、常に周囲に敵がいて、いつ結界が破られるかわからないような状況で、実戦経験もない子供がまともな精神を保《たも》てるかと言われたら、まず無理だろう。救援がくるかも知れないという希望だけで乗り切るには、一週間は長すぎる。

（となると、やるしかねーな）

「ティア、打って出るぞ」

「了解《りょうかい》！　いつでも行けるわよ！」

俺の言葉に、ティアが即座《そくざ》に同意してくれた。全く迷いの無いその様子は、いつもながら頼《たよ》りになる。となれば、後はこっちだ。

「おーい、主よ！　ちょっといいか？」

「エイドス？　何？」

「うむ、実はこれより学舎の外に出て、敵を討伐《とうばつ》しようと思ってな。ついては主の許可が欲《ほ》しいのだが」

「ええっ⁉」

俺の要望に、ミゲルが大いに驚きの声をあげる。窓の外と俺の顔に何度も視線を往復させ、不安げな表情でそれでも深く考え込む。

そしてそんな俺達の隣では、ティアとナッシュもまた同じように話し込んでいる。

「馬鹿じゃねーのか⁉　いくらティアが精霊だからって、こんな大量のノルデをどうにかできるわけねーだろ⁉」

「あら、そんなことないわよ？　勿論私一人じゃ無理だけど……」

「……それは、俺も一緒に――」

「エド……じゃない、エイドスが一緒なら楽勝よ！」

「………ああ、そうかよ」

もの凄くふてくされた顔をしたナッシュが、ギロリとこっちを睨んでくる。何となく理《り》不尽《ふじん》な恨《うら》みを買ったような気がしなくもないが、ここでそんな事を気にしても仕方ないだろう。そっとナッシュから視線を逸らすと、代わりに顔を上げたミゲルと目が合った。

「エイドス……本当に大丈夫なの？　自分を犠牲にして時間を稼《かせ》ごうとしてるとか、そういうわけじゃないんだよね？」

「無論だ。私は人の精霊なれば、人にできる事しかできない。そして人は長きに亘《わた》って、ノルデを撃退《げきたい》し続けてきたのだ。ならば今この場で、私にそれができない道理はないだろう？」

窺《うかが》うようなミゲルの視線を、俺は真っ正面から受け止めて不敵に笑う。そのまま数秒見つめ合うと、硬《かた》かったミゲルの顔にもふわりと笑《え》みが浮かんだ。

「……わかった、信じるよ。ならエイドス、頑張ってきて！」

「任せろ！　せっかくの学園生活を台無しにするような無粋《ぶすい》な輩《やから》など、この私が全て討《う》ち果たしてみせよう！」

「いーよいーよ！　なら勝手に行ってこいって！　でも……無理はすんなよ？　絶対帰ってこないと駄目《だめ》だからな！」

「フフッ、ありがとうナッシュ。じゃあ行ってくるわね」

どうやらティア達の方も話が纏《まと》まったらしい。それを確認《かくにん》して頷き合うと、俺は改めて近くにいたアマルに声をかけた。

「アマル先生。主達の許可を得たので、私とティアは外に出てノルデを迎撃《げいげき》してこようと思うのだが、何処《どこ》から外に出ればいい？」

「話は聞こえてましたけど、本当に行くんですね……なら一階中央の昇降口《しょうこうぐち》から出てください」

問う俺に、呆《あき》れと希望の両方を込めたアマルがそう教えてくれた。なので俺達は学舎の中を駆《か》け、指定された場所から外へと飛び出す。

「うっし、出られたな！　本当なら格好良く窓から飛び出したかったところだが……」

「駄目に決まってるでしょ！」

「ははは、わかってるって。んじゃ、早速《さっそく》始めますか！」

学舎を守る結界は、基本的には一方通行。教師達の持つ特殊《とくしゅ》な魔導具があれば入ることも可能になるらしいが、俺達はそれを借りなかった。

当たり前だ。それを持った状態で死んだらノルデが学舎の中に入り込んでしまうし、何よりこの程度の敵に、負けてやるつもりなど微塵《みじん》も無い！

「さあ、久々の全力戦闘《せんとう》だ！　ティア、援護《えんご》を！」

「任せて！」

俺は〈彷徨い人の宝物庫《ストレンジャーボックス》〉から、上質な鋼の剣を取り出す。鍛冶《かじ》の才能があったレンブラントに手本として打ってみせた一本で、なかなかの自信作だ。

「〈旅の足跡《オートマッピング》〉、展開！　〈失せ物狂いの羅針盤《アカシックコンパス》〉、表示範囲内《はんいない》のノルデの位置をマーキングしろ！」

俺の視界の端に、半透明《はんとうめい》の青い板が出現する。次いでそこに無数の赤い点が刻まれていき、表示されていたカウントが三〇〇を少し超えたところで止まった。

「思ったよりも少ねーな？　四桁《けた》くらいいそうな印象だったんだが」

「子供達がいる学舎の正面に集中してるからじゃない？」

「なるほど？　ならサクサク倒していくか！」

「ケエエエエエエエエ！」

獲物《えもの》が結界の外にいることに漸く気づいたのか、ノルデの一匹が俺達に向かって急降下してくる。鋭く尖《とが》った鉤爪が俺の脳天を貫《つらぬ》かんと迫《せま》ってくるが……おいおい、一直線は舐《な》めすぎだろ。

「まずは一匹！」

「グヘェ⁉」

軽く首を捻《ひね》ってかわし、わざわざ剣の間合いに入ってくれたノルデを、一刀のもとに斬り捨てる。するとそれを皮切りに大量のノルデ達が襲《おそ》いかかってくるようになったが、それこそ好都合。剣が届くを幸いに次々と斬りつけてやれば、あっという間にノルデの死体がその場に積み上が……らない。

「おぉ？　なるほど、今回もそういう敵なのか」

死んでから一〇秒ほどすると、ノルデの死体は黒い霧《きり》になって消えてしまう。その反応で思い出すのは、ワッフルの世界にいたクロヌリだ。どうやらノルデもクロヌリと同じで、真っ当な生物ではないらしい。

だが、その仕様もまた好都合だ。これなら死体が戦場を埋《う》め尽くして動きを阻害《そがい》されることもねーし、戦後に疫病《えきびょう》を怖がる必要もないからな。

「そういうことなら、ドンドン来やがれ！」

「解放、『ウィンドエッジ』！」

俺は俺の方に向かってくる奴《やつ》らを、ティアは少し離れたところにいる奴らを、それぞれの武器を最大限に生かして狩《か》っていく。戦力差一五〇倍は普通に考えれば絶望的だが、その差はみるみる縮まっていく。一〇、二〇、三〇、五〇……

「これで、一〇〇匹ぃ！」

雄叫《おたけ》びと共に振《ふ》り下ろした剣が、三桁最初のノルデを斬《き》り裂《さ》く。なかなかにいいペースだが、それでもまだ油断できる状況じゃない。

それに、敵も決して馬鹿ではなかったようだ。流石にこれだけ屠《ほふ》られると、もう俺のところまで降りて来てくれる親切なノルデはいなくなってしまった。

「チッ、こうなると剣士《けんし》は厳しいな。そりゃ精霊魔法至上主義にもなるか」

俺のすぐ背後では、変わらぬペースで銀霊《ぎんれい》の剣を振るい、ノルデを倒し続けているティアの姿がある。それを目《ま》の当たりにすると、遠距離《えんきょり》攻撃《こうげき》が重宝される理由がありありとわかってしまうのが辛《つら》い。

「あらエド、泣き言？　なら私が助けてあげましょうか？」

「ハッ、冗談《じょうだん》！」

ドヤ顔をするティアをその場に残し、俺は〈追い風の足《ヘルメスダッシュ》〉を発動する。地を駆ける勢いをそのままに学舎の壁《かべ》を駆け上がり、思い切り蹴《け》って空中に飛翔《ひしょう》する。そうして近くにいた数体のノルデを斬って捨てると、着地の衝撃は〈円環反響《オービットリフレクター》〉で吸収する。

更《さら》にはその衝撃を足から下方向に発生させることで大ジャンプし、再び間合いに入った上空のノルデをスパッと斬り捨てた。

「うおー、スゲー！」

「頑張れー！」

そんな俺の曲芸じみた戦い方に、学舎のなかから歓声《かんせい》が上がる。派手に戦い続けたおかげで、ミゲル達以外の生徒も希望を取り戻し、俺達を応援《おうえん》してくれているのだ。

「フフッ、大人気ねエド？」

「まーな！　やっぱり早めに手を打って正解だったぜ」

もしもあのまま様子見を決め込んでいたら、仮に後で戦いに出たとしても、この状態には持っていけなかっただろう。一度恐怖と絶望に心が染まりきってしまえば、たとえ大人だってそれを払拭《ふっしょく》するのは難しいのだ。

だからこそ、俺達はすぐに動いた。ここで死ぬのだと絶望する前に、ノルデを倒しまくるという希望を見せられたからこそ、生徒達は正気を保っていてくれるのだ。ただ……

「ふぅ……ふぅ……」

「チッ、やっぱり数が多いな」

一〇〇倒しても、まだ二〇〇。間違《まちが》いなく減っているとは思うんだが、敵の密度が下がっている実感は湧《わ》かない。あるいは何処からか補充《ほじゅう》されている可能性すらあるが、それを確認している暇こそあるはずもない。

「大丈夫かティア？　少し休んでもいいんだぞ？」

「そうね。まだもう少しくらいは平気だけど、まだ半ばを超《こ》えてないことを考えれば、少しペースを……あぐっ⁉」

「何だ⁉」

突如として遠い北の空から感じた、強烈《きょうれつ》な殺気。思わずビクリと体を反応させてしまった俺の側で、ティアが頭を抱えて蹲る。

「ティア⁉　おい、大丈夫か⁉」

「う、うん。平気……急に辺りの精霊《せいれい》が暴れ出して、魔力をかき回されて気持ち悪くなっちゃっただけよ」

「精霊が？」

精霊に関しては俺には何も感じられないが、原因はまず間違いなく今の殺気の主だろう。ティアを庇《かば》うように前に立つと、周囲のノルデ達がどういうわけかその動きを止め、まるで何かを迎《むか》え入れるように左右に分かれていく。そうして姿を現したのは……

「黒いドラゴン……⁉」

まるで王のように悠々《ゆうゆう》と飛んできたのは、全長一〇メートルを超える、真っ黒なドラゴンだ。と言ってもあくまでもドラゴンっぽい形をしているだけで、他のノルデと同じくそこに命の息吹《いぶき》を感じられない。

ただし、その身から放たれる威圧《いあつ》感は本物以上。心の弱いものであれば、遠くから対峙《たいじ》するだけで戦意を喪失《そうしつ》し、膝を折ってしまうことだろう。

「って、子供達は⁉」

「うわ、スゲー！」

「でっかいドラゴンだ！　かっけー！」

「ちょっと男子！　馬鹿なこと言ってないでよ！」

「…………大丈夫みてーだな」

窓越《まどご》しに聞こえてくる声は、恐怖に押しつぶされたものではない。どうやら学舎を守る結界ってのは、俺の想像よりずっと上等なもののようだ。

「ふぅ……ごめんエド、もう大丈夫よ」

「ティア。無理しなくてもいいんだぜ？」

「無理なんてしてないわよ。それともまさか、一人でメインディッシュを食べる気なのかしら？」

「ハッ！　安心しろ、俺は紳士《しんし》だから、ちゃんと切り分けてやるさ！」

僅《わず》かにふらつきつつも翡翠《ひすい》の瞳《ひとみ》に力を取り戻したティアと並び、俺は改めて黒いドラゴンに剣《けん》を向ける。すると奴は大きく口を開け……って、これはヤバいやつだろ⁉

「ティア！」

「っ……駄目、あの魔力量は防げない！」

「チッ！　なら俺が！」

ドラゴンの口の中に、ギュンギュンと音を立てて漆黒《しっこく》の光が集まっていく。そうして放たれたのは、俺の体の三倍以上ある巨大《きょだい》な黒い火球。

「GYAOOOOOOO！」

「くっそがぁ！」

俺は〈不落の城壁《インビンシブル》〉と〈吸魔の帳《マギアブソーブ》〉を全力で展開し、学舎目がけて飛来した火球を思い切り剣で斬りつけた。だがここまでの酷使《こくし》で限界が来ていたのか、鋼の剣がその途中でビキンと硬質《こうしつ》の音を立ててへし折れてしまった。慌てて体で受け止めたが、名状しがたい不快感がヘドロのように俺の中に堆積《たいせき》していくのを感じる。

（そうか、吸収……⁉　こいつは駄目だ！）

本来ならあらゆる魔法、魔力攻撃《まりょくこうげき》を無効化できる〈吸魔の帳《マギアブソープ》〉だが、魔力を吸収して無効化するという能力が悪い方に働いてしまった。人の身ではとても受け入れられない質と量の魔力をこのまま取り込み続けるのは、明らかに自殺行為《こうい》。

「なら、これで……どうだっ！」

吸収できないというのなら、どうにかしてその軌道《きどう》を逸《そ》らすしかない。俺は〈吸魔の帳《マギアブソープ》〉の使用をやめ、あえて体で黒火球を受け止める。物理的な破壊力《はかいりょく》は〈不落の城壁《インビンシブル》〉で無効化し、焼けただれる肌《はだ》は即座に〈包帯いらずの無免許医《リジェネレート》〉で再生。受ける衝撃全《しょうげきすべ》てを〈円環反響《オービットリフレクター》〉で反射して……あとは渾身《こんしん》の力で体を上に反らすのみ。

「だっしゃぁぁぁぁぁ！」

辛《かろ》うじて、火球が空へと抜けていった。だがその際に学舎にかすってしまったのか、背後からバリッという聞きたくない音が聞こえる。

「ティア、今の音は何だ⁉」

全裸《ぜんら》というわけにもいかないので、焼けてしまった装備を〈半人前の贋作師《コピーアンドフェイク》〉で即座に見た目だけ修復しながら、俺はティアに問いかける。するとティアがギュッと眉根《まゆね》を寄せて学舎を見つめ、焦ったように言葉を続ける。

「学舎の結界が、一部壊《こわ》れちゃったみたい。すぐに修復されたっぽいけど、あれを何度も防げるとは思えないわ」

「だろうなぁ」

予想通りの最悪《じょうほう》を聞かされ、俺もまた顔をしかめる。威力《いりょく》を弱めたものがかすっただけでそうなるなら、直撃《ちょくげき》はおそらく防げない。的はでかくて俺とティアだけで守れる大きさでもないし、何より中には何百人もの子供達と教師がいる。

「なら速攻《そっこう》しかねーわけだ！　ティア、雑魚《ざこ》の方を頼む！　ドラゴンは俺が！」

「わかったわ！」

何故《なぜ》か数が減った気のしない通常のノルデをティアに任せ、俺は再び学舎を駆け上り、壁を蹴ってドラゴンに斬りかかる。無論その程度で届く距離《きょり》ではないんだが……

「――顕現《けんげん》せよ、『エアプレッシャー』！」

バッチリのタイミングで、ティアが俺の足下《あしもと》に風を固めた足場を作ってくれる。そこに〈追い風の足《ヘルメスダッシュ》〉と〈円環反響《オービットリフレクター》〉を組み合わせてやれば、のんびり空を漂《ただよ》っているトカゲ野《や》郎《ろう》に刃《やいば》を届かせるには十分！

「血刀錬成《けっとうれんせい》！」

無くした剣の代わりに、手首を切って流れ出た血を巨大な刃に成形する。予備の剣は何本か〈彷徨い人の宝物庫《ストレンジャーボックス》〉に入れてあるが、この巨体《きょたい》を斬り裂くならこっちの方がいい。

「落ちやがれ！」

「GYAOOOOOOO！」

狙《ねら》い違《たが》わず、血の刃はドラゴンのでかい翼に三分の一ほどの切れ込《こ》みを入れた。普通《ふつう》の魔獣《まじゅう》ならこれで墜落《ついらく》するところだが……しかし奴は落ちるどころか、翼の切れ込みがあっという間に再生してしまった。

「やっぱり再生能力持ちか……自分以外が使ってると、本当に糞《くそ》みたいなイカサマだぜ」

一撃《いちげき》で致命傷《ちめいしょう》を入れられれば、おそらく倒せる。だがそれこそが難しい。あるいは少し時間が稼げるなら、打てる手もあるんだが……

「GYAOOOOOOO！」

「ん？　何だ？」

「そんな⁉　エド、結界が⁉」

「なっ⁉」

突然ドラゴンが咆哮《ほうこう》したかと思ったら、いきなり通常のノルデの動きが変わった。俺達を完全に無視して学舎だけを攻撃するようになり、そこかしこからバチバチと青白い閃光《せんこう》が迸《ほとばし》る。しかもその光景を見て、ドラゴンの口元が僅かに歪《ゆが》んだ。

「野郎、嗤《わら》いやがったな⁉　ティア、全部防ぐぞ！」

「えぇ？　相変わらず無茶《むちゃ》言うわね」

「ハハッ、何せやるしかねーからな！」

強がりの啖呵《たんか》を切って、俺は更に回転を上げてノルデ達を叩いていく。だがどうしても多勢に無勢なうえに、どうやっても剣が届かない位置まで引っ込んだドラゴンが、威力ではなく手数を優先した小さな火球を乱射し始めたことで、学舎への被弾《ひだん》が劇的に増えていく。

「キャアアアア⁉」

「お、おいこれ、本当に大丈夫なのか？」

「駄目だ、やっぱり……ノルデには勝てないんだ！」

その影響《えいきょう》で、一旦落ち着いた学舎内の生徒達が再び恐怖の声を上げ始めている。我慢の限界、結界の限界……残り時間は多くない。

「ティア、あのデカブツを一撃で仕留めたい……どのくらいかかる？」

俺の問いに、ティアがギュッと顔をしかめる。遥《はる》か高空から火球を乱射してくるドラゴンをまっすぐに見つめ……

「……五分頂戴《ちょうだい》」

「わかった……起動しろ、〈火事場の超越者《リミットブレイク》〉！」

一切聞き返すことなく、俺は手持ちの最後の札を切った。そのまま〈追い風の足《ヘルメスダッシュ》〉を使えば、今までとは比較《ひかく》にならない速度で体が飛び出して行く。

「うぉぉぉぉぉぉぉぉぉ!!!」

雄叫びと共に、学舎に群がるノルデを次々と斬り捨てていく。やってることは今までと同じだが、その速度も、そして俺の体にかかる負荷《ふか》も段違《だんちが》い。

追放スキル〈火事場の超越者《リミットブレイク》〉……それは〈終わる血霧の契約書《ブラッドエンジン》〉とは違い、人間が無意識に体に掛けている制限を解除し、あますことなく全力を出せるようにするという能力だ。〈終わる血霧の契約書《ブラッドエンジン》〉のように無茶苦茶《むちゃくちゃ》な強化倍率ということはないが、代わりに時間制限もないし、任意で解除できるところはメリットだろう。

無論、差はそれだけではない。〈終わる血霧の契約書《ブラッドエンジン》〉は追放スキルの効果も含《ふく》めた全《すべ》ての能力が一〇〇倍だが、〈火事場の超越者《リミットブレイク》〉はあくまでも体のリミッターを外すだけ。なので体の頑丈さは変わらねーし、〈包帯いらずの無免許医《リジェネレート》〉の治癒《ちゆ》能力が強化されたりもしない。

そうなるとどうなるかというと、見ての通りだ。一歩踏《ふ》み込むだけで足の骨が砕《くだ》け、一刀振るうだけで腕《うで》の筋肉が断絶する。その負傷は強化されない〈包帯いらずの無免許医《リジェネレート》〉ではとても治しきれるものではなく、見た目こそ人の体を保っているが、俺の手足はボロボロのグネグネだ。

だがそれでも、今はこれにしか頼れない。生きているだけで死ぬより酷《ひど》い状態になるとわかっていても、学舎もティアも全てを守るという無理を通すなら、このくらいのリスクは背負って当然！

「落ちろぉぉぉぉぉぉ!!!」

群がるノルデを、飛来する火球を、俺はひたすらに血の刃で切り刻んでいく。幸か不幸か腕からは止めどなく血が噴《ふ》き出しているので武器の生成には困らないが、代わりに少しずつ意識が遠くなっていくのが自覚できる。

「くそっ、まだだ……まだ終わってねぇ！」

ふらつく足がグラリと揺《ゆ》れる。踏ん張ろうとしてみたが、折れた骨の回復が間に合わずその場に膝を突《つ》いてしまう。そんな俺を嘲笑《あざわら》うかのようにノルデと火球が横をすり抜《ぬ》けようとしていくが、たとえ動けずとも剣の間合いならば見逃《みのが》さない。腕の力だけで刃を振るい、その全てを斬り落とす。

だが足りない。それじゃ足りない。もっと速く、もっと強く！　五秒かけて何とか繋《つな》がった骨を再び砕きながら、俺は空へと飛び出して行く。

「誰一人《だれひとり》、何一つ！　テメェ等に譲《ゆず》ってやるもんはねーんだよぉぉぉ！」

水風船のように柔《やわ》らかい腕を胴《どう》の回転で振り回し、飛び散った血の全てを針のように研《と》ぎ澄《す》ますことで、一帯の敵を全て串刺《くしざ》しにした。

だが足りない。まだまだ足りない。足りないのに……俺の体は地面に落下し、潰《つぶ》れたカエルのように自分の血の池に沈《しず》んだ。

足りない、足りない、血が足りない。地面が割とビチャビチャなんだが、ノルデは何も残さず消えちまうってことは、これ全部俺の血だろ？　そりゃ倒れるし、動けなくなるわ。せめて一分、いや三〇秒でもいいから、休息と回復にだけ集中できれば……

「ぐっ、おぉぉぉぉぉぉぉぉぉ！」

内心でどれだけ泣き言を叫《さけ》ぼうと、現状は変わらない。残る気力の全てを振り絞《しぼ》り、俺はその場に立ち上がった。

目がかすむ、腕に力が入らない。時間の感覚も曖昧《あいまい》で、ティアの詠唱完了《えいしょうかんりょう》まであとどれだけ残っているのかも不明。

それでも俺は立ち上がった。立ち上がることしかできなかったが、兎《と》にも角《かく》にも立ったのだ。だってそうだろ？　俺の体がボロボロだったとしても、俺の背後にある守りたいものは、まだ何一つ失われちゃいねーんだ！

「GYAOOOOOOO！」

「「「ケェエエエ！」」」

「やって……っ！」

一歩。左足がグチャリと潰れ、即座に治癒が始まる。その踏み込みと〈追い風の足《ヘルメスダッシュ》〉の勢いを合わせ、七匹のノルデを斬り跳《と》ばす。

「やる……っ！」

学舎の壁を蹴りつつ、二歩。右足も駄目になる。密集地点を跳び抜けたので、一三匹のノルデを仕留める。

「ぜぇ……っ！」

辛うじて骨と肉が繋がっただけの左足を踏み込む三歩目。だが予想よりも力が入らず、俺の目の前を防ぎきれなかった攻撃が通り過ぎていく。すると遂《つい》に限界を迎えたのか、学舎を覆《おお》っている結界がパリンと音を立てて砕け散り、遂に獲物に辿《たど》り着いたノルデ達《たち》が学舎の中に入り込もうとした、まさにその時。

「今だ、撃《う》てーっ！」

「なっ⁉」

学舎の窓から突き出された、何百もの杖《つえ》。そしてそこから放たれるのは、何百という精《せい》霊魔法《れいまほう》。予想外の反撃《はんげき》を受けたノルデ達が、バタバタと地面に落下していく。

「よっしゃ、成功だ！」

「やれるぞ！　俺達《おれたち》だってノルデを倒せる！」

「おいおい、こりゃ一体――」

「エイドス！」

戸惑《とまど》う俺の前で、一階の教室から小さな影《かげ》が飛び出してくる。子供達の中で唯一《ゆいいつ》杖ではなく剣を握《にぎ》るその姿を、俺が見間違《みまちが》えるはずもない。

「ミゲル⁉　これはどういうことだ⁉」

「……考えたんだ。いくら精霊だからって、何でエイドスやティアだけが頑張《がんば》ってるのかって。僕達を守って血まみれになって戦ってくれてるのに、僕達はただ見てるだけでいいのかって！　そしたら――」

「ここは俺達の学園なんだ！　なら俺達が守るのは当然だろ！」

「ナッシュ⁉」

　窓から顔を突き出して叫んだのは、割と動いてるはずなのに、どういうわけか痩《や》せることのない生意気そうな赤髪《あかがみ》の少年。そいつがニヤリと笑みを浮《う》かべ、空に向かって色とりどりの魔法《まほう》の矢を放つ。

「見ろ！　天才ナッシュ様の精霊魔法なら、ノルデなんて楽勝だぜ！　ほら、お前等もドンドン続け！」

「ナッシュだけにいい格好なんてさせねーよ！　いくぞサラン！『ファイアアロー』！」

「頑張ろうねタッコン！　いけー、『バブルボム』！」

「練習の成果を今こそ発揮する時です！　さあロッキー、『ストーンミサイル』！」

「先生だって見てるだけじゃありませんよ！　湛《たた》えし水は見ずとも揺蕩《たゆた》い、増えて減じず不壊《ふえ》にて変じず！　いきなさいフロウティア！『アクアバレットストリーム』！」

「ケェエエエ⁉」

　撃ち出され続ける精霊魔法は、俺一人では倒しきれなかった大量のノルデをあっという間に駆逐《くちく》していく。

　これこそが、結束の力。いつか訪《おとず》れるかも知れない戦場で、勇者ミゲルを支え、守ってくれるであろうモノ。そうか、俺が思っていたよりも、子供達はずっと成長していたのだ。

「さあエイドス！　ここからは僕《ぼく》も一緒に……イテッ⁉」

やる気を出したミゲルが俺の横で剣を構えたが、俺はそんなミゲルの頭にポカリと拳骨《げんこつ》を落としてやる。子供達の稼いでくれた時間は、それができるだけの癒《い》やしを俺に許してくれたのだ。

「何するのさエイドス⁉」

「私の言うことを聞かなかった罰《ばつ》だ。大人しく待てと言っただろう？」

「でも、それは……」

「大丈夫《だいじょうぶ》だ。確かに少し手間取ったが……約束は果たす。さ、少し下がっているのだ」

俺はミゲルの体を少し遠くに押《お》しやると、改めてドラゴンに対峙する。どうやら奴は数で押されるのがお気《き》に召《め》さないらしく、その口には一際《ひときわ》でかい火球が収束されている。おそらくはこの一撃で勝負を決めるつもりなんだろう。

だが、それはこっちにとっても好都合。ならばこっちも……一撃で決める！

「準備完了《かんりょう》よ、エド！」

「さっすがティア、最高のタイミングだ！　じゃ、貸してくれ！」

俺の言葉に、ティアが腰《こし》から自分の剣を投げてよこす。俺はそれをひょいと受け取ると、ティアを正面に……つまりドラゴンに背を向けて立つ。

「ナッシュ！　それに他のみんなも、よーく見てなさい！　これが貴方達《あなたたち》が……本当の精霊使いが辿り着ける高みよ！

光を集めて形作るは眩《まばゆ》く輝《かがや》く白月《はくげつ》の星、風を纏いて荒《あら》ぶるは鋭《するど》く切り裂く尖月《せんげつ》の檻《おり》！

鈍《にび》の光を宿して貫く破眼黒禄精霊《はがんこくろく》の瞳！」

ティアがまっすぐ突き出した手の先に、白く輝く光球が生まれた。更にその周囲を荒ぶる風の刃が覆っていき、ティアが時間をかけて練り上げたとんでもない量の魔力が、側にいるだけで圧倒《あっとう》されるほどの破壊《はかい》の力を収束させていく。

「う、嘘《うそ》だろ⁉　違う属性の精霊魔法を同時に……じゃない、一つに纏めてる⁉」

「そうよ。頑張って訓練すれば、こんなことだってできるようになるの。頑張って練習してね……輝き貫き撃ち抜き爆《は》ぜろ！　ルナリーティアの名の下《もと》に、顕現せよ『スターハストゥール』！」

ティアが最後の詠唱《えいしょう》を終えると、その手から嵐《あらし》を纏う恒星《こうせい》が撃ち出された。それはまっすぐにドラゴン……ではなく、俺の方に向かってくる。

「そんな⁉　エイドス！」

「大丈夫だ、問題無い」

焦《あせ》るミゲルにそう言うと、俺は借り受けた銀霊の剣を構える。当たれば即死《そくし》するような攻撃《こうげき》を、しかし銀霊の剣は優《やさ》しく斬り裂き……その刀身に眩く輝く嵐が宿る。

「さあ主よ、精霊魔法の高みを見せたティアに倣《なら》い、今度は私が剣の高みを見せよう。しっかりその目に焼き付けるのだ！　人の技と精霊の力、その二つが合わされば――」

「GYAOOOOOOOO！」

振り向いた俺の目の前で、遂に力を溜《た》め終えたドラゴンが、その巨体すらも覆い隠《かく》すほどの黒い火球を吐《は》き出した。渾身と呼ぶに相応《ふさわ》しいそれは、着弾《ちゃくだん》すれば学舎どころか学園全体を吹《ふ》き飛ばすほどの威力がありそうだが……

「………フッ！」

俺は短く息を吐き、まっすぐに剣を振り上げ、そして振り下ろす。髪《かみ》の毛《け》一本分のブレすら許さぬその太刀筋《たちすじ》は、それ故に剣の基本にして奥義《おうぎ》。一〇〇年かけて練り上げた、人《おれ》の剣技の到達点《とうたつてん》。

「GYAOO――OOOOOO……？」

切っ先から放たれた光の刃は、逃《のが》れ得ぬ死を与《あた》えるはずだった超巨大《ちょうきょだい》な黒い火球をあっさりと両断した。霧散《むさん》する黒炎《こくえん》から覗《のぞ》いた刃はそのままドラゴンの巨体をも両断し、それすらも過程だと雲を斬り裂き天へと昇《のぼ》り……夜空に浮かぶ二つの月を、二つと少しに切り分ける。

「嘘、月が……っ⁉」

「万象一切《ばんしょういっさい》、断《た》てぬ物無し！」

ポカンと空を見上げるミゲルに存分に人の高みを見せつけると、俺はそのまま踵《きびす》を返し、ティアとパチリと手を打ち付け合うのだった。

その後、大将を失ったノルデは俺達と生徒達の協力により、あっさりと討伐された。これにより人類史上初めてとなる大陸内部へのノルデの大侵攻は最小限の被害《ひがい》で幕を閉じることとなる。

無論、だからといって問題が消えて無くなったわけじゃない。どうしてノルデがそんな動きをしたのか、その謎《なぞ》の争点となったのが、俺とティアの存在だ。

人の形をして人の言葉を喋《しゃべ》る精霊が、人と精霊の正しい形をもたらした。ノルデはそれが広まるのを恐《おそ》れ、俺達を亡《な》き者にしようとしたのではないか？　明確な根拠《こんきょ》はないが、実にそれっぽくて否定しづらい理由により、俺達の立場は一時的にかなり危《あや》うくなる。

俺達を囮《おとり》にすればノルデをおびき出せるのではないかとか、政治的な対立のある相手国に保護させてはどうかとか、何なら知識は吸収し終えたのだから、海に捨てるか殺してしまえばいいなんて過激な意見すら飛び出したようなのだが……そんな状況《じょうきょう》を変えてくれた

のは、他《ほか》ならぬ学園の子供達だった。

「エイドスは僕の契約《けいやく》した精霊だ！　僕は絶対、エイドスを見捨てたりしない！」

「そうだ！　ティアは俺の契約精霊だぞ！　大人達の好きになんてさせるかよ！」

ミゲルとナッシュ、それに俺が守った、守られた沢山《たくさん》の生徒や教師達。ノルデの大軍を撃退した「英雄《えいゆう》」を口封《くちふう》じなどできるはずもなく、どこぞの学園長が上手《うま》い具合に世論の風を吹かせてくれたこともあり、何とたったの一ヶ月で、俺達は元の学生生活へと戻《もど》ることができた。

いや、正確には完全に元のままとはいかない。ノルデの襲撃《しゅうげき》で心を折られてしまった子供は、少なからず学園を去っている。泣いて謝《あやま》る同級生や先輩《せんぱい》を、ミゲル達は笑顔《えがお》で送り出した。そうして少しだけ寂《さび》しくなった学園に残った生徒達は、より一層訓練に身を入れるようになる。

そこに俺とティアは、力の限り協力した。おかげで生徒達の実力がグングン伸《の》びていき、卒業予定の最上級生だけが参加した軍事演習では、正規の国境警備兵に見劣《みおと》りしないほどの活躍《かつやく》をしてみせたほどだ。

そして、そんな賑《にぎ》やかな学園生活は、あっという間に過ぎていく。寒い冬を乗り越え、やがて春の芽吹《めぶ》きを迎える頃《ころ》……進級を明日に控《ひか》えたミゲルとの契約が、今ここで終わりを告げる。

「うぉぉぉ！　サラーン！」

「クァア……」

大げさに鳴き声をあげるトーマスが、燃えるウオトカゲのサランをガッチリと抱《だ》きしめる。心が通じ合うようになったおかげか、トーマスが熱がることはもう無い。そんな絆《きずな》の結晶《けっしょう》に、周囲はしんみりとトーマス達を見ている……かと思えば、そうでもない。

「ねえトーマス、確かに仮契約《かりけいやく》は今日までだけど、トーマスはそのまま本契約《ほんけいやく》するんだよね？」

「ん？　そうだぜ。サラン以上のパートナーと出会える気はしねーからな！」

「……なら、何でそんなに悲しんでるの？」

「そこはほら、それはそれってやつだよ！　きっちり別れを悲しんだら、その後は再会を喜び合うんだ！　なー、サラン？」

「クァア……」

「あー、そうなんだ。まあ、うん。トーマスがそうしたいなら、そうすればいいと思うけど」

よくわからない理屈《りくつ》を口にするトーマスに、ミゲルが困惑《こんわく》の表情を浮かべながら曖昧に頷《うなず》く。そしてそんな光景は、実のところトーマスだけではない。例年であればこの一年で伸びた実力を活《い》かすため、ほとんどの生徒が今の精霊とは契約を解除して新たに強い精霊と契約し直すのだが、今年はそのまま契約を続ける生徒が圧倒的《あっとうてき》に多いようだ。

ま、気持ちはわかる。ノルデの大侵攻なんてのを力を合わせて乗り越えたのだから、分かちがたい絆が生まれるのは当然だしな。

故に、今日で精霊との契約を解除する生徒は、ほんの少し。そしてその少しには、ミゲルとナッシュも含まれていた。

「今ここに契約は満了《まんりょう》し、我は汝《なんじ》を送還《そうかん》するものなり！　人の精霊エイドスよ、汝のあるべき場所へと還《かえ》れ！」

ピコンッ！

『条件達成を確認《かくにん》。帰還《きかん》まで残り一〇分です』

出会った時とは見違《みちが》える堂々たる態度でミゲルが詠唱を終えると、俺の頭の中にいつもの声が響《ひび》く。どうやら今回も無事に追放されることができそうだ。

となれば、残された時間は限られる。事前に「俺達は普通の精霊より力が強いから、送還されるのに一〇分かかるんだ」と伝えてあるので、徐《おもむろ》にミゲルが話しかけてくる。

「……再契約は、無理なんだよね」

「うむ。私とティアは少々特殊な精霊だからな。たとえ仮であろうとも、一度契約を結んだ相手とは二度と契約できんのだ」

　無理して笑みを浮かべようとするミゲルに、俺は静かにそう告げる。俺の幻影《げんえい》を求めるようなことをさせないためにこの理由にしたが、果たしてミゲルが心から納得《なっとく》してくれているかは、俺には推《お》し量《はか》ることしかできない。

　だからこそ、俺は〈彷徨い人の宝物庫《ストレンジャーボックス》〉から用意していた剣を取りだした。授業の合間などの時間を使い、俺が〈見様見真似の熟練工《マスタースミス》〉を使って造り上げた、渾身の一振《ひとふ》りだ。

「主よ、これを受け取ってくれ」

「剣？　僕に？」

「ああ、そうだ。これもまた、人の可能性、人の技の極《きわ》み。正しくまっすぐに剣を振らねば全く斬《き》れぬなまくらである代わりに、折れず曲がらず朽《く》ち果てず、どんな時でも主と共に在り続ける……そういうものを目指した剣だ」

「ずっと一緒《いっしょ》…………」

　俺の言葉に、ミゲルが手にした剣をマジマジと見つめる。磨《みが》き抜かれた刀身に映るのは、唇《くちびる》を噛《か》み締《し》めたミゲル自身の顔。

「といっても、それは今の主の体型に合わせたものだ。その剣で鍛錬《たんれん》を続け、いつか体に合わなくなったならば……その時に手にした最良の剣で、この剣を切るといい。それに成功したならば、主には免許皆伝《めんきよかいでん》を授《さず》けよう」

「それはなかなか……難しそう、だね………ぐずっ………」

声を震《ふる》わせるミゲルが、ギュッと剣を抱きしめる。そんな俺達の隣《となり》では、ティアとナッシュもまた同じようなやりとりをしていた。

「くそっ、くそっ！　俺は何で、あの時ティアと本契約を結ばなかったんだよ⁉」

「フフッ、仕方ないわよ。頑張って素敵《すてき》なパートナーを見つけてね。勿論《もちろん》、そのまま他の精霊とは契約しないって道もあるけど」

「するさ！　した方が、強い魔法が使えるようになるんだろ？」

「まあ、そうね。応用力は低くなるけれど、特化した分だけ強くなるわ」

「ならする！　そうとも、全部の属性の精霊と契約して、本当に最強になるんだ！」

「ええ⁉　それは流石《さすが》に……相当難しいわよ？」

困った顔をするティアに、しかしナッシュは昔のように、挑発的《ちようはつてき》な笑《え》みを浮かべて言う。

「難しくたってなんだって、絶対やってやる！　天才ナッシュ様の大活躍《だいかつやく》はこれからなんだ！　だから……ティアが、世界の何処《どこ》にいたって………俺の、俺の名前を……っ！　ひっ、ひっく………」

「ナッシュ……」

必死に涙《なみだ》を堪《こら》えるナッシュを、ティアがそっと抱きしめる。思えばこいつも、随分《ずいぶん》と成長したもんだ。今のナッシュなら、きっとミゲルと一緒にまっすぐに……はちょっと無理でも、歪んだり曲がったりしながら、それでも逞《たくま》しく成長していくことだろう。

ははは、そうだな。そのくらいが丁度いい。支え合って絡《から》まり合って、それでも一緒に高みを目指して伸びていく……ライバルってのはそういうもんだ。

「さて、それじゃそろそろだな」

「わかったわ。なら――」

「やぁぁぁぁぁぁぁぁぁ！」

残り時間は、あと一分ほど。ティアと二人で並んで立つと、不意にミゲルが俺の渡《わた》した剣を構え、全力で斬りかかって来た。それは一周目の俺なら容易《たやす》く両断されるような鋭い一撃だったが――

「甘《あま》い！」

カキンという小気味よい音を響かせて、俺はミゲルの剣を受け止め、後ろに向かって突き飛ばす。すると今の一振りに全力を込めすぎていたミゲルがよたよたとよろけ……それでも転ばず踏みとどまると、まっすぐに俺の目を見て叫んだ。

「絶対！　僕は絶対にエイドスを越える剣士《けんし》になってみせる！　エイドスが見せてくれた人の可能性を、僕は生涯《しょうがい》追い続けると誓《ちか》う！　だからいつか……いつかまた！　僕がそこまで届いたら、また会おう！　人の精霊エイドス……僕の師匠《ししょう》で、恩人で、親友！」

「ああ。楽しみにしているぞ、我《わ》が主にして我が弟子《でし》、そして我が友《とも》ミゲルよ！」

「くそっ、絶対絶対、忘れてやらねーからな！　俺の事だって、絶対忘れさせてやらねーからな！」

「ええ、忘れないわ。たとえ契約が無くなったとしても、貴方《あなた》は私の大切なお友達よ、ナッシュ」

「うぅぅぅぅぅぅぅ……っ！」

『三……二……一……世界転送を実行します』

泣きながら笑う、大きくなった子供達と見つめ合いながら、俺《おれ》とティアはこの世界から静かに追放されていくのだった。

『世界転送、完了』

「…………………」

頭の中に響く声と共に、俺の視界には真っ白な世界が広がる。いつもならここで、心地《ここち》よい疲労《ひろう》感と僅かばかりの寂寥《せきりょう》感にゆっくりと浸《ひた》るところだが、今回ばかりはそうもいかない。油断なく周囲に視線を走らせる俺に、隣から聞き慣れた声が呼びかけてくる。

「ふーっ、今回も色々あったわね……って、どうしたのエイドス……じゃない、エド？」

「……いや、何でもない」

不思議そうに首を傾《かし》げるティアに、俺は苦笑《くしょう》しながら肩《かた》の力を抜く。周囲に変化はなくティアも一緒……ということは、少なくとも行きに発生したトラブルは、帰りには起こらなかったということだろう。

となれば、次の確認を。その場でクルリと後ろを向くと、そこに並んでいるのは五つの扉《とびら》。刻まれた数字は〇〇一から〇〇五までで、途中《とちゅう》が抜けたりはしていない。

（ってことは、途中の世界が飛ばされたわけじゃなく、訪れる世界の順番そのものが入れ替《か》わってるってことか？　今回だけ？　それとも今後はそうなるのか？）

あまりにも情報が少なすぎて何の判断も下せねーが、とりあえず戻ってきたらいきなり二〇枚以上の扉が並んでいた、という事態になっていなかったのは僥倖《ぎょうこう》だ。全ての世界をハッピーエンドにしてやるなんて息巻いた手前、いきなり全体の二割が再訪すら不可能なんて言われたら、拍子抜《ひょうしぬ》けにも程《ほど》があるしな。

「……ねえエド？　何で帰って来るなり扉の方をジーッと見てるの？　次の世界に行くにしても、せめてあの子達がどうなったのかくらいは知りたいんだけど……？」

「ん？　ああ、悪い。ちょっと考え事してただけさ」

「そう？　それならいいけど」

軽く首を傾げつつも、ティアが踊《おど》るような足取りでテーブルへと近づいていく。慌《あわ》てて俺も後を追えば、そこにあった本にも「第〇〇四世界　勇者顛末録《リザルトブック》」と書かれていた。どうやらナンバリングの刷新は決定事項《じこう》のようだ。

「さて、それじゃ読んでいきますかね」

ゆったりと腰を据《す》えると、俺は丁寧《ていねい》にページをめくる。最初に書かれていたのは、幼少期のミゲルの様子だ。僅か三歳《さい》数ヶ月。自我《じが》の確立すらままならない年齢《ねんれい》でおぼろげながらも精霊魔法を発動させたミゲルは、この時点では間違《まちが》いなく天才だった。

だが、ミゲルの栄光時代はそこにしかない。ミゲルの精霊魔法の才能は、その時点でもう天井《てんじょう》だったからだ。

それでも五歳くらいまでは、周囲も十分に期待していた。しかし七歳になる頃には、その期待が失望へと変わっている。速すぎる才能の開花が大きすぎる期待を生んでしまい、その落差が悪意の刃として、子供だったミゲルの心を酷く傷つけていく。

「こんなのってないわ！　勝手に期待して勝手に失望して……ミゲルは何も悪いことなんてしてないのに……っ」

「そうだな」

強い憤《いきどお》りと深い悲しみを隠すことなく表現するティアに、俺は短くそう同意することしかできない。心ない悪意というのは、選び抜かれた極悪人《ごくあくにん》よりもごく普通の人にこそ宿るもんだ。一〇〇年も勇者の荷物持ちをやっていれば、そんなものは幾《いく》らでも見て聞いて、そして体感する機会があった。

そんな大人でも辛《つら》い環境《かんきょう》のなかで、しかしミゲルは頑張った。自分にできる精一杯《せいいっぱい》の努力を重ね、ちゃんとした教師に教われればひょっとしたら成長するかもと、酷く馬鹿《ばか》にされる恐怖《きょうふ》を押し殺して学園行きを承諾《しょうだく》し……そして遂に、俺達とミゲルが出会った。

「お、ここからは俺達も出てくるのか」

「うわー、エドったら、何だか凄《すご》く美化されてない？」

「そ、そんなことねーだろ!?」

ミゲルのなかでは、俺は間違いなく「人の精霊《せいれい》エイドス」だったようだ。超然《ちょうぜん》とした凄い存在として書かれている人物像は、思わず突っ込みたくなるところも多い。

が、これはあくまでミゲルの物語。俺の中に浮かんでは消えていく微妙《びみょう》な感情はこの際気にしないことにして読み進めると、成長したミゲルは無事に学園を卒業し、その後はノルデとの戦いに身を投じるようになっていく。そして……

——第〇〇四世界『勇者顛末録《リザルトブック》』 終章 「未完の剣聖《けんせい》」

後に「精霊の目覚め」と呼ばれることとなる歴史の転換期《てんかんき》。その最初の世代である剣聖ミゲルとその仲間達は、遂に歴史上初めて魔王《まおう》の支配地である北の大陸に拠点《きょてん》を作り上げることに成功した。

それは戦うことしかできなかった前世代の精霊使いと違《ちが》い、新世代の彼等《かれら》は鍛冶《かじ》や農耕、裁縫《さいほう》などの「人が人として生きるために必要な技能」も併《あわ》せ持っていたからこその偉業《いぎょう》である。

そしてそこに至った教えこそ、世界を変えた二柱の精霊の言葉。人の可能性の多様さと正しい精霊との付き合い方を学んだからこそ、新世代の精霊使い達は様々な技能を持ち、従来の精霊魔法と組み合わせて使うことができたのだ。

その教えが浸透《しんとう》したことによって、人類は遂に反撃の糸口を手に入れた。これから長い時間をかけて北の大陸に拠点を増やし、やがては魔王を討《う》ち取ることになるだろう。

剣聖ミゲルもまたその戦いに人生を捧《ささ》げ、人類で初めて複数の精霊との同時契約を成《な》し遂《と》げたナッシュや、緋色《ひいろ》の魚竜《ぎょりゅう》サランの力によってあらゆる敵を焼き尽《つ》くす愚炎《ぐえん》の精霊使いトーマスという二人の友と一緒に、七八歳で死去するまでに万を超《こ》えるノルデを屠《ほふ》った。これは人類史上最も偉大《いだい》な戦績として、今も破られてはいない。

なお、晩年のミゲルは弟子の一人に「先生に斬れないものなどあるのですか？」と問われた時、「空に浮かぶ月と、師から贈《おく》られた剣の二つだけは斬れない」と答えている。

月はともかく、何故ただの剣が斬れないのかと重ねて問う弟子に、ミゲルは「あれは剣の形をしているだけで、私と師との絆なのだ。それが師の望みだとわかっていても斬れぬのだから、私はきっと死ぬまで未熟者なのだろうな」と笑ったという。

「……あの馬鹿、斬れって言ったじゃねーか」

最後まで本を読み終えると、俺は思わずそんなことを口走る。あの剣にはちょっとした細工がしてあり、完璧《かんぺき》に刃筋を立てずに刀身を斬ろうとした場合、刀身がバラバラに砕け散るような鍛《きた》え方《かた》をしてあったのだ。

無論、成長したミゲルならばそのくらいは簡単にやってのけるだろうし、万が一失敗したなら、その様を以《もっ》て慢心《まんしん》を思い知らせることができる。

そうしてどちらにせよ剣が失われたならば、子供の頃に一年一緒にいただけの俺の事なんて忘れて、大人としてまっすぐ前を向いて進んでくれ……という願いを込めて贈ったものだったのだが、どうやら最後までその役目を果たすことはなかったらしい。

おそらく俺より強くなったであろう一番弟子は、最後まで弟子であり続けることを選んだ。その結末は何とも言えずむず痒《がゆ》いが……まあ、悪い気はしない。

「それにしても、今回もみんな頑張ったのね。あんなに沢山の子供に何かを教えるなんて初めてだったし、ちゃんと自分の目で見届けたかったなぁ」

「おいおい、無茶言うなよ。まあティアならできるのかも知れねーけど」

エルフであるティアなら、あの子供達の一生を見届けるってのも現実的な話なんだろう。が、人生とはそんなにきりのいいものではない。死してなお意思は受け継《つ》がれ、本当の意味で最後まで見届けるなんてのは、いくらエルフだって無理だろう。

「まあ、あれだよ。直接全部をってわけにはいかなくても、こうして事の顛末がわかるだけでも十分だろ？　これ以上は欲張りすぎってもんだ」

「まあ、そうよね。それじゃ、読むものも読んだし、次の世界に行きましょうか」

「そうだな……って、ん？」

出現したばかりの〇〇五の扉に向かおうとしたところで、ティアがぼんやり光る水晶玉《すいしょうだま》に手を置いたのを見て思い出す。

「あれ？　そう言やティア、レベッカの世界から帰ってきたときに手に入れた能力は、どんなもんだったんだ？」

「へ？　ああ、そう言えば教えてなかったかしら？」

俺の問いかけに、ティアがニヤリと笑ってから横に手を伸ばす。するとその先に黒い穴というか、渦《うず》のような物が出現し、ティアの手が沈んでいって……え、マジか⁉

「じゃじゃーん！　どう？」

そう言ってティアが取りだしたのは、俺が〈彷徨い人の宝物庫《ストレンジャーボックス》〉にしまっていた回復薬の一つ。それをチャポチャポ揺すりながら、得意満面な笑顔で言葉を続ける。

「〈共有財産《シングルバンク》〉って名前で、エドのあの……すと……何か凄い入れ物の中身を、私も出し入れできるって能力よ。驚《おどろ》かそうと思ってたのに、エドとずっと一緒にいると使う機会が全然ないから、すっかり忘れちゃってたわ」

苦笑しながら、ティアがもう一度虚空《こくう》の穴を開いて回復薬をしまい込《こ》もうとした。だが俺はそれすら待てず、ティアの肩に掴《つか》みかかってしまった。

「どういうことだ⁉」

「きゃっ⁉　な、何⁉　ごめんなさい、別に隠すつもりじゃ――」

「そうじゃねーよ！　何で……何でここでそんな力が使えるんだ⁉」

この「白い世界」では、俺は追放スキルを使えない。今も試《ため》しに発動させてみたが、やはり反応はなかった。

だが今、ティアは間違いなくその力を行使した。俺の追放スキルが源流にあると思われる力を、どうして……⁉

「ごめんエド、私エドがどうしてそんなに必死なのかわからないんだけど……？」

「わからないって……ん？　ひょっとして俺の方こそ教えてなかったのか？」

「え、何を？」

「だから、その力だよ。少なくとも俺は、この『白い世界』にいる間は追放スキルが使えねーんだ」

「え、そうなの⁉　私としては、そっちの方が驚きなんだけど⁉」

「そうか？　まあ、そうなのか……」

俺にとっては、ここで追放スキルが使えないのは一〇〇年かけて染《し》みついた常識だ。なので一周目の初期の頃から、この場所で追放スキルを使うという発想そのものがなくなっていた。意識にすら上らねーから、ティアにも教え損《そこ》ねてそのままになっていたってことだろう。

「すまんティア。俺がうっかりしてたせいで、怖《こわ》がらせちまったか？」

「いいわよ別に。でも、そっか。確かにここって帰ってきて本を読んだら、すぐに次の世界に行っちゃうから、そういうの確かめることってなかったものね。今言われなかったら、私だってきっと、この先ずっと疑問に思うことすらなかったと思うし」

「だよなぁ……ちなみに、ティアはいつから自分の能力がここで使えるってわかってたんだ？」

「へ？　いつからって、最初からよ？」

「……？　最初って、何で？」

意味がわからず間抜《まぬ》け面で問う俺に、ティアが呆《あき》れたような目を向けてくる。

「あのねエド、私が最初に手に入れた能力、何だか覚えてる？」

「そりゃ覚えてるさ。〈一緒に行こう《シェイクハンド》〉だろ？　手を繋いだ相手と一緒に、世界の壁《かべ》を越《こ》えられる……っ!?」

「そーいうこと。エドと一緒に次の……ワッフルのいる世界に行けたってことは、あの時点で能力が使えてたってことでしょ？」

「……はっ。はっはっはっはっは！」

悪戯《いたずら》っぽく笑うティアに、俺は顔を手で押さえて思い切り笑う。おいおい勘弁《かんべん》してくれよ。どうやら俺は、世界最高の間抜けだったらしい。

「そうかそうか、そりゃそうだ！　あー、何で今まで気づかなかったかな……って、その理由は今言ったばっかりか。はー、思い込みってのは怖いな。

なあティア、そういうことなら今もらった能力の内容も教えてもらってもいいか？　流石にこれ以上間抜けは晒《さら》したくねーし」

聞かず調べず、わかったつもりで馬鹿をみるのはもう十分だ。問う俺に、ティアが楽しげに笑って答える。

「ふふ、いいわよ。今回もらったのは……エド、ちょっと手を貸して？」

「ん？　こうか？」

「そうそう……じゃ、私のことしっかり支えてね？」

俺が伸ばした手を握ると、ティアがそう言って目を閉じる。そして次の瞬間《しゅんかん》、ティアの体からカクンと力が抜《ぬ》けた。

「っ⁉　ティア、どうした⁉」

『だいじょーぶ！　ここよエド』

「あぁ⁉　な、何だこりゃ⁉」

焦る俺の頭の中から、ティアの声が響いてくる。それは〈二人だけの秘密《ミッシングトーク》〉を発動させている時の感覚に近いが、何かが決定的に違うというか、あっちは外からだった声が、今は内側から響いているというか……？

「ひょっとして、幽霊《ゴースト》になって他人に憑依《ひょうい》するスキルとか、か？」

『当たらずとも遠からず……なのかしら？　スキルの名前は〈心は一つ《ハートエンゲージ》〉で、効果は手を繋《つな》いだ相手のなかに自分の心を宿らせることみたいね。抜け出してる間は当然私の体は動かせないし、あとお互《たが》いに一定以上の信頼《しんらい》がないと中には入れないみたい。だから今のところ私が入り込めるのは、エドのなかだけみたいね』

「へー。そりゃスゲーな。ティアと一つになれるってことは、俺もティアの力っていうか、精霊魔法が使えるようになったりするのか？」

『あー……いえ、そういうのは無いみたい』

「……？　じゃあ、何ができるんだ？」

『特に何かってことは……ただ私がエドの中に入れるってだけよ』

「おぉう、そいつはまた……」

単に意識が俺の中に入ってるだけとなると、正直活用する方法が何一つ思いつかない。強《し》いて言うなら俺の単独行動にティアを付き合わせることができるとか……いや、動けない体だけ残す方が危ねーよなぁ。

なら、ティアが死にそうになったときに、一時的に俺の中に意識を移しておくことで死を免《まぬが》れるとか？　それができるなら有用ではあるけど、状況が限定的過ぎるし、本当にできるかどうかを試すわけにもいかないとなれば、本当に最後の手段ってところだな。

『あ、待って！　この状態だとエドに私の能力が伝わってるから、エドの能力も発動できるかも！』

「え、マジか!?　おぉぉぉぉ!?」

半信半疑で〈彷徨い人の宝物庫《ストレンジャーボックス》〉を発動させてみると、驚くことに普通《ふつう》に発動した。ならばと〈不落の城壁《インビンシブル》〉や〈旅の足跡《オートマッピング》〉なんかも発動してみたが、その全《すべ》てが正常に起動する。つまりティアが類似《るいじ》能力を持っているかどうかに拘《かか》わらず、二心同体となっている今なら俺もここで追放スキルが使えるということだ。

「うぉぉ、こいつはスゲーぞティア！　外から物資が運び込めるどころか、追放スキルまで使えるってなりゃ、一気にやれることの幅《はば》が……っと、そういやティア、この状態ってどのくらい平気なんだ？」

『特に何かを消耗《しょうもう》してるって感じじゃないから、今のところはいつまででも、私が飽《あ》きるまでって感じ？　一応確認したいから、もう一度私の手を握《にぎ》ってくれる？』

「わかった。これでいいか？」

『ええ、いいわよ……………』

倒《たお》れると危ないので、グッタリしていたティアをそっと床《ゆか》の上に寝《ね》かしてから手を握ると、今の囁《ささや》きを経《へ》て俺のなかから何か温かいものが流れ出ていく感覚が生まれる。そうして全てがティアの中に注《そそ》ぎ込まれると、閉じていた口からうめき声が漏《も》れ、翡翠《ひすい》の瞳《ひとみ》がゆっくりと開かれた。

「うっ、ふぅ……はぁ、ただいま」

「お疲《つか》れさん。体の調子はどうだ？」

「うん、問題なさそうね。気持ち疲れたような気はするけど、それだけ」

「そっか、なら良かった。ただこの世界だとそもそも疲れたり怪我《けが》とかもしれねーから、本格的に運用するならもっと慎重《しんちょう》に検証しねーとだな」

「それは確かにそうね。じゃあ次の世界に行ったら、宿屋か何処《どこ》かで調べてみることにしましょう」

「だな。じゃ、行くか！　お嬢様《じょうさま》、お手をどうぞ」

「あら、ありがとうエド」

俺が伸ばした手を掴み、床に寝ていたティアが起き上がる。その後ちょっとした仕込《しこ》みをしてから向かうのは、当然ながら次の世界への扉だ。

「そうだエド。一応聞くけど、次の世界ってどんな場所なの？」

「あー、すまん。今回は本気でわからん」

記憶《きおく》が曖昧《あいまい》とか以前に、世界の順番がどうなっているのかがわからないので、何らかの法則でも見つからなければ、次に行く世界はこれから先ずっとわからないってことになる。

「……今更《いまさら》だけど、結局その世界に行く前に次の世界の事がわかったことって、最初の一回だけだったわね」

「ぬぐっ⁉　ま、まあほら、あれだよ。そういうこともあるっていうか、やっぱり一〇〇年も経てば記憶が曖昧になるっていうか……」

「はいはい、そうね。そういうこともあるわよね」

「おまっ、そう言うならティアは一〇〇年前に自分がどうしてたかとか、ちゃんと覚えてるのか⁉」

「朝食のメニューまで覚えてるとは言わないけれど、大体何処で何をしてたかくらいなら覚えてるわよ？」

「そ、そうか…………まあ、うん。そういうこともあるよな」

なんとも言えないしょっぱい表情を浮《う》かべながら、俺は同じ台詞《せりふ》を繰《く》り返す。俺だってその世界に降り立ちさえすれば、割と覚えてるんだが……むぅ。

「フフッ、いいじゃない。前にエドが言ったみたいに、何もわからない場所に行くのも楽しみよ？」

「……そうだな。わかんねーもんは仕方ねーし、前向きに楽しんでいくか」

「おー！」

今度は決して離《はな》れないように、俺はしっかりとティアの手を掴みながら新たな世界の扉を開く。はてさて、次は何処に繋がっているか……いや、たとえ何処に繋がっていたとしても……

「？　何？」

「ハッ、何でもねーよ」

俺の視線の向かうところにこの笑顔があるなら、どうにでもなる。ほんの少しの照れくささを誤魔化《ごまか》すようにそう言うと、俺はティアの手を引いて扉の中へと飛び込んでいった。

第四章　荷運び勇者の逃避行

『世界転送、完了《かんりょう》』

「ほいっと……ティア、いるか？」

「ええ、いるわよ」

異世界に降り立つと同時に確認した俺の声に、すぐ側でティアが答えてくれる。ふむ、どうやら今回は分断されてはいないようだ。そして……フフフ。

「成功したの？」

「おう！　見ろこれ！」

そう言って俺がポンと腰《こし》を叩《たた》けば、そこにはきちんと鍛えられた鋼の剣が佩《は》かれている。どうやら「白い世界」で事前に装備した武具は、ちゃんと世界移動後も身につけていることができるらしい。これなら事前にきっちり装備を調《ととの》えておけば、第一印象で侮《あなど》られるということはなくなりそうだ。

「それで、今回はどんな世界なのかしら？　こうして見た限りだと、普通に森の中って感じだけど」

「うーん、そうだなぁ……」

さしあたっての異常はなく、装備の検証も終わったということで、俺は改めて周囲を見回す。だが街道《かいどう》から少し外れた森の中というのは異世界転移の出口としてはあまりにも定番過ぎて、これだけでは何とも判断できない。

ふむ、ならば道に出て、とりあえず近場の町を目指すべきか？　それなりに印象に残るような人なり建物なりがあれば、いつも通りに記憶が戻ることも……うん？

「ここまでよ！」

「うひゃあ!?」

と、そこで街道に出るのとは反対の方向から、争うような声が聞こえてきた。俺達《おれたち》は反射的に身を屈《かが》めると、視線だけで次の行動を話し合う。と言っても、この状況での結論なんて最初から一つだけだ。

「……………………」

互いに無言のまま、音を立てないように慎重に枝葉を掻《か》き分け、木々の間に身を潜《ひそ》めて進んで行く、すると程《ほど》なくして森が途切《とぎ》れ、その先いたのは何とも奇妙《きみょう》な三人組……いや、二人と一人であった。

「もう逃《に》がさないわ！　さっさと観念して、貴方の持っているそれを引き渡しなさい！」

「い、嫌《いや》だ！　これだけは絶対に渡さないぞ！」

堂々たる態度で剣を突《つ》きつけているのは、長い金髪《きんぱつ》を筒《つつ》のようにクルクルと巻いた、恐《おそ》ろしいほど手間がかかっているであろう髪型《かみがた》と、どう考えても野外活動には不向きな薄紅《うすべに》色のドレスを身に纏《まと》った、二〇代前半と思われる若い女性。

対して剣を突きつけられているのは、普通の布の服の上に深い緑の外套《がいとう》を羽織った、こちらも二〇代前半くらいだと思われる若い男だ。

「お嬢様が優《やさ》しくしておられる間に荷物を引き渡すことをお勧《すす》めしますが？」

「う、うるさい！　そんなこと言われたって、渡さないったら渡さないんだからな！」

そしてそんな女性の傍《かたわ》らには、六〇代くらいと思われる老齢ながらも何処か若々しい雰囲気を感じる男性が立っている。いぶし銀に輝《かがや》く白髪《はくはつ》と深い皺《しわ》の刻まれた顔から覗《のぞ》く、鋭《するど》い眼光。パリッとした黒い執事服《しつじ》というこれまた場違《ばち》いな格好をしているが、しっかりした体幹と油断なく周囲を警戒《けいかい》する様を見れば、強者であることは間違いない。

『ねえエド、これってどういう状況《じょうきょう》かしら？』

『普通に考えりゃ、男の方が襲《おそ》われてるんだろうが……』

こっそりと手を重ね、〈二人だけの秘密《ミッシングトーク》〉で話しかけてくるティアに、俺は内心で首を傾げながら様子を窺《うかが》う。

剣を突きつけて脅《おど》している時点で、真っ当な交渉《こうしょう》ではないことは明白。だが執事まで侍《はべ》らせた如何《いか》にもお嬢様然とした人物が、ただの旅人にしか見えない男に迫《せま》っているというのが気になる。

（ひょっとして、あの男の方がお嬢様から何かを盗《ぬす》むなり奪《うば》うなりして、取り返そうとされてる？　うーん、どうも記憶が……）

これだけ印象的な出来事なら、覚えていないはずがない。だというのに今回に限って、俺の脳裏《のうり》にこの世界の記憶がなかなか戻《もど》ってこない。

どっちかを助ける？　それともこの場は見過ごすのが正解で、何かあるとしたらその後だったりするのか？　くそっ、もう少し情報が…………？

「ああ、そうだよ。迷うことねーじゃねーか。いいかティアー――」

「フンッ、もういいわ！　大人しく渡さないっていうなら、少し痛い目をみてもらおうかしら！」

「ひぃっ⁉」

俺がティアに作戦を告げていると、痺《しび》れを切らしたお嬢様が、倒れ伏《ふ》す男の足に向かって手にしていた細剣を引き絞《しぼ》る。それが男の太ももに風穴を開けようとした、その時。

「おっと、悪いな」

キィンという硬質《こうしつ》な音を立てて、俺の剣がお嬢様の剣を弾《はじ》く。するとお嬢様は気の強そうな印象そのままの目で、俺の方を怪訝《けげん》そうに睨《にら》み付けてきた。

「淑女《レディ》と殿方《とのがた》の睦言《むつごと》に割《わ》り込むなんて、随分と無粋《ぶすい》な方ね？　どちら様かしら？」

「なに、名乗るほどのもんじゃねーよ」

「あらそう？　なら邪魔《じゃま》はしないでいただきたいわね？　クロード！」

「ハッ！」

お嬢様が名を呼んだ瞬間、控《ひか》えていた執事の爺《じい》さんが猛然《もうぜん》と俺に向かってきた。ズシンと音を立てての力強い踏《ふ》み込みから、拳《こぶし》が何倍にも膨《ふく》らんだかのような錯覚《さっかく》を見せるほどの強烈《きょうれつ》な突きを、俺は素早《すばや》く剣で受け止めたわけだが……

ギィン！

「金属音⁉　チッ、手袋《てぶくろ》の下に何か仕込んでるのか？」

「申し訳ありませんが、不審者《ふしんしゃ》に手の内を曝《さら》け出す趣味《しゅみ》はございません」

「ああそうかよ！　ってか、状況の説明も無しでいきなりか⁉　そういうのを説明してくれると、俺としても協力できるところがあると思うんだが……」

「得体の知れない協力者など、私《わたくし》には必要ありませんわ。クロード、さっさと排除《はいじょ》なさい！」

「畏《かしこ》まりました……ご安心下さい、とりあえず死なない程度には手加減して差し上げますので」

「それの何処に安心しろってんだ！　で、兄ちゃん、あんたは何で襲われてるんだ？」

「ひぇっ⁉　ぼ、僕《ぼく》は何も……いえ、違います！　助けて下さい！」

「そりゃ襲われてる理由次第《しだい》ってところだな」

どうやら本当に手加減してくれているらしく、クロードと呼ばれた執事の爺さんから降り注ぐ拳の嵐《あらし》は、割と余裕《よゆう》をもって対処できている。ならばと背後に少しだけ意識を向けているのだが、怯《おび》えきった男の話は今ひとつ要領を得ない。

「り、理由ですか⁉　えーっと、その人が僕の持っている大事なものを奪おうとしているとしか……」

「つまり、このお嬢《じょう》さん方が野盗の類《たぐ》いだと？」

「まあ、失礼な！　せめて怪盗《かいとう》とでも言っていただけませんか？」

「へぇ、認めるのか？」

クロードの攻撃《こうげき》を捌《さば》きながら言う俺に、お嬢様は目を細めて薄《うす》く笑う。

「嘘《うそ》も偽《いつわ》りも必要ならば吐《は》きますが、貴方程度にそれは必要ありませんもの。甘い言葉を囁《ささや》いて欲《ほ》しいなら、せめてもう少し出世してからいらっしゃいな」

「そいつぁ何とも、手厳しい……なっ！」

少し強めに力を込めて、クロードの両の拳を撥《は》ね飛ばす。するとクロードが数歩後退し、お嬢様の斜《なな》め前《まえ》まで下がった。

「随分手こずってるわね、クロード？」

「申し訳ありませんお嬢様。ですがこの男、見た目よりもずっと手練《てだ》れですぞ」

「へぇ？」

そこで初めて、お嬢様が俺の顔をまともに見た気がする。しげしげと観察するように眺《なが》め、そして小さくため息を吐《つ》く。

「はぁ。こんなしょぼくれた見た目の男が、クロードの眼鏡に適《かな》うとはねぇ。人間わからないものだわ」

「しょぼくれたって……」

最近どうも、謂《いわ》れの無い中傷を受けることが多くなった気がする……いや、ここは見た目に反した実力が身についたからだと考えよう。実際俺の剣の腕《うで》は、二〇歳そこそこの若造が手にできるようなもんじゃねーしな。

「まあでも、いいわ。クロードがそう言うのなら、貴方は私達《たち》が二人がかりで倒すだけの価値がある方なんでしょう。また逃げられても面倒《めんどう》ですし、一気に決めますわよ？」

「畏まりました、お嬢様」

クロードがギュッと拳を握り、その背後でお嬢様が剣を構える。二人を相手にするのは確かに骨だが……さて、どうする？

（勝つだけなら簡単なんだが……これ、勝っても大丈夫《だいじょうぶ》な奴《やつ》か？）

迷うのは、ただそれだけ。ここが一周目後半の世界であれば、当時の俺もこいつらを撃《げき》退《たい》したはずだ。が、もし最初の方に来る世界だったら、おそらくあっさりとやられるくらいには、この二人は強い。

そしてその場合、下手に勝ってしまうと歴史の流れが変わってしまい、一周目の記憶が役に立たなくなる危険性がある。あるんだが……

「ひぃぃぃぃぃ……」

「……ハァ。仕方ない、覚悟《かくご》を決めるか」

背後で怯えている男を見捨ててわざと負けるってのは、流石《さすが》に寝覚《ねざ》めが悪すぎる。俺は二人の攻撃から確実に背後の男を庇《かば》えるように微妙に立ち位置を調整しつつ、改めて剣を構える。

「私達二人を相手にして尚《なお》、一歩も引かないその眼差《まなざ》し……フフ、少しゾクゾクしますわね」

「お嬢様、それは……」

「わかってるわクロード。この私が目の前の小事に囚《とら》われ、大望《たいもう》を見失うとでも？」

「……失礼致《いた》しました。では、改めて――」

「死になさい、名も無きしょぼくれ男！」

クロードの剛拳《ごうけん》と、お嬢様の鋭い突きが同時に俺に襲いかかってくる。並の相手であれば不可避《ふかひ》にて必殺の連撃なんだろうが、俺からすれば……っ⁉

「ぐっ⁉」

迫る攻撃を目にした瞬間、俺の脳裏にこの世界の記憶が蘇《よみがえ》ってきた。当時の記憶が幻影《げんえい》のように現実に被《かぶ》さり、乱れた集中が体勢を崩《くず》させる。それは僅《わず》かに一瞬《いっしゅん》なれど、その一瞬こそが俺に取っての命取り。

「ぐはっ⁉」

辛《かろ》うじてお嬢様の突きはかわしたが、代わりにクロードの拳が俺の腹に突き刺《さ》さった。衝撃《しょうげき》が内臓を揺《ゆ》らし、吹《ふ》き飛んだ体が側にあった木に叩きつけられる。こみ上げる血を吐き出しても視界は揺れたままで……ああ、これはちょっとだけマズい。

「もはや加減は不要！　クロード、とどめを刺しなさい！」

「承知！」

そんな俺《おれ》に、クロードが拳を振《ふ》り上げ迫ってくる。しかしその突進《とっしん》は、クロード自身が足を止める結果となった。

「――顕現《けんげん》せよ、『ウィンドエッジ』！」

ずっと控えさせていたティアがお嬢様に向けて放った魔法《まほう》を、クロードが拳で打ち落とす。するとその隙《すき》をついて、ティアが俺の側に駆《か》け寄ってきた。

「エド！　大丈夫⁉」

「ティア……ゲホッ。ああ、平気だ。でも悪い、どうやら失敗しちまったみてーだ」

口元に血を拭《ぬぐ》いながら、俺はそう言って苦笑いを浮かべる。

「失敗？　まさか怪我《けが》が――」

「いや、そうじゃなくてだな」

「……なるほど、伏兵《ふくへい》がいたというわけね」

「お嬢様、ここは一旦《いったん》退《ひ》くのがよろしいかと」

「そうね。剣士《けんし》だけならともかく、エルフの精霊使いまでいるとなると……」

「うひっ⁉」

「……本気で逃げられたら、追いかけるのは面倒《めんどう》そうだわ」

ジロリと睨まれ悲鳴を上げた男に、お嬢様が若干《じゃっかん》顔をしかめる。一対二で一気に押《お》しつぶせるならともかく、前衛と後衛が揃《そろ》った状態で時間を稼《かせ》がれたら、三人目であるこの男を追いかけられないってのは自明だ。

「いいわ、ならもうしばらくソレは預けておいてあげましょう。ですがそれは私の手に収まることこそが運命なのだと、努々《ゆめゆめ》忘れないように。では、ごきげんよう」

「失礼致します」

「ちょっと待ちなさいよ！　このまま逃がすと……」

「いいんだティア。追うな」

優雅《ゆうが》に一礼して去って行く二人に追撃《ついげき》しようとしたティアを、俺は手と言葉を以て制する。すると二人はすぐに俺達の横を通って森の中へと消えていき、後には俺とティア、そしてへたり込んだ若い男の三人だけが取り残された。

「エド、これでよかったの？」

「まあな。で、あんただけど……」

「あ、あの！　助けてくれて、ありがとうございました！」

俺が視線を向けると、男が立ち上がってペコリと頭を下げる。

「ははは、まあ気にするなって。あんな情けない声で『助けてくれ』って頼《たの》まれちゃ、見捨てるわけにもいかねーしな」

「うぐっ⁉　そ、それは……でも、僕も必死だったんで……」

「わかったわかった。まあそれはいいとして、だ。あんたこれからどうするんだ？」

「これからですか？　とりあえず町まで戻ろうかと思ってますけど」

「一人でか？」

「？　えっと？」

「いや、だから一人で動いてたから、あのお嬢様に襲われたんだろ？　なのにここから町まで、また一人で行くのか？」

「あっ……」

　ずっと不思議そうな顔をしていた男が、漸《ようや》く俺の言いたいことを理解してハッとする。それからすぐに周囲を見回すと、次いで微妙に卑屈《ひくつ》な態度で改めて俺に話しかけてきた。

「あの、ですね。こんなことを頼むのはとても図々《ずうずう》しいと思うんですけど、僕を町まで送ってもらうことってできないですかね？」

「ははは、そんな顔しなくっても、そのくらいは面倒みてやるさ。あ、でも、町に着いたら酒の一杯《いっぱい》くらいは奢《おご》れよ？」

「勿論《もちろん》です！　あー……」

「おっと、そう言えばまだ名乗ってなかったな。俺はエド。で、こっちは……」

「私はルナリーティアよ」

「エドさんに、ルナリーティアさんですね。僕はトビーです。短い間ですが、よろしくお願いします」

「おう、よろしくな」

気軽な感じで声を掛《か》け合い、俺達はトビーに同行して町に向かうことになった。するとその道すがら、ご機嫌《きげん》で前を歩くトビーを意識しつつ、ティアがそっと自分の手を俺に重ねてくる。

『ねえエド、わざわざ一緒《いっしょ》に行くように誘導《ゆうどう》したってことは、ひょっとしてあの人が？』

『ああ、そうだ。あいつがこの世界の勇者だよ。勇者なんだが……』

『何だか歯切れが悪いわね。どうしたの？』

『いやぁ、ちょいとやらかしちまってな』

執事の爺さんに不覚を取ったのと同時に戻った記憶によれば、ここは第〇一六世界。つまり一周目の俺はトビーを助けようとしたものの、あっさりと返り討《う》ちに遭《あ》って負けていたのだ。

その結果、トビーは「大事なもの」をあの二人に奪われることになる。で、俺はそれを必死に取り戻そうとするトビーに協力するという形で勇者パーティ入りし、以後は二人で色んなところを回り、情報収集と「大事なもの」の奪還《だっかん》を目的として活動するという感じだったんだが……

『まさか半々の賭《か》けを失敗するとはなぁ。どうやら俺には博打《ばくち》の才能は無いらしい』

『ええ……じゃあ、これからどうするの？』

『うーん。一番無難なのは、俺達を護衛として雇《やと》ってもらうってところか』

一周目の時と違《ちが》って「大事なもの」を守り切った以上、あの二人組は再びそれを奪いにやってくるだろう。ならそれを守る要員として、あの二人を撃退した実績のある俺達を雇わせるという流れは悪くないはずだ。

『じゃあ、さしあたっては私達の力をアピールする感じにすればいいわけね？』

『そういうこった。何か考えがあるのか？』

『ふふふ、任せて！』

「ねえトビー、ちょっといいかしら？」

「はい、何です……っ⁉」

ニッコリ笑ったティアが俺から手を離すと、徐《おもむろ》にトビーに話しかけつつ、小走りでその横に並んだ。いきなり肩《かた》が触《ふ》れるような距離《きょり》に近づかれ、トビーがあからさまな動揺《どうよう》をみせる。

「あ、あの、ルナリーティアさん？」

「ふふ、そんなに緊張《きんちょう》しなくてもいいじゃない。あと私のことは、ティアでいいわよ？」

「そ、そうですか？　じゃあその、ティア……さん？」

「なーに？」

「いやその、ちょっ、ちょっと距離が近いような……」

「距離？　二人でお話しするなら、このくらい普通でしょ？」

「ふ、二人⁉　いやでも、え、普通はそうなの⁉　あぅあぅ……」

「ほらほら、そんなことより、もっとお互いのことを話さない？　せっかく知り合ったんだし、私は貴方《あなた》のことちゃんと知りたいわ」

「へあっ⁉　ぼ、僕も、ティアさんのこと、色々知りたいです！」

「じゃあ丁度いいわね。ならまずは――」

いつも通りの近い距離で、ティアがあれこれとトビーの話を聞き出していく。その距離の近さ故に最初はガチガチに緊張していたトビーだったが、段々と慣れてくると少しずつ話が大きくなっていくというか、調子に乗ってきたという感じで……

「へー、そんなものまで備えてるのね」

「まあね！　今回はちょっと仕込みが足りなかったけど、普段《ふだん》ならあんな奴ら、パパッと置き去りにしてやるところさ！」

「凄《すご》い凄い！　私それ、実際に見てみたいわ！」

「いいとも！　じゃあ次の町で色々買い込んで、その後お互いの力を見せ合うって感じでどうかな？　で、よさそうだったら護衛の依頼《いらい》を出すってことで」

「勿論いいわよ。ね、エド？　いいわよね？」

「エド？　あっ⁉」

「ん？　そうだな。俺は構わないぜ……どうしたトビー？　俺の顔に何かついてるか？」

「いえ⁉　な、何でも無いです。何でも……」

ティアが話を振ったことで、俺の存在を思い出したんだろう。トビーが明らかな引きつり笑いを浮かべていたが、俺はそれを気にしない。というか、ほぼ予想通りの展開だしな。

「さて、そうと決まればまた襲われる前に、さっさと町まで行こうぜ」

「そうね。ほら、行きましょトビー」

「あ、うん。はい、そうですね……」

変わらず足取りを弾《はず》ませているティアと、あからさまに意気消沈《いきしょうちん》したトビー。そんな対照的な二人の様子に苦笑いを浮かべつつ、俺達は近くの町へ向かって、のんびりと歩いて行った。

第五章　大胆不敵な大怪盗

　その後は懸念《けねん》されていた再襲撃《しゅうげき》もなく、俺達はごく普通に町へと辿《たど》り着いた。門をくぐり喧噪《けんそう》に紛《まぎ》れたところで、振り返ったトビーが俺達に……若干ティアの方に強めに視線を向けながら話しかけてくる。

「それじゃ、とりあえずは宿を取りましょうか。僕としてはこの後色々と必要な道具を仕入れて、明日の昼前辺りには町を出たいと思うんですけど、お二人はそれで大丈夫ですか？」

「あら、随分《ずいぶん》急ぐのね。私達は平気だと思うけど……」

「トビーの方はいいのか？　あんなところで襲われてたってことは、徒歩で移動してたんだろ？」

　通常であれば、徒歩移動の旅人が町に着けば、二日や三日は休息を取るものだ。水や保存食などの消耗品《しょうもうひん》の補給もあるし、休めるときにしっかり休んでおかないと、町を出てから疲れで体の調子が悪いなんてなったら目も当てられないからな。

俺達はついさっき「白い世界」からやってきたばかりだから何の問題もないが、普通に歩いて移動しているであろうトビーが今日着いて明日に出発というのは、焦《あせ》りに近い性急さを感じざるを得ない。

だがそんな俺達の疑問に、トビーは笑いながら答えてくれる。

「あはは、心配してくれるのはありがたいですけど、大丈夫ですよ。これでも足腰《あしこし》には自信がありますし、あとはその……あまりのんびりできない事情がありまして」

「ふむ。その事情ってのは、馬車とか馬での移動をしないってのも含《ふく》まれるのか？」

「まあ、はい……徒歩で、かつできるだけ早く、という感じです」

「そっか。迷ってるって言うならともかく、そういうカッチリした方針が決まってるならいいさ。じゃ、宿を取ったらとりあえず一旦解散して、後は夕食の時にでも集まるってことでいいか？　さっきは大分ティアと話《はな》し込《こ》んでたみてーだけど、俺の方としてももう少し情報交換《こうかん》しときたいしな」

「あははは……わ、わかりました。じゃあそういうことで」

乾《かわ》いた笑い声をあげるトビーと約束を交《か》わし、俺達は三人で同じ宿に部屋をとると、トビーが一人でその場を去って行った。それに若干の不安はあるが、トビー自身も襲われたという自覚がある以上、まあ大丈夫だろう。仮に「大事なもの」が奪われたとしても、それならそれで一周目と同じ流れになるだけだしな。

　ということで、俺とティアはまずは急ぎで冒険者《ぼうけんしゃ》ギルドに顔を出し、そこで登録証を作った。最低限これがないと、トビーに対する身分の誤魔化しが途轍《とてつ》もなく面倒になることは学習しているのだ。

　で、その後はすぐに宿に戻り、俺とティアは同じ部屋に集まる。狭《せま》い部屋で男女が二人、何をするかといえば……当然、情報の摺《す》り合わせである。

「んじゃ、俺の知ってることを伝えとくぞ」

「あら、今回は『後のお楽しみ』みたいにはしないの？」

「ははは、今回は流石にな」

　先に知らない方が感動できるとか、知らないというリアクションそのものが重要になることならともかく、あのお嬢様達《じょうさまたち》は明確な敵であり、それを知らせないのはただこっちが不利になるだけだ。なら秘密にする意味なんてこれっぽっちもない。

「まず最初に、トビーのことだな。さっきもちらっと話したが、あいつがこの世界の勇者で、何か大事なものを運んでるらしい」

「その大事なものって、結局何なの？」

「いや、それは俺もわからん。一周目の時にも教えてもらえなかったしな」

そもそも一周目の時は、俺達は最後まで奪われた「大事なもの」とやらを取り返すことができなかった。なので当然それが何かということを、俺は知らない。助けに入った関係上、俺の方が先に気絶させられちまったから、トビーがそれを奪われる瞬間《しゅんかん》すら見ていないので、本当に情報が皆無《かいむ》なのだ。

「うーん、気になるけど……気にしても仕方ないやつね。じゃあその何かを狙《ねら》ってるあの二人組は？」

「ああ、あっちの情報はちゃんとあるぞ。前の時に調べたからな」

言って、俺はさっき冒険者ギルドで調達してきた手配書を取り出す。

「あ、これさっきの女の人じゃない！」

「そうだ。名前はパーム・モイスチャー。金貨二〇〇枚の賞金首で、『欲しがり姫《ひめ》』なんて二つ名がついてる。本当か嘘かは分からねーけど、元はどこぞの貴族だか王族のお姫様だったらしい。

ただ『自分が欲しいと思ったものはどんな手段を使っても手に入れる』って悪癖《あくへき》があったせいで追放されて身分を失うも、むしろ自分を縛《しば》る枷《かせ》がなくなったとばかりに好き放題に活躍《かつやく》しはじめ、結果として名うての盗賊《とうぞく》に身をやつしたって感じだな」

「ふーん。その元がお姫様だったっていうのは、どのくらい信憑性《しんぴょうせい》のある話なの？」

「何とも言えねーな。少なくとも『モイスチャー』なんて家名の王侯《おうこう》貴族は、近隣《きんりん》には存在しないらしい。ただの騙《かた》りか、それとも偉《えら》いさんが情報に手を回してるのか……ま、その辺は知らなくてもいいことさ。むしろ下手に嗅《か》ぎ回る方が危ねーな」

「それもそうね。貴族のお家騒動《そうどう》なんて、想像するだけでうんざりするもの」

俺の説明に、ティアが渋《しぶ》い顔をする。大国の王子であったアレクシスと旅をしてれば、そういう話に絡《から》む機会もあったからなぁ。うむ、パームが泥棒《どろぼう》であるという以上の情報は俺達には必要ねーし、触《さわ》らないのが一番だろう。

「で、パームと一緒にいた爺さんは、クロードだ。こっちは金貨一〇〇枚だな」

言って、俺は追加の手配書をパームの隣《となり》に並べる。

「金額が安いのは、徹頭徹尾《てっとうてつび》パームの従者として振る舞《ま》ってるからだ。パームの指示があれば汚《よご》れ仕事でも何でもござれだが、自分の意思じゃ動かない。

ただし実力の方は相当だ。さっきは剣《けん》を使ってたけど、実はパームは魔法師でな。この爺さんが前衛で、後ろからパームが魔法を使うってのが本来の戦い方になる」

「じゃあ、さっきは手加減されてたってこと？　何で？」

「そこまでは俺にもわかんねーよ。あの段階じゃまだ手の内を晒《さら》したくなかったのか、それとも魔法を使えない理由があったのか……」

パーム達の行動には、色々と謎《なぞ》が多い。そもそも一周目の時、負けた俺とトビーが殺されずに気絶だけで済まされたことがまず不思議なのだ。

だが、今となってはその理由を聞くことはもうできない。もし俺達を殺せない理由があったのなら是非《ぜひ》知りたいところだが……

「あの感じだと、美学とか拘《こだわ》りとか、そういう線もありそうなのがなぁ」

「何？　美学？」

「あー、いや、こっちの話だ。とりあえずティアはパームの本命は魔法で、爺さんは近接格闘《かくとう》の達人だってことは押さえておいてくれ」

「りょーかい。にしても、賞金首なのにやっつけちゃいけないっていうのは面倒ね」

「だなぁ。でもまあ、だからこそ俺達はトビーと一緒にいられるわけだし」

一周目の俺は無様に負けたが、今の俺とティアならパーム達を撃退することは勿論、普《ふ》通《つう》に捕《つか》まえることも十分に可能だ。が、それをしてしまうと俺達とトビーが一緒にいる理由がなくなってしまう。

つまり、襲われるのがわかっていながら、俺達はあえて後手に回り続けなければならないということだ。何とも迂遠《うえん》なやり方だが、現状ではそれ以外の手段を思いつかない。

「ま、その辺は臨機応変に行こうぜ……っと、そろそろ時間か」

話に一区切りついたところで、部屋の外から時間を告げる鐘《かね》の音が聞こえてくる。それに合わせて部屋から出ると、丁度トビーが買い物を終えて戻ってきたところだった。

「あれ、エドさん。早いですね？」

「まあな。そっちも買い出しは終わりか？」

「はい。あ、じゃあこれを部屋に置いたら、食事に行きましょうか」

「だな」

そんな会話を交わし、俺とティアがしばしそこで待つと、すぐに部屋に行ったトビーが戻ってくる。その後は三人連れだって、近くにあったほどほどに賑《にぎ》わっている酒場へと入っていった。

「それじゃ、僕達《ぼくたち》の出会いに乾杯《かんぱい》！」

「「乾杯！」」

声を揃えて、俺達は木製のジョッキをガチンと打ち合わせる。するとその衝撃でなみなみと注がれたエールが少しだけテーブルに零《こぼ》れてしまい、俺とトビーは慌《あわ》ててジョッキの中身を啜《すす》った。

「おっとっと……ふぅ。一仕事終えた後の酒は格別だな」

「そうですね。僕は普段はあまり飲まないんですけど……自分で思ったより緊張してたのかなぁ」

「私は正直、果実酒の方が好きね。二杯《はい》目からはそっちにさせてもらうわ」

「いや、二杯飲むのは確定なのかよ……別にいいけど」

さらりとお代わり前提だと口にしたティアに苦笑《くしょう》しつつ、俺は皿に盛られた骨付き肉に手を伸《の》ばすトビーに声をかける。

「ところでトビー。さっきの時間にあの二人組のことを調べたんだが……お前、随分と厄《やっ》介《かい》な奴に目をつけられたもんだな？」

「うぐっ⁉　や、やっぱりわかっちゃいましたか？」

「まあな。俺は別に賞金稼ぎってわけじゃねーから、今までは気にしたことなかったんだが……流石にあれだけ目立つ相手だと、な？」

「まあ、そうですよね……」

俺の言葉に、トビーがガックリと肩を落とす。おそらくは俺が、危険度の高い護衛を遠巻きに断ってると思ったからだろう。が、そこにすかさずティアがフォローを入れる。

「フフッ、そんな顔しなくても平気よ。私達、ちゃんと護衛の依頼を受けるから」

「えっ、本当ですか⁉　正直、絶対断られると思ったんですけど」

「勿論、本当よ。ねえエド？」

「ああ。この商売は信頼《しんらい》が第一だからな。約束したことは守るさ」

「あ、ありがとうございます！　その、凄く助かります！」

「気にすんなって。その分の報酬《ほうしゅう》はもらうしな？」

「勿論です！　路銀には大分余裕があるんで、しっかりお支払《しはら》いしますね」

金のやりとりとは、信頼のやりとりだ。きちんと報酬を要求したからこそトビーは俺達を信じてくれるし、きちんと払うと言ってくれるからこそ、俺達もトビーを信頼できる。明日実力を見せ合うという話はまだ生きているが、どうやらそれを前倒《まえだお》しして護衛の依頼を契約《けいやく》することはできそうだ。

「そうだ。ねえトビー。護衛の依頼を正式に受けるってことなら、できれば貴方が持ってるその……大事なもの？　それが何なのかを教えてもらえると助かるんだけど」

「ええっ⁉　な、何でですか⁉」

「何でって……あの人達って、トビーのそれを狙ってるんでしょ？　それが何なのかわからなかったら、何を優先して守ればいいかわからないじゃない」

「それは……そうですけど………」

ティアの問いかけに、トビーが眉間《みけん》に深い皺を刻んで考え込む。ただしそれが言ってもいいかどうかを迷っているのではなく、どうやったら何も言わずに誤魔化《ごまか》せるかを考えているということを、俺は一周目でよく知っている。

「まあ待てよティア。俺だって興味はあるし、守りやすいって意味じゃ知ってた方がいいだろうが、それでも無理に聞くつもりはない。その何だかは、基本的にトビーがずっと持ってるんだろ？」

「あ、はい。そうです。いつも肌身《はだみ》離《はな》さず持ち歩いてます」

「なら、トビーを全力で守れば、その大事なものとやらも自動的に守れるってわけだ。ならそれでいいだろ」

「うーん、まあ、そうね」

「それで納得《なっとく》してもらえると、僕としては非常に助かります」

「いいぜ、問題無い。ただしその場合、俺達が護衛するのはあくまでもトビーだ。もしその何かをトビーがうっかり落としたり盗まれたりした場合に、護衛失敗ってことで俺達との契約を解除するのはやめてくれ。そこはいいか？」

「はい、大丈夫です。もし万が一そんなことになったら、アレの奪還を新たにお願いするかも知れませんけど……」

「はっはっは、それはその時に、契約条件を聞いてからってところだな」

「うわ、ちゃっかりしてますね。その時は是非お安くしてください」

「ちょっと二人とも！　それ以前に、大事なものを奪われないようにするのが先でしょ？」

「ハッ！　確かに！」

「ははは、そりゃそうだ」

和《なご》やかな空気で、俺達の会話は進んで行く。さしあたって仕事の話が終われば、次はそれぞれの自己紹介《しょうかい》だ。軽い名乗りは終えてあるが、いい感じに酔《よ》いが回ったことも手伝っての、もう少し踏み込んだ話ってところだな。

「え、エドさんってまだ二〇歳《さい》なんですか⁉　あんな窮地《きゅうち》でも凄く落ち着いてたのに、まさか僕より年下なんて……」

「そういうトビーは何歳《なんさい》なの？」

「僕ですか？　二二歳です」

「なんだ、ならそんなに変わらねーじゃねーか」

「だから驚《おどろ》いてるんですけどね。ちなみに、その……ティアさんは……？」

「私？　私は一二〇歳くらいかしら？」

「ひゃく⁉　えーっと、それって……？」

ティアの年齢《ねんれい》に、トビーがどう答えたものかと悩《なや》み始める。するとそれを察したティアが、ニッコリと笑いながら言葉を続けた。

「人間で言うなら、二一歳ってところかしら？　エドよりもちょっとだけお姉さんなの」

「へー、そうなんですか」

「まあ、そうらしいな」

　相変わらず、ティアは俺よりも年上であることに微妙《びみょう》な拘りがあるらしい。ただしそれはあくまでもちょっとだけであり、実際の年齢差《ねんれいさ》……一〇〇歳上だというのを指摘《してき》すると、何故《なぜ》か猛烈《もうれつ》に不機嫌《ふきげん》になる。むぅ、女心というのは本当にわからん……きっと一生わからない気がする。

「あー、そうだ。聞かれる前に教えとくけど、俺の冒険者ランクはこれだ。ティアも同じだな」

　と、そこで俺はさも今思いついたかのように、登録したばかりの冒険者証をトビーに見せる。深い緑色をした金属製の板きれには楕円《だえん》に削《けず》られた水晶《すいしょう》が取り付けられており、その中には小さな光がチカチカと四つほど輝《かがや》いている。

「あれ、まだ四なんですか？　あの二人を追い返せるくらいなら、てっきり六か七くらいはあると思ったんですけど」

「実力はそのくらいあるつもりなんだが、年数的に……な」

「ああ、それは確かに仕方ないですよね」

雑傭兵《ようへい》だの狩人《かりゅうど》だの冒険者だのは、言ってしまえば「最低限管理されたごろつき」みたいなもんだ。なので大抵《たいてい》の世界では、実力の他に人柄《ひとがら》というか、仕事を任せて大丈夫かどうかの信頼も問われる。

であればよほど大きな後《うし》ろ盾《だて》か、世界最強みたいな訳の分からん実力でもない限り、それらの等級というのは上がるのに年月がかかる。そういう意味では腕は立つが二〇歳の若造である俺が持つのに、四等級というのは妥当《だとう》なところなのだ。

ああ、勿論本当に四等級なわけではない。さっき登録したばかりなのだから、本来の俺の冒険者証に宿ってる光は一つだけ……つまりは駆け出しの一等級である。なら何故四つ光っているかといえば、〈半人前の贋作師《コピーアンドフェイク》〉でちょこっと細工をしたからだ。

当然、こんな偽装《ぎそう》ちゃんと鑑定《かんてい》されれば秒で見抜《みぬ》かれる。だが酒の席でトビーに見せる分にはこの程度で問題無いし、相応の実力があるのだから、一度見せれば疑われることもない。あとはギルドで依頼を受ける流れになった場合に、うっかりトビーに真実がばれないようにだけ気をつければ十分だろう。

騙《だま》しているようで……というか思いっきり騙しているのでトビーには悪い気がしなくもないが、それを言い出すとそもそも俺達の存在は、大抵の世界では嘘の塊《かたまり》だからなぁ。

「ま、いいじゃねーか。等級なんて所詮《しょせん》は数合わせだ。明日実際に戦い方を合わせてみて、それでトビーが判断すりゃいい」

「そうね。それに昼間ちょっとだけ聞いた、トビーの戦い方も気になるし」

「そ、そうですか⁉　ふふふ、頑張《がんば》りますね！」

「いや、なんで依頼主《いらいぬし》のトビーが頑張るんだよ……なあ、お前ってひょっとして、あのお嬢様《じょうさま》に『どうしても必要なので、その荷物を渡《わた》してくださいませんか？』って上目遣《うわめづか》いに見つめられて手でも握《にぎ》られたら、あっさり渡したりしねーよな？」

「ええっ⁉　そんなこと……ない、ですよ？」

「そこは断言してくれよマジで……」

「だ、大丈夫ですって！　ほら、そんなことより飲みましょう！　ね！」

「ったく、仕方ねーなぁ」

　慌てるトビーに苦笑しつつ、俺達は和やかに夕食を済ませる。その後は普通に宿で寝《ね》て……一応ここも警戒《けいかい》したが、襲撃は来なかった……明けて翌日。三人揃って町を出ると、街道《かいどう》から少し離《はな》れた平原にて、約束通り俺達は互《たが》いの力を見せ合うこととなった。

「んじゃ、最初は俺からやるか。つっても俺はただの剣士だから、そんなに派手なことができるわけじゃねーんだが」

「あ、なら私と一緒にやらない？」

微妙に困る俺に、ティアがそう声をかけてくる。確かに俺だけだと、こんな場所でできるのはミゲルにも見せた銅貨斬《ぎ》りくらいだし……ふむ。

「おう、いいぜ。何でも来い！」

「言ったわね？　じゃ、行くわよ……」

ニヤリと笑う俺に、ティアもまた挑発的《ちょうはつてき》な笑《え》みを浮《う》かべて詠唱《えいしょう》を始める。

「土を集めて槌《つち》打つ響《ひび》きは刺して貫《つらぬ》く細月《さいげつ》の針、鈍《にび》の光を纏《まと》いて渦巻《うずま》く四指《よんし》四爪精霊《よんそうせいれい》の腕《うで》！　縒《よ》りて乱れて撃《う》ち尽《つ》くせ！　ルナリーティアの名の下《もと》に、顕現せよ、『アースニードル　バーストショット』！」

詠唱を終えた瞬間、ティアの周囲に生み出された一六本の槌の針が、俺に向かって一斉《いっせい》に飛んでくる。針と言っても俺の人差し指くらいの太さがあり、先端《せんたん》の尖《とが》ったそれが刺されば俺の体が穴だらけになりそうだが……

「……フッ！」

腰《こし》を落として構えた俺は、冷静にそれを剣で弾《はじ》き飛ばしていく。一振《ひとふ》り三本、五振りで一五本。最後に残った一本が俺の額を穿《うが》とうとするも、それを一刀両断することで俺は全《すべ》ての攻撃《こうげき》を無効化することに成功した。

「さっすがエド！　やるわね」

「まあな。で、どうだトビー。俺達の実力はこんなもんなんだが」

　そう言って顔を向けると、ポカンと口を開けていたトビーがハッと我に返り、若干興奮気味に俺達に声をかけてくる。

「す、凄い！　凄いですよ二人とも！　いや、凄いとは思ってましたけど、まさかこんなに凄いなんて……」

「その様子なら、合格ってことでいいよな？」

「勿論です！」

　どうやら俺達の腕前《うでまえ》は、ちゃんとトビーの要求を満たすものだったようだ。まあ断られるとは思っていなかったが、それでも一応一安心である。

「んじゃ、今度はトビーの戦い方を見せてくれよ」

「わかりました。と言っても、実のところ僕《ぼく》は自分が戦うことは想定してないんです。常に逃《に》げることに専念してるって感じで」

「へー、そうなの？　随分変わってるのね」

「ははは、自分でもそう思うんですけど、どうも戦いそのものが、僕には向いてないみたいで……なんで、普段はこれを使ってるんです」

　そう言ってトビーがポンと叩《たた》いたのは、腰に着けられた鞄《かばん》。中に幾《いく》つもの仕切りがあるそこから親指の爪ほどの大きさをした丸い玉を三つ取り出すと、それを手のひらに載《の》せて俺達に見せてきた。

「へぇ、魔法玉か」

「え、何それ？」

トビーの戦い方は一周目と同じなので、当然俺はそれが何なのかを知っている。が、知らないティアが不思議そうに問いかけると、トビーはその一つをつまみ、地面に向かって思い切り叩きつけた。するとその場に瞬時《しゅんじ》に白いもやが広がる。

「キャッ⁉　何これ、煙《けむり》……じゃない？」

「そうです。これは霧玉《きりだま》といって、見た通り敵の視界を遮《さえぎ》るためのものですね。煙よりも長くその場に留《とど》まるんで目《め》隠《かく》しの性能が高く、また吸っても平気なんで、自分の周囲にこれを大量に展開することで姿を隠《かく》すこともできます。

まあそのせいで足止め能力は煙よりずっと低くなっちゃいますけど」

「なるほど、その辺は一長一短って感じなのね……あ、消えちゃった」

ティアが手を出し入れして試《ため》していると、三〇秒ほどしたところでスッともやが消えてしまった。魔《ま》導《どう》具《ぐ》の類《たぐ》いなので、後には何も残らない。

「次はこれ、閃光《せんこう》玉ですね。地面に叩きつけると凄く眩《まぶ》しい光が発生します。直視すると目をやられちゃうんで気をつけてください。いきますよー……えいっ！」

　トビーがそれを叩きつけると、パッとその場に光の花が咲《さ》く。事前に分かっていたとしてもその眩しさは格別だ。

「あー、目がシパシパする！　これは強烈《きょうれつ》ね」

「追いかけてくる相手の前でいい具合に使えれば、かなり有効です。ただ見たとおり一瞬《いっしゅん》しか光らないんで、タイミングを外すと完全に無駄《むだ》になっちゃいますけど。

で、最後がこの音響玉《おんきょう》です。大きな音が鳴るんで、気をつけてください」

　三度《みたび》トビーが地面に玉を叩きつけると、金属同士が打ち合った時のような硬質《こうしつ》の音が辺りに響いた。キィンという高音は耳を塞《ふさ》いでもなお頭に細い杭《くい》を打ち込まれたような衝撃《しょうげき》を感じさせる。

「うっ、これは……頭がキーンってするわ……」

「大丈夫《だいじょうぶ》かティア？」

「うん、平気。平気だけど……三つのなかでは、私としてはこれが一番嫌《いや》ね」

「すみませんティアさん。でも確かに、これが野生の獣《けもの》なんかには一番効くんです。他にも隠れてる僕を捜《さが》してる相手なんかには、効果抜群《ばつぐん》ですね」

「そりゃそうだろうなぁ……」

物音一つ聞き逃《のが》さないようにしている相手に、この高音は相当にきついだろう。目と違って耳を塞ぐには両手を使うしかないから、咄嗟《とっさ》の対応が僅《わず》かに遅《おく》れるってのもあるしな。

「他にはもの凄く臭《くさ》い臭気玉《しゅうきだま》とか、強烈な刺激《しげき》で涙《なみだ》が止まらなくなる号泣玉《ごうきゅうだま》なんかもありますけど……見てみます？」

「いや、遠慮《えんりょ》しとく」

「私もちょっと……」

効果を確かめるという意味では体験しておく方がいいんだろうが、見えている惨状《さんじょう》に突《つ》っ込むのは気が進まない。それはトビーも同じだったらしく、苦笑しながら鞄の蓋《ふた》を閉める。

「ですよねー。あとはもう一つ、これは僕のとっておきなんですけど……ふふふ、見ててください」

そう言って、トビーが靴《くつ》のかかとを軽く打ち付けてから歩き始める。するとその足跡《あしあと》に、草で出来た半円の輪っかがニュッと生えてきた。

「植物を生みだした!?　いえ、流石《さすが》にそれは無理よね……なら種を植えて急成長させたとか？」

「うわ、よく分かりますね！　はい、そうです。この靴も魔導具で、足裏にあるこの突起《とっき》のところに特別な種が仕込《しこ》んであって、それが魔力《まりょく》で急成長した結果、即席《そくせき》の罠《わな》みたいな感じになるんです」

言いながらトビーが足を持ち上げると、確かに靴の裏に小さな突起が二つ付いている。他にも靴の表面に金属製の輪っかが張り付いていたり、かかとの部分に青く輝く石のようなものが仕込まれているので、その辺で何か上手《うま》い具合にやっているんだろう。

「勿論すぐに枯《か》れちゃいますし、僕の足跡のところにしか生成できないって弱点はありますけど、それでも何も知らない相手だと、結構これに引っかかって転んだりしてくれるんです。

という感じで、色んな魔導具を駆使《くし》してとにかく敵から逃げて逃げて逃げまくるっていうのが僕の戦闘《せんとう》スタイルです。いや、これを戦闘って言っていいのかはわからないですけど」

「いやいや、逃げるのも立派な戦術だろ。実際それだけ工夫《くふう》して考えてるなら、大概《たいがい》の相手からは逃げ切れてたんだろうし」

「まあ、そうですね。それでもあの二人には追い詰《つ》められちゃいましたけど……」

「そこはまあ、相手が悪かったってところだな」

トビーの「逃げ」に関する才能は本物だ。だがどれだけ才能があっても、逃げるという行為《こうい》の本質が変わるわけじゃない。本当に実力のある相手にごり押《お》しされれば、逃げ切るのは難しいだろう。

「でも、逃げるだけで反撃《はんげき》の手段が一切《いっさい》無いっていうのは、やっぱりちょっと怖《こわ》くない？　ねえトビー、貴方が望むなら、私達《たち》が戦い方を教えてあげることもできるわよ？」

「それは……いえ、遠慮しておきます」

ティアの提案に、しかしトビーはほとんど考える事無く首を横に振《ふ》る。

「純粋《じゅんすい》に戦いの才能がないっていうのもありますけど、僕にはこう……何て言うのかな？　戦いに対する気概《きがい》っていうか、敵をやっつけてやるぞって気持ちが、決定的に欠けてるんだと思うんです。

なので、多分僕が剣とか弓とかを教わっても、碌《ろく》な事にならない気がして……すみません、せっかく言ってくださったのに」

「気にすんなって。誰《だれ》でも向き不向きはあるし、自覚できるくらい向いてねーものを無理に頑張ったって、トビーの言う通り碌な結果にはならねーさ」

「そうね。やりたくないことだってやらなきゃいけない時はあるでしょうけど、少なくとも戦いに関しては、私達が一緒《いっしょ》にいる間は変わってあげられるわけだものね」

「お手数おかけします」

「ははは、いいさ。じゃ、一旦戻《いったんもど》ってきっちり契約しに行くか？」

「わかりました」

話が纏まったということで、俺達は正式に護衛依頼の契約を結ぶべく、一旦《いったん》町まで引き返した。そのまま冒険者ギルドに行ったわけだが……。

「あの、トビー様？　本当にこちらの二人を護衛に雇《やと》いたいと？」

俺達に対して猛烈に胡散臭《うさんくさ》そうな目を向ける受付の人が、トビーに向かってわざわざ確認《かくにん》を入れる。

「ええ、そうですけど。何か問題がありますか？」

「問題というか、この人達は……」

「何だよ、ランクが低いからって弱いわけじゃねーだろ？　実際トビーには俺達の実力を見せてるしな」

「そうよ！　ねえトビー？　私達でいいのよね？」

「ええ、勿論《もちろん》！　確かにランクは低いですけど、この二人が強いのは僕自身が確認してますから、大丈夫です」

「そう、ですか……まあ依頼主であるトビー様がそう言うのであれば、当ギルドとしては構いませんが」

そう言って、渋々《しぶしぶ》な感じで受付の人が書類を用意してくれる。そうして正式に契約を交わすと、俺《おれ》は改めてトビーに声をかける。

「よし、これで俺達は正式にトビーの護衛だ。改めてよろしくな」

「よろしくね、トビー」

「はい！　こちらこそよろしくお願いします！」

俺の差し出した手を、トビーがガッチリと握り返してくる。こうして俺達は、今回も無事に勇者パーティへの加入を果たすのだった。


その後、俺達は次の目的地となる町に向けて、徒歩での移動を開始した。今度こそそこで襲撃があるだろうと踏《ふ》んでいたのだが……

「あー、良かった。目的地まではまだまだですけど、今回は襲《おそ》われずに済みましたね」

「そうだな……」

ホッとした様子のトビーとは裏腹に、俺は何とも腑《ふ》に落ちないものを感じる。トビーに「正確な目的地はまだ教えられない」と言われたことで、俺達も何処《どこ》に向かっているのかはわからないのだが、それでも辿り着くべき場所があるということは、パーム達がトビーの荷物を奪《うば》うには、厳然たる制限時間があるということだ。

だというのに、今回は襲われなかった。その意味がどうにもわからないのだ。

(俺達が護衛についたから諦《あきら》めた？ 「欲《ほ》しがり姫」なんて異名がつくような賞金首が、手強《てごわ》いとはいえたった二人の護衛を相手に引き下がるとは思えない。ならあえて襲わないことで危機感を薄《うす》れさせ、俺達が解雇《かいこ》されるまで待ってる？ そいつは確かに有効だろうが、トビーがそんな判断するか？)

トビーが自分でも戦える奴《やつ》だったなら、ある程度の期間襲撃がなければ「もう襲われなそうだから」という理由で俺達を解雇することもあるだろう。が、トビーは自分一人じゃ戦えない。ならよほど路銀に困りでもしなければ、半端《はんぱ》なところで俺達を切るのはちょっと考えづらい。

なら何が目的なのか？ 人員を集めている、行く先を特定して罠を仕掛《しか》けている、あるいは暴力ではなく、社会的な力でこっちを抑えようとしているなど、色々な思案を巡《めぐ》らせていると……

「オーッホッホッホッホッホ！ 美味《おい》しい美味しいブルジョワ焼きは如何《いかが》かしら？」

「お嬢様のお勧《すす》めでございます」

「ええ……？」

町の通りの一角で、俺を悩ませるお嬢様と執事《しつじ》が、何故かやたら豪華《ごうか》な屋台で串焼き屋《くしや》をやっていた。

「ねえ、エド？　あれって……？」

「………………」

ティアに問いかけられたが、俺は答えを返せない。というか、何を言っていいのか、何を言えばいいのかが思いつかない。

頭に巻いた白い頭巾《ずきん》により縦ロールの髪《かみ》は後頭部に流されているし、どう考えても屋台をやるには向いていないドレスの上からは白いエプロンを身につけているが、そんな変装ですらないもので少し前に対峙《たいじ》したばかりの賞金首の顔を見間違《みまち》えるはずもない。

というか、隣に立ってるクロードに至っては、そもそもあの時の格好そのままだ。何だよ串焼き屋台で執事服って。お前等隠れるつもりこれっぽっちもねーだろ。

「なあトビー。一応……一応確認なんだが、賞金首ってのはあんなに堂々と串焼き屋をやってたりするもんなのか？」

「それは……どうなんでしょう？　僕もたった今までそんなことないって思ってたんですけど、実際やってるわけですし……」

「で、エド。あれはどうするの？」

「どうって……そりゃ接触《せっしょく》するしかねーだろ……」

一体どんな仕掛けがあれば、賞金首が町に屋台を出せるのかは正直見当も付かない。が、パーム達がこっちの動きを完全に読んで先回りした挙げ句、町中での対話を求めてきた。つまり、少なくともこの場では向こうもこっちと争うつもりはないということだ。

なら、それを無視するのは悪手だ。世の中何がどう転ぶかわからないのだから、たとえどんな相手であろうとも、交渉《こうしょう》の道を残しておくというのは大切だからな。

「んじゃ行くか……よう、そこのお嬢《じょう》さん。串焼きを三本もらえるかい？」

俺が先頭となって、パーム達に堂々と近づいて声をかける。するとパームはとってつけたような笑顔《えがお》でそれに応《こた》えた。

「勿論ですわ。クロード！」

「すぐにご用意致《いた》しますので、少々お待ちください」

パームの言葉に従い、クロードが見事な手際《てぎわ》で肉を切り分け、串を打って焼き上げていく。もの凄《すご》く料理をしそうな格好をしているのに、どうやらパームは指示を出すだけらしい。

「焼き上がりました、お嬢様」

「ご苦労様……はい、どうぞ。モイスチャー家秘伝のタレで焼き上げた、自慢《じまん》の逸品《いっぴん》ですわ」

「へぇ？　ほれ、二人とも」

「あ、どうも」

「ありがとうエド」

俺は受け取った三本のうち二本をティアとトビーに渡し、自分の分にかぶりつく。甘辛《あまから》いタレを塗《ぬ》られた肉は表面がパリッと焼き上がっており、囓《かじ》ると中からジュワッと肉汁《にくじゅう》が溢《あふ》れて……正直かなり美味《うま》い。

「うわ、何コレ⁉　すっごい美味しいですよ⁉」

「本当、いい味ね……これもう一本食べたら駄目《だめ》かしら？」

「いや、それは流石に……」

「フフフ、構いませんわよ。お代もそちらの方が懐《ふところ》に忍《しの》ばせたお宝で十分ですわ」

「ふざけろ。ほれ」

言って、俺は銀貨を一枚放《ほう》り投《な》げる。串焼き三本の対価としては破格だが、それを受け取ったパームは張り付いたような笑顔のまま言葉を続ける。

「あら、足りませんわよ？」

「へ⁉　銀貨だぞ⁉」

「ええ、銀貨ですわね。でも私のブルジョワ焼きは、一本銀貨二枚となっておりますの。そちらにきちんと書いてありますわよ？」

「何⁉　あっ……」

言われて屋台の端《はし》を見れば、確かに小さな文字で一本銀貨二枚と書いてある。くそっ、遠巻きに見てるやつばっかりで誰も買ってねーと思ったら、そういう仕組みか！

「チッ、ほら持ってけ」

「毎度ありがとうございます」

腰の鞄から追加で取りだした銀貨をやや乱暴に投げつけると、クロードの手がそれを全て空中で掴《つか》んで懐にしまい込《こ》んだ。何ともしてやられた感が強いが仕方が無い。糞《くそ》マズいなら文句の一つも言えるんだが、銀貨二枚の価値があるかはともかく、普通に美味かったからなぁ。

「で？　欲しがり姫のパームお嬢様は、こんなところでぼったくり屋台をやりながら、俺達とどんな話がしたかったんだ？」

「ぼったくりとは心外ですわね。素材に拘っているのですから、銀貨二枚は妥当でしてよ？まあ値段の六割は私が手渡《てわた》しすることによって生じる価値ですが」

「やっぱりぼったくりじゃねーか！　世界一いらねー付加価値だぜ」

銀貨二枚は、上等な宿に二食つきで泊《と》まれる金額だ。そんなのを串焼き一本で取るなんざ、ぼったくり以外の何物でもない。だと言うのに、パームは俺の抗議《こうぎ》を受けてさも心外そうな表情を浮かべる。

「ハァ、これだから物の価値の分からない方は……」

「そりゃこっちの台詞《せりふ》だ。ってか、なんでお前等捕まらねーんだよ」

皮肉に皮肉で返す俺に、しかしパームは余裕《よゆう》の笑みを崩《くず》さない。

「あら、捕まるわけがないでしょう？　私が奪うのは、私が手にするに相応《ふさわ》しいものだけ。一般庶民《いっぱんしょみん》の方がそのようなものを持っているわけがありませんし、仮に持っていたとしても、そういう方ならばお金で買えますもの」

「そいつは……」

言われてみれば、パームの存在は大多数の一般人《いっぱんじん》にとっては完全に無害であり、興味の対象外だ。ならわざわざ冒険者《ぼうけんしゃ》ギルドに出向いて手配書を調べたことのある奴なんて、皆《かい》無《む》に近いと言っていいだろう。

そうして口を封《ふう》じるのが難しい大多数の一般人からの通報が無いものとできるなら、手を回すのは町の衛兵数人でいい。民間人に犠《ぎ》牲《せい》を出す凶悪犯《きょうあくはん》でないなら、ぶっちゃけその程度はどうにでもできるだろう。

「はー、やだねぇ。正義は何処に行ったんだか」

「正義とは、いつだって強者に都合のいいものですわ。そうではなくて？　駆《か》け出し冒険者のエドさん？」

「はっはっは、何のことかわかんねーなぁ？」

「オホホホホ、そうですか？」

俺とパームが、バチバチと音がしそうな感じで笑いながら睨《にら》み合う。そしてそんな俺の背後では、ティアとトビーがこそこそと会話をしている。

「エドさんは凄いなぁ。僕こういう感じの交渉とかってすっごく苦手なんですよね。どうしても強く出られなくて……」

「フフフ、そうよ。エドは凄いの！　こういうややこしい事は、エドに任せておけば大抵はいい感じにしてくれるから大丈夫よ。あ、執事さん、串焼きもう一本頂戴《ちょうだい》」

「お買い上げありがとうございます」

「え、ティアさん本気で買うんですか!?　銀貨二枚ですよ!?」

「わかってるけど、別にお金には困ってないもの」

「うわぁ、一生に一度くらいは言ってみたい台詞だ……」

どうもティアが散財している気がするが、まあいいだろう。てか俺ももう一本くらい食いたくなってきたけど、ぼったくりとわかってて買うのは、どうしても負けた気がするのが……うぐぐ、ここは我慢《がまん》だ。

「さて、くだらない言いがかりをつけるのも飽《あ》きてきただろ？　そろそろ本題を話して欲しいんだが？」

「言いがかりなどではありませんけど、まあいいですわ。そこの貴方《あなた》！」

そう言ってパームが指さしたのは、チビチビと肉串を囓るトビーだ。二本目を豪快《ごうかい》に囓るティアが気になっているようだが、流石に自腹でもう一本買うつもりはないらしい……その一本目も俺の奢《おご》りだしな。

「あ、はい。何ですか？」

「先日は不幸な行き違《ちが》いがあったようなので、改めて商談をさせていただきたいのですわ。貴方の持っているそれを……そうですね、金貨一〇〇〇枚で売る気はありませんか？」

「一〇〇〇枚⁉」

パームの申し出に、トビーが驚きすぎてビクッと体を震《ふる》わせた。そのせいで半分囓っていた肉が串から外れて地面に落ち、とても悲しそうな声を出す。

「あぁぁぁぁ………………」

「そんな顔をする必要などありませんわ。私にそれを売れば、こんな肉なんて幾らでも食べられるでしょう？」

「それは……だ、駄目ですよ！　これ、僕のものじゃなく、預かり物ですし」

「そんなもの、無くしたとでも言えばいいじゃありませんか。いえ、いっそ正直に私達に奪われたと報告しても構いませんわ。どうせ失うのが同じなら、ここで金貨一〇〇〇枚を手に入れておいた方が賢《かしこ》いのではなくて？」

「……そ、それでも駄目です！」

パームの誘《さそ》いを、トビーはキッパリと断る。押しの弱いトビーにしては随分《ずいぶん》と思い切ったなと俺が感心していると、パームの目がスッと細くなった。

「へぇ？　この金額を提示してなお、それほど簡単に断るということは……貴方、自分が何を運んでいるのか、ちゃんと知っているんですわね？」

「っ!?　な、何を――」

「なら尚更《なおさら》ですわ。そんな厄介な代物《しろもの》を抱《かか》えているより、私に奪われてしまった方が、貴方としてもよほど気が楽になるのではなくて？」

「……これ以上貴方と話すことはありません。失礼します」

「あっ、おいトビー!?」

むすっとした表情を浮かべ、軽く頭を下げたトビーがその場を歩き去ろうとする。俺はそれを慌《あわ》てて追いかけようとしたが、そんな俺にパームが声をかけてきた。

「お待ちなさい。貴方にはまだ話がありますわ」

「――っ！　ティア、悪い。トビーを頼《たの》む」

「わかったわ」

俺の頼みに頷《うなず》いて、ティアがトビーを追いかけてくれる。その背をしっかり見送ってから、俺は改めてパームの方に向き直った。

「で、これ以上俺に何の用だ？　言っとくが、何だかわかんねーもんを盗《と》ってこいなんて言われても無理だぜ？」

「そんなこと言いませんとも。貴方、あちらのエルフの女性と一緒に、私に雇われませんか？」

「……何？」

予想外の提案に、俺は眉間に皺《しわ》を寄せる。すると何かを勘違《かんちが》いしたのか、パームが優《やさ》しげな笑みを浮かべながら話を続けてくる。

「簡単な話ですわ。何も知らされずに危険物を運ぶ手伝いをさせられていたというのは、依頼《いらい》を断る正当な理由になります。そのうえで私に雇われ……いえ、別に雇われずとも、彼《かれ》から離れてくれるだけでも構いませんわ。そうすれば……そうですね、お一人当たり金貨五〇〇枚で如何ですか？」

「そいつは何とも、大盤振《おおばんぶ》る舞《ま》いだな」

「でしょう？　貴方が何処の手の者なのかは知りませんが、それだけあれば一生遊んで暮らせます。お望みならば貴方の痕跡《こんせき》を消すお手伝いをしても構いませんわよ？」

「……何で俺が、誰かの犬だと思ったんだ？」

「むしろ、何故そう思われないと考えたのですか？　私達と渡り合えるほどの腕の立つ方が、彼と出会ったその日に冒険者として登録し、護衛についた。これが全部偶然《ぐうぜん》だというのなら、明日は空から宝石が降ってきますわよ？」

「はっはっ、そうか………」

パームの的外れな予想に、俺は思わず笑ってしまう。だがパームの立場からすれば、確かにその推理は筋が通るのだ。少なくとも、異世界からやってきた二人組が、この世界を出て行くためにトビーに同行しているなんて真実《はなし》に比べれば、ずっと信憑性《しんぴょうせい》がある。

ならそれを利用するか？　そういう手もあるが……しかし俺はニヤリと笑って、パームに向かって二本指を立てた手を突き出した。

「なあパーム。お前は二つ勘違いをしてる。一つは、俺はどっかの誰かの差し金ってわけじゃねーし、トビーが運んでるものが何なのかを、本当に知らねーってことだ。まあそう言ったところで信じねーだろうけどさ」

「…………………」

肩《かた》を竦《すく》めて言う俺に、パームは無言を貫く。ならば俺は、更《さら》に言葉を重ねるのみ。

「そしてもう一つは……俺にとってトビーが何を運んでいるかは、どうでもいいってことだ」

「……何ですって？」

「俺の……俺達の目的は、トビーと一緒に旅をすることなんだ。だから極論、さっきトビーがあんたの話に乗って『大事なもの』を売り飛ばしたとするなら、俺はそれでも構わなかったんだよ。

だから、俺やティアを説得なり買収なりするってのは、完全な筋違《すじちが》いだ。俺達はトビーが望む限りずっと一緒にいて、あいつがしたいようにするのを手伝う。大事な物をどっかに届けたいっていうなら、その望みを叶《かな》えるために手伝う。それだけのことだ」

そう言い切った俺の目を、パームがジッと見つめてくる。そうしてしばし見つめ合い……程《ほど》なくしてパームが小さくため息を吐《つ》いた。

「そうですか。どうやら嘘《うそ》を言っているわけでもなさそうですし……とは言え利害が一致《いっち》している訳でも対立している訳でもないというのが厄介《やっかい》ですね。私が欲しいのはあくまでも彼が持っているものであって、彼自身はどうでもいいですから」

「ははは、ヒデー言われようだな」

「仕方ないでしょう？　私、嘘は言いませんから。でもそういうことなら……クロード！」

「ハッ。エド様、こちらをどうぞ」

そう言ってクロードが差し出してきたのは、親指の爪ほどの大きさの、青く輝く小さな玉。質感的にはガラスか水晶か……だがただの綺麗《きれい》な玉ってことはないだろう。

「それを割ると、割ったという事実が私に伝わりますわ。もしも彼……トビー様があれを手放したいと考えるようになったならば、それをお割りなさい。そうすればいつでも私が駆けつけて、華麗《かれい》に奪って差し上げますわ！　オーッホッホッホッホ！」

「そいつはどーも。じゃ、俺は行くぜ？」

「ええ。次は実りある再会となることをお祈《いの》りしておりますわ」

「お気をつけてお戻《もど》りください」

背後から聞こえる挨拶《あいさつ》に振り返ることなく手を振って応えると、俺はそのまま道を歩き、途中《とちゅう》で鞄にしまう振りをして、もらった青玉を〈彷徨い人の宝物庫《ストレンジャーボックス》〉へと収納する。これで変な魔法《まほう》が仕掛けられていたとしても発動することはない。

で、それから更に進んで行くと、中央に小さな噴水《ふんすい》のある広場に出た。多くの人で賑《にぎ》わうなか、噴水の縁《へり》に腰掛《こしか》けるティアとトビーの姿が目に入る。

「おーい、二人とも！」

「エド！」

「エドさん……」

俺が声をかけると、二人が気づいて顔をあげる。ティアの方はいつも通りだが、トビーの表情は明らかに暗い。

「どうしたトビー？　随分冴《ずいぶんさ》えない顔してるじゃねーか」

「エドさん……僕は…………」

「仕方ねーなぁ。いいかトビー、よく聞け。今から俺は、パームに言ったことと同じことをお前に言うぞ？」

「……はい。覚悟《かくご》はできてます」

「なら言うぞ……お前がどんな厄介な物を運んでようと、関係ねー！　俺はあくまでお前のやりたいことに付き合う。何せ俺は、お前の護衛だからな！」

「…………えっ⁉」

右手の親指を立てながら笑顔で言った俺を、俯《うつむ》いていたトビーが驚《おどろ》きの顔で見上げてくる。

「い、いいんですかそれで⁉　半分騙《だま》してたみたいなもので、今だって何も……何も話せないのに……⁉」

「いいって。最初に『無理に聞かない』って約束したろ？　いい冒険者ってのは、契約《けいやく》は守るもんなんだよ。なあティア？」

「そうね。約束はとっても大事よ？」

「エドさん……ティアさん…………っ！」

感極《かんきわ》まったようにトビーが立ち上がり、しかしそこで動きが止まる。

「なんで……何でそこまでしてくれるんですか？　僕達《ぼくたち》って、ほんの何日か前に知り合ったばっかりじゃないですか？　なのにどうして……？」

「あー、それは……」

信じたいけれど、信じていいかわからない。そんな迷いの目を向けられ、俺は苦笑いを浮かべながら頭を掻《か》く。

「実はさ、前にもお前みたいなやつと、仕事をしたことがあるんだよ。でもその時は、俺はまだまだ弱っちくてさ。そいつの願いを叶えてやるどころか、途中で放り出して逃げちまったんだ」

思い出すのは、一周目の記憶《きおく》。基本的には逃《に》げ腰《ごし》なのに、何故《なぜ》か奪われた荷物を取り戻すことだけは諦めなかったトビーに対し、俺は途中で諦めちまった。より正確には、追放されるために必要な条件を満たし終えて、それ以上頑張《がんば》る必要がなくなったのだ。

故に、俺達の最後は喧嘩《けんか》別れだった。半ば狙《ねら》って「もう諦めろ」と説得する俺に、トビーは予想通りに怒《おこ》って俺を「追放」してくれた。

あの日の選択《せんたく》を、俺は後悔《こうかい》していない。だが後悔していないことと、何も感じないことは違う。あの日選べなかった道を、今なら選べるというのなら……

「だからまあ、こいつは俺の我《わ》が儘《まま》さ。お前の困ってる顔を見て、今度はちゃんと力になってやりたいって思った……それだけのことさ。悪いな、何かこう、立派な理由とかじゃなくて」

「いえ、そんな……そんなことありません！」

ばつが悪くて苦笑《くしょう》する俺に、トビーは途中で止めていた手を伸《の》ばしてくる。

「ありがとうございますエドさん……僕、貴方に会えてよかったです」

「ははは、そいつは最後まで荷物を運び終えてからにしようぜ」

「ですね。ちょっと先走っちゃいました」

互《たが》いに笑い合い、その場を収める。するとティアがパンと手を打ち鳴らし、改めて声をあげた。

「はい！　じゃあ話も纏《まと》まったところで、今後の事をもう少し具体的に話し合いましょ？　とりあえずは宿を探すのでいいのよね？」

「あ、はい。そうですね。多少高くてもいいので、防犯のきちんとしたところに部屋をとって、それから消耗品《しょうもうひん》を補充《ほじゅう》したら、明日の朝には出発する感じです」

「うわ、今回も強行軍なのね」

「すみません。でも僕としても、これを早く届けたいというか、あんまり持っていたくない感じなんで……」

「お前、本当に何運んでんだよ……」

若干《じゃっかん》の呆《あき》れを込めて言う俺に、トビーはただ苦笑いを浮《う》かべるのみ。とは言え秒で前言撤回《てっかい》するなんて恥《は》ずかしいことができるはずもなく、俺達はトビーの希望通りに宿をとり、消耗品を補充。警戒《けいかい》しながら夜を過ごし、早朝には町を発《た》った。その後しばらくは危惧《きぐ》していた襲撃《しゅうげき》もなく、順調な旅が続いたんだが……当然そんな安寧《あんねい》が長続きするはずも無かった。


「走れ走れ！　トビー、霧玉！」

「は、はい！」

先頭を走る俺の指示で、トビーが足下《あしもと》に霧玉を叩きつける。途端《とたん》にトビーの周囲に白い霧が発生するが、見通しのいい平原で人一人をスッポリ覆《おお》い隠せる程度の霧が発生したところでどうということもない。

「ティア！」

「――顕現《けんげん》せよ、『クリングフィールド』！」

「っ⁉」

が、物は使いよう。ティアの魔法によって、トビーが生み出した霧が追ってきた黒ずくめの顔の部分に纏わりつく。黒ずくめは慌てて顔の周りを手でひっかいたりしたが、霧を掴めるはずもない。これで霧が消えるまでの時間は敵の視界をほぼ完全に奪うことができた。

「こいつはお返しだ！」

そんな敵に、俺は拾っておいたナイフを〈彷徨い人の宝物庫《ストレンジャーボックス》〉から取りだして投げ返す。狙い違《たが》わずそれは敵の腕《うで》をかすめ、ビクンと体を振るわせた黒ずくめが崩れるようにその場に倒《たお》れ込んだ。

あー、やっぱり毒が塗ってあったか。ま、自分達で用意した毒なんだろうから、これで死ぬなら自業自得《じごうじとく》ってことで。

「っし！　ほらトビー、急げ！　とにかく森まで走り抜《ぬ》けろ！」

「は、はいぃぃぃ！」

　敵の生死を確認すること無く、俺は再び走り出す。そうして何とか街道《かいどう》沿いの森に入り込むと、隆起《りゅうき》した地面によって背後の視界が通らない良さげな場所を見つけて身を潜《ひそ》め、ようやく長い息を吐いた。

「ふぅぅぅぅ……二人とも無事か？」

「は、はい……はぁ、何とか…………はぁ」

「私も平気よ」

「そうか……くそっ、街道沿いの開けた場所で堂々と襲撃してくるとか、あいつら馬鹿《ばか》じゃねーのか!?」

　二人の返事に安心しつつも、俺の口からは罵倒《ばとう》の言葉が止まらない。面倒《めんどう》なことになりそうな予感はしていたが、まさかここまであからさまな襲撃を受けるとは思っていなかったのだ。

「普通襲《ふつうおそ》うならもっと見通しの悪いところとかだろ!?　何で白昼堂々馬車で近づいて来て襲いかかってくるんだよ!?」

「あはは……あれ、目撃者《もくげきしゃ》とかいても一切気にしないって感じだったもんね」

「あんなにヤバいと感じたのは初めてですよ……」

町と町を繋《つな》ぐ街道を進んでいれば、馬車とすれ違うなんて珍《めずら》しくも何ともない。無論互いに警戒はするが、それでもあからさまに剣《けん》を抜くなんてことをするはずもなく、精々が道の端に寄って、できるだけ彼我《ひが》の距離《きょり》を離《はな》しながらすれ違うくらいだ。

なので今回も普通に道の端に寄っていたのだが……まさか昼日中にすれ違った馬車の中から完全武装した黒ずくめの敵が飛び出して襲ってくるなんて、幾《いく》ら何でも想定外が過ぎるってもんだ。

「黒ずくめで顔を隠《かく》して、毒付きの武器……完全に殺しに来てるじゃねーか。なんで急にこんな奴らが来るようになったんだ？　なあお嬢様《じょうさま》、知ってることがあるなら、教えてくれると嬉《うれ》しいんだがな？」

「あら、気づいてらしたの？」

適当な木に背を預け、空を見上げながら投げかけた俺の言葉に、近くの草むらがガサリと揺《ゆ》れた。そうして森の奥《おく》から現れたのは、相変わらずの場違《ばちが》いなドレスに身を包んだパームとクロードの二人組だ。その出現にトビーだけは驚きの表情を浮かべていたが、俺はたっぷり皮肉を込めた笑顔で応えてやる。

「当たり前だ。最優先の警戒対象を見逃《みのが》すようじゃ、護衛なんて務まらねーだろ？」

「酷《ひど》い言い草ね。私は別に、貴方達《あなたたち》と敵対しているつもりはありませんわよ？」

「はぁ？　どの口がそんな事言いやがる？」

「貴方こそ、何故私達を敵だと認識《にんしき》してるのかしら？　私は彼と私達の間に貴方が割《わ》り込んで来たから応戦しただけで、その後は一度だって刃《やいば》を交えたりしていませんのよ？」

「ははは、荒事《あらごと》だけが敵対ってわけじゃねーだろ？」

確かに俺達は、パームに物理的に襲われてはいない。最初の出会いはこっちから武器を手に乱入する形だったし、ぼったくり屋台では勧誘《かんゆう》を受けただけだ。その程度のことを敵対と呼ぶつもりはない。が……

「護衛対象の品物を奪うって公言するのが敵対じゃなかったら、世の中の泥棒《どろぼう》は一人残らず清廉潔白《せいれんけつぱく》になっちまうぜ。それに……」

そこで一旦《いったん》言葉を切ると、俺はパームの目をまっすぐに見つめて言う。

「今になって急に荒《あら》っぽい襲撃が来たのも無関係だって言うわけか？　すぐ側に控《ひか》えてて、俺達が負けそうになったら助けに入ろうとしてたくせに？」

「……何故そう思いましたの？　貴方達が敗北したのを確認してから、お宝だけかっさらうという方が合理的なのではなくて？」

「ハッ！　そりゃ俺達が想定以上に弱くてあっさり負けたっていうなら、そうするしかなかったんだろうがな。でもそれはお前達にとっても都合が悪かったはずだ。あんな問答無用で殺しに来る集団からお宝を奪い取るなんて、俺達から奪うより何十倍も難しいだろうし。

多分あれだろ？　簡単に買収できなかったから、こっちの危機感を煽《あお》ってお宝を手放させるために、俺達の情報をどっかに流したんじゃねーか？　で、こっちが辟易《へきえき》したところで『助けてやる』って体でお宝を買い叩《たた》くとか、そんな感じか？」

「……貴方、本当に私に雇われる気はありませんか？　先日の倍出しますわよ？」

「賞金首の使いっ走りなんざ、幾ら積まれたってお断りだよ」

「残念ですわね。貴方とならば、もっと大きな物も狙えるかと思うのですが」

手をヒラヒラと振って断る俺に、パームが本気で残念そうに言う。高く評価されるのは悪い気分じゃないが、そうは言っても相手は選ばせてもらいたいもんだ。

「見当違《けんとうちが》いの妄想《もうそう》を長々とご苦労様……と言ってもいいのだけれど、いいわ、認めてあげましょう。でもその話には、少しだけ続きがありますのよ？」

「へぇ？　そいつは是非《ぜひ》とも聞きたいところだな。お代はとりあえずお前達を攻撃《こうげき》しないってことでいいか？」

「ええ、十分ですわ」

俺は剣の柄《つか》から手を離し、ティア達にチラリと視線を送る。するとティアとトビーも即《そく》応《おう》態勢を崩さないまでも武器からは手を離し、それを見たパームは満足げに微笑《ほほえ》むと、こっちに近づくことなく話を続けてくる。

「貴方の推測通り、私の狙いは貴方達に少々危険な目に遭《あ》ってもらうことで、彼の持つアレを手放す方向に意識を誘導《ゆうどう》することでした。煩《わずら》わしい猟犬《りょうけん》に追われ、最後は噛《か》み付かれそうになったところを助けるという算段だったのですが……少し計算違いがありまして」

「何だ？」

「その……私が情報を流した方のなかに、私の予想を大きく超《こ》える愚《おろ》か者が混じっていたようで、あまりお行儀《ぎょうぎ》のよろしくない別の勢力にまで、貴方達がここにいる……いえ、アレがここにあるという情報が流れてしまったのです」

「……待て。ちょっと待て。それはあれか？　トビーの持ってる『大事なもの』は、そんなに幾つもの勢力が狙ってくるようなものなのか？」

「ええ、そうですわ。お聞きになっておりませんか？」

「…………」

俺がジロッとトビーの方を見ると、トビーは即座《そくざ》に顔を逸《そ》らしてフーフーと音の鳴らない口笛を吹《ふ》いてみせる。だがそのとぼけを許容するには、ちょいと事態が悪化しすぎだ。

俺はトビーの側に歩み寄ると、ガッチリと肩を掴んで正面から向き合った。

「いいか、よく聞けトビー。俺達は今、結構ヤバい状況《じようきよう》にある。それはお前もわかってるよな？」

「それはまあ、はい…………実際襲われてるわけですしね」

「そうだ。で、この状況を切り抜けるには、パームから情報を聞くのが一番手っ取り早い。というか、聞かないとジリ貧になる恐《おそ》れがある。俺達はあくまでもパームからお前を守るつもりでいただけだから、今回みたいな大量の刺客《しかく》が、複数の組織から断続的に送られてくるとなると、流石《さすが》に守り切るのは困難だ」

「なわけだから、問おう。お前はどうしたい？」

「…………はい」

「………………え？」

真剣《しんけん》に問いかける俺《おれ》に、しかしトビーが間の抜けた声で返事をする。

「どうって、パームさんから話を聞くのが最善なんですよね？」

「そうだ。でもそれはあくまでも俺の考えでしかない。トビーがこいつらの言うことを信じられないとか、何らかの譲歩《じようほ》をしてまで情報を得る必要はないって言うなら、俺とティアはお前に従う。だからどうするかは、お前が決めろ」

「ぼ、僕《ぼく》ですか⁉　どっちがいいって言われても……僕はあくまでも逃《に》げるだけですから、戦うエドさん達が都合のいいようにしてくれれば」

「トビー！」

及《およ》び腰で、常に何処《どこ》か逃げ道を探すように視線を逸らすトビーに、俺は少しだけ大きな声で言う。

「いいかトビー。これはお前が歩き始めた道だ。お前がどうしても歩き通したいと願っている道だ。俺とティアは、あくまでもそれを助けるための護衛でしかない。

だからお前が決めるんだ。お前以外には、誰《だれ》も決められないんだ」

「でも……」

それでもなお、トビーの態度は煮《に》え切らない。ならばこそ俺はニヤリと笑って、更に言葉を続けていく。

「なに、そう難しく考える必要はねーよ。お前が逃げるのが得意だってのはわかってるからな。だから決めるとか戦うとかじゃなく、こう考えりゃいいんだ……パームの話を聞いたうえで逃げるのと、聞かずに俺達だけで逃げるのは、どっちの方がより確実に逃げ切れると思う？」

「へ…………………？」

　トビーの口がポカンと開かれ、キョロキョロと辺りを窺《うかが》っていた目に力が戻る。そのまま俯くとブツブツと独り言を言い始め、やがて上げた顔に浮かぶのは、自信に満ちた満面の笑《え》み。

「まずは話を聞きましょう。どうやって逃げるかは、その後で」

「了解《りょうかい》だ雇用主殿《リーダー》！　ってことになったんだが、どうだ？」

「ふふふ、なかなか愉快《ゆかい》な劇を見せていただきましたわ。ならその分のお代を負けるとして……そうですね、一時的な休戦でいかがでしょうか？　最低限同行を許していただかないと、私達としても彼……いえ、トビー様をお守りすることは難しいですし」

「まあ、妥当《だとう》なところだな。どうするトビー？」

「わかりました、それでお願いします」

　今度は迷わず即決《そっけつ》したトビーに、パームが楽しげに笑みを浮かべる。

「交渉成立ですわね。ならまずは、今襲《おそ》ってきている方々の情報からお話ししましょうか。勿体《もったい》つける意味もありませんから早々にお答えしますけど、あの黒ずくめの方達は、レブレニア帝国《ていこく》の工作員の方達ですわね」

「帝国……？」

その言葉に、俺は素早《すばや》く自分の記憶を探《さぐ》る。今俺達がいるのはオスペラント王国とかいうそれなりに大きな国で、レブレニア帝国はその東に位置する大国だ。パームの話が本当であれば、他国の工作員が国境を越《こ》えて実力行使してきたということになる。

「そいつはまた、随分とでかい魚だな。確かにこの辺は国境からそこまで離れてねーけど、ばれたら戦争になるやつだぞ？」

「フフッ、そうですわね。でもそれだけの危険を冒《おか》してでも帝国が欲《ほ》しがるものを、トビー様が持っておられるということですわ」

「…………」

優美に笑うパームとは裏腹に、俺の顔はこれ以上無いほど渋《しぶ》く歪《ゆが》む。トビーの運んでいるものが、俺の想定を遙《はる》かに超えてヤバい。

そしてパームが助けようとしていたという理由もわかった。そりゃ帝国の工作員に確保されたら、奪還《だっかん》は難しいなんてもんじゃないだろう。腕が立つとはいえたった二人の護衛をどうにかするのと、バリバリの軍事国家を相手にお宝を奪《うば》い取るのじゃ、難易度を比較《ひかく》するのも馬鹿らしい。そりゃ焦《あせ》って助けにくるわな。

「なあ、パーム。これは純粋《じゅんすい》な疑問だから答えたくなきゃ答えなくてもいいんだが、俺達からそれを奪った場合、お前は帝国を相手にお宝を守り切れる自信があるのか？」

故に、俺はふと浮かんだ疑問を問うてみる。当たり前と言えば当たり前だが、一周目の時は最初に奪われてしまっていたため、俺は帝国がそいつを狙ってるなんて話は聞いたことがなかった。

ならひょっとしてパーム達も帝国にお宝を奪われていたなら、俺達は既《すで》に何も持ってないパームを延々と追いかけるという間抜《まぬ》けを晒《さら》していたんじゃないかと思ったからだ。

だがそんな問いに、パームは怪《あや》しげに目を細めると、口《くち》の端《はし》をニヤリと吊《つ》り上げる。

「フフフ、勿論《もちろん》大ありですわ。そもそもその程度守り切れないようなら、私の集めた宝はとっくに奪い尽《つ》くされているはずでしょう?」

「……そりゃそうだな」

国際手配されている賞金首で、盗《ぬす》みの対象には貴族だって含《ふく》まれている。そんな奴《やつ》がこうしてここにいる時点で、国を出し抜けているってことか。ははは、こりゃ一周目の俺達じゃ、何をどうやっても奪還できなかっただろうなぁ。

「はぁ、わかった……で、トビー。そろそろいいか?」

「あっ、あっ、あっ…………あっ、はい。いやでも……はい……」

敵が帝国の工作員だと聞いた瞬間《しゅんかん》から、酸欠の魚のように口をぱくぱくさせていたトビーが、俺の呼びかけで漸《よう》く正気に戻る。戻ったが……然《さ》りとて冷静さまでは取り戻せなかったようだ。

「え、エドさん、何でそんなに落ち着いていられるんですか⁉　帝国ですよ⁉　しかも工作員って⁉　まさかこの人が嘘を言ってるとか……」

「いや、この状況でそんなしょっぱい嘘はつかねーだろ。それに……っと、まずはお客さんを片付けてからだな」

「えっ⁉」

トビーが驚きの声をあげるのと同時に、パーム達がいるのとは反対側の木の陰《かげ》から、黒ずくめが三人ほど顔を出す。

「追っ手⁉　そんな、逃げ切ったはずじゃ⁉」

「いやいや、こんなところでこれだけのんびり話をしてりゃ、そりゃ追いつかれるだろ」

「わかってたんですか⁉　なら何で――」

「そりゃ勿論……」

敵が目の前にいるにも拘《かか》わらずのんびりと喋《しゃべ》っている俺達に、黒ずくめが跳《と》びかかってくる。だがその攻撃が俺達に届くことはない。

「――顕現せよ、『ストラグルバインド』！」

「うわっ⁉　って、あれ？」

「……こういうことさ」

黒ずくめ達の体を、周囲から伸びた蔦《つた》がグルグル巻きにしていく。勿論黒ずくめ達は抵《てい》抗《こう》したが、それでほどけるほど甘《あま》い魔法じゃない。

「お疲《つか》れティア。で、どうだった？」

「他にも七人くらいいたわよ。隠れるのが上手《うま》い人もいたけど、森で私の目を誤魔《ごま》化《か》すのは一〇〇年早いわね」

「ははは、そりゃ敵《かな》わねーな」

逃げに徹《てっ》したのは、少しでも敵の正体を探るため。即《すなわ》ち俺達は森に逃げたんじゃなく、ティアの魔法で一網打尽《いちもうだじん》にするために、敵を森に誘い込《こ》んだのだ。

「さーて、それじゃゆっくり話を………聞くことも特にねーな？」

とまあ、そうやって一手間かけて捕《と》らえた黒ずくめ達だが、パームからその正体を聞き出してしまったので、これ以上は特に知りたいこともない。こいつらの所属だのバックにどんな貴族がいるかだのなんて情報は、根無し草の冒険者《ぼうけんしゃ》である俺達には聞き出せても活用しようがない情報だし、何より……

「キャッ!?」

逃げられないと悟《さと》ったからか、黒ずくめ達の体が突如《とつじょ》として激しい炎《ほのお》に包まれる。それは不自然な速度で黒ずくめの全身を焼き尽くすと、僅《わず》か一〇秒ほどで全《すべ》てが塵《ちり》と化してしまった。

「チッ、やっぱりこうなるか……大丈夫《だいじょうぶ》かティア？」

「私は平気よ。でも捕《つか》まえていた他の人も、みんな同じになっちゃったわ」

俺の問いかけに、ティアが悲しげな顔で首を横に振《ふ》った。そしてその隣《となり》では、トビーが真っ青な顔でガクガクと震えている。

「え……え？　ひ、人が燃えた!?　まさかこれ、エドさんたちが!?」

「んなわけねーだろ！　工作員って言うなら、このくらいの準備はしてるだろうさ」

「準備って……だって、これ、どう考えても死んじゃって…………うぅ……」

口元を押さえて、トビーがその場に蹲《うずくま》る。そんなトビーをパーム達は少し冷めた目で見ているが、俺の方はそんな気にはなれない。それはティアも同じで、そっとトビーに近寄ると、その背中を優しく擦《さす》ってやる。

「大丈夫、トビー？」

「ティアさん……ええ、平気です。すみません、僕、基本的に逃げるばっかりだったんで、あんまりこういうのに慣れてなくて……」

「いいのよ。本当なら、こんなことには慣れない方がずっといいんだから」

「だな。おかしいのは俺達なんだ。気にすんな」

「エドさん……ありがとうございます」

「はは、礼を言われるのも違う気がするけどな。で、お嬢様？　さっきの続き……他に俺達を狙ってる奴らの情報は、これから教えてくれるのか？」

　そう問いかける俺に、パームが何とも挑発的《ちょうはつてき》な笑みを浮かべる。

「情報というのは、その時々で値段が変わりますの。今度は幾らをつけていただけるのかしら？」

「おいおい、苦戦したならまだしも、俺達はあっさり追っ手を撃退《げきたい》したんだぜ？　なのに今更《いまさら》値を吊《つ》り上げようってか？」

「私、取れるところではガッチリ取っていく方針ですの。今の戦いを見て、貴方達が簡単にはやられないということもわかりましたし……それならもう二つ三つの組織とかち合わせて、疲弊《ひへい》したところを奪うというのもありではなくて？」

「あー、そうくるわけか……」

　これはどうやら、あまりにもあっさり敵を片付けちまった弊害《へいがい》が出たらしい。パームにとっては俺達が一方的にボロ負けするのがマズかっただけで、多大な犠牲《ぎせい》を出しながら勝つ、あるいは負ける分には都合がいいのだ。そうすりゃ勝った方も被害《ひがい》を受けてるわけだから、そこを狙えばお宝を奪い取るのはそこまで難しくないだろうしな。

「わかった。なら条件を一つ付け加えてやるよ。お前達が裏切らない限り、こっちからお前達に攻撃はしない……それでどうだ？」

「お話になりませんわ。確かに先程《さきほど》の手際《てぎわ》を見ても、貴方達はそれなりに強いのでしょう。ですが私達に対してそこまで一方的な契約を結べるほどだと？」

「ああ、そう言ったんだ」

軽い口調でそう告げると、俺は無造作にパームの側に歩み寄っていった。すると近くに控えていたクロードから、明確な殺意の籠《こ》もった一撃《いちげき》が俺の顔面に飛んできたが……

「なっ⁉」

「どうした？　その程度か？」

無防備に殴《なぐ》られたというのに、俺の体は傷つくどころか小揺《こゆ》るぎすらしない。続けて腹に拳《こぶし》が、股間《こかん》に蹴《け》りが、眼球に爪《つめ》が突《つ》き立てられたが、そのどれもが完全に無効化される。

当たり前だ。どれほど鍛《きた》えた技だろうと、俺の追放スキル〈不落の城壁《インビンシブル》〉は貫《つらぬ》けない。衝撃《しょうげき》だって片《かた》っ端《ぱし》から〈円環反響《オービツトリフレクター》〉で無効化しちまってるから、仮にドラゴンが突っ込んで来たって吹っ飛ぶのは相手の方だ。

「何だ⁉　何なのだお前は⁉」

初めて聞く、クロードの焦りの声。それに俺は敬老精神を発揮して、親切にも答えてやる。

「何って、知ってるだろ？　俺はトビーの護衛さ。あの日交《か》わした約束《けいやく》のために、トビーがやりたいことをやれるように全力で守る、ただそれだけの男だ」

「くぅぅ……っ！」

乱打を続けるクロードの白い手袋《てぶくろ》が、徐々《じょじょ》に赤く染まっていく。だがそれでも攻撃を止《や》めないクロードに、俺はそろそろ勝負を決めることにした。

「どうだお嬢様？　これが本物の戦士ってやつだ。泥棒がやる戦士ごっこじゃ俺にはかすり傷一つつけられねーし……」

クロードの攻撃を完全に無視し、俺は腰《こし》を落として剣の柄に手をかける。

「俺の一撃は――」

「お嬢様！」

「クロード!?　駄目《だめ》っ！」

パームに狙いを定めた俺の前に、クロードが叫《さけ》びながら飛び込んできた。だがそれすら気にせず俺は剣を振るい……

「……お前達を、容易《たやす》く切り裂《さ》ける」

ピタッと止められた刃の先で、クロードの執事服《しつじ》の切れ目からほんの僅かに血が滴《したた》った。

「っとまあ、こんな感じだ。どうだ、まだ異論があるか？」

「……いえ、ありませんわ。そちらの条件を呑《の》ませていただきます」

剣を収めてニヤリと笑う俺に、パームが唇《くちびる》を震《ふる》わせながら答える。それに満足げに頷《うなず》いてティアやトビーの隣まで戻ると、ティアがニヤニヤ笑いながら話しかけてきた。

「おつかれさまエド。ふふふ、格好良かったわよ？」

「おま、そういうこと言うなよ！　俺だって柄《がら》じゃねーとは思ってんだからさぁ」

「え、エドさん？　今のって……!?」

「あー、気にすんな。ちょっと本気出しただけだから」

そう、この格付けは絶対に必要だった。これで俺達は「正面から相手をするのは面倒だが、どうとでも出し抜ける相手」から、「お宝を奪ったあとで確実に逃げ切れる状況を整えるまでは、絶対に敵対したくない存在」へと変わった。

これなら他の奴らの襲撃に合わせてトビーを背後から襲われる可能性は飛躍的《ひやくてき》に下がったし、さっきみたいな舐《な》めた交渉《こうしょう》ももうできないだろう。代わりに俺達の方がパームの油断を突くことができなくなったが、そもそもそんなことする必要はねーしな。

と、俺がそんな事を考えている横では、僅かとはいえ傷を負ったクロードに、パームが回復薬を使って手当をしている。

「申し訳ありません、お嬢様。私の力が至らず……」

「いいのよクロード。あんなしょぼくれ男がここまで強いなんて、私だって見抜《みぬ》けなかったもの。それに私達は怪盗《かいとう》よ？　戦闘《せんとう》で負けることなんて、大したことではないわ……はい、これでいいわね」

寸止めならぬ寸斬《ぎ》りだったので、クロードの怪我《けが》は放っておいても治ってしまうようなものだ。そこに回復薬を使ったのだから、傷の痕跡《こんせき》など何処《どこ》にも残っていない。それをしっかり確認《かくにん》すると、パームが改めて俺の方に目を向けて声をかけてきた。

「いいこと？　確かに貴方《あなた》の実力は認めますが、だからといってトビー様の持つお宝を諦《あきら》めたりはいたしませんわ。必ず貴方を出し抜いて手に入れてみせますから、よーく覚悟しておくことね。オーッホッホッホッホ！」

パームの目に、もう怯《おび》えはない。それに自分で言っているとおり、怪盗が戦士に戦いで負けたことなど何の意味もないのだとばかりに胸を張って高笑いを響《ひび》かせる。その強く折れない心は、敵ながら賞賛を贈《おく》りたいところだ。

「ハッ、威勢《いせい》のいいこった。ま、精々頑張ってみるんだな……で、交渉成立ってことなら、いい加減情報の続きを聞かせろよ」

「わかりましたわ。ではよーくお聞きなさいませ」

軽く肩《かた》を竦《すく》める俺に、パームが澄ました笑みを浮かべて話を始めた。そこに列挙された名前の数々に、流石の俺も笑みを引きつらせる。

「いやいやいやいや……ええ、そんなに狙われてんのか？」

「ねえエド、私の聞き間違《まちが》いだったらすっごく嬉しいんだけど、今二〇個くらい名前が出てこなかった？」

「出てきたなぁ……」

トビーを……正確にはトビーの持つ何かを狙う組織は、両手どころか両足の指を足してもなお足りないくらいあるらしい。複数の国であるのは勿論、同国内でも派閥違《はばちが》いの貴族がそれぞれ手勢を派遣《はけん》してたり、宗教団体に名うての盗賊《とうぞく》、果ては何の冗談《じょうだん》か、勇者を名乗る一団まで狙ってるんだそうだ。

ここまでくると、もう乾《かわ》いた笑い声しかでない。だがそんな俺より遥かにショックを受けているのがトビーだ。

「そんな馬鹿な⁉　どうして、どうしてオスペラント王国が僕を狙うんだ⁉　僕は王様から依頼《いらい》を受けて、これを聖スロウン法国に運んでるのに……っ⁉」

「同じ国だからといって、皆《みな》が同じ方向を向いているわけではありませんわ。危険物を穏《おん》便《びん》に処分したいと考える方もいれば、危険物だからこそ手元に置いて活用したいと考える方もいる。あるいは誰かを失脚《しっきゃく》させるきっかけに、あるいは他国との戦争の口実に。使い道は幾らでも思いつきますもの」

「そんな……そうだ、証拠《しょうこ》！　何か証拠はあるんですか！」

信じられない、信じたくない。そんな思いで縋《すが》るように言葉を絞《しぼ》り出すトビーに、しかしパームは無情にも言葉を続ける。

「トビー様がご存じかどうかまでは知りませんが、トビー様以外にもそれを運ぶ方は沢山《たくさん》おられましたわ。普通に雇《やと》われた冒険者や、御用聞《ごようき》きの商人、果ては城の騎士《きし》までいるようですが……そんななかで、どうして私がトビー様に目をつけたかおわかりですか？」

「そんなの、わかるわけないじゃないですか……」

「トビー様の持つそれを入れている箱。そこには細工がしてあって、どれが本物なのかが分かるようになっているのです。そしてその探知魔導具《まどうぐ》はオスペラント王国にあったのですが……おかしいと思いませんか？　依頼した方なら誰に本物を託《たく》したかなんて最初からわかっているはずなのに、どうして本物を指し示す魔導具が必要になると？」

「それ、は………万が一奪われた時に、取り戻《もど》すため、とか………」

「確かにそうですわね。そういう方便があれば、表向き疑われることなく探知魔導具を造れるでしょう。実際にはそれの存在を知りつつ、意見の対立などでどれが本物かを教えてもらえないような方が、秘密裏《ひみつり》にそれを手に入れるために使うのだとしても……ね？」

「………………」

愕然《がくぜん》としたトビーが胸元《むなもと》に手を入れ、一辺が一〇センチほどの鉛色《なまりいろ》の四角い金属の箱を取りだした。その表面には複雑怪奇《ふくざつかいき》な光の線が走っており、何らかの魔法《まほう》的な処理がされているのは、魔法なんてこれっぽっちも使えない俺でもわかる。

しかもその箱からは、チクチクするような神聖さと、甘い腐毒のような禍々《まがまが》しさが感じられる。こりゃ確かに特級の厄物《やくもの》だ。

「なあ、トビー。俺達《おれたち》は今までずっと、お前が話してくれるまでは聞かねーって姿勢でいたわけなんだが……流石に聞いてもいいか？　多分気を遣《つか》ってくれてるんだろうが、ここまでくると逆に知らねー方が問題がありそうだし」

「そうね。襲ってくる人達だって、私達のことを『何も知らない護衛』とは扱《あつか》ってくれなそうだし」

当たり前の話だが、俺達がトビーと結んだ護衛契約《けいやく》は、あくまでも魔獣《まじゅう》とか野盗とか、そういうのから守りますというものだ。間違っても大国の工作員と事を構えても守りますなんてもんじゃない。

それでも今回一度きりならイレギュラーとして考えられるかも知れねーが、今後も同じような奴らが襲ってきたりすれば、普通は契約解除するだろう。

だが、俺達はトビーから離れるつもりはない。となると俺達とトビーは「契約を超えた何か」で繋がっていることになり……そんな相手がトビーの運んでいるものを知らないと思ってくれるほど、敵はおめでたい頭をしていないだろう。

そしてそれは、トビー自身も分かっているんだろう。今までで一番深く考え、悩《なや》み……そしてその口を開く。

「わかりました。エドさん達を巻き込みたくなくて秘密にしてましたけど、お教えします。僕が運んでいるのは……魔王《まおう》の心臓です」

「なっ⁉」

それは一周目の俺が、最後まで知ることのなかった真実。一〇〇年越《ご》しで明かされた謎《なぞ》に、俺は思わず絶句してしまう。

「魔王の心臓って……え、じゃあその箱の中には、魔王の心臓が入ってるの？　っていうか、じゃあパームはドクドク動く心臓が欲しくてトビーを追いかけてたってこと？」

そんな俺の代わりに、ティアがそう言って首を傾《かし》げる。するとそれに答えたのは、不快そうに眉《まゆ》を吊り上げたパームだ。

「ちょっと、人をゲテモノ蒐集家《しゆうしゆうか》のように言わないでくださる？　確かに魔王の心臓と言う呼ばれ方はしておりますけど、その実は世界最大のルビーなのですわ！」

「ルビー？　あれ？　じゃあ魔王とは関係ないの？」

「違《ちが》います。そのルビーの中に、魔王の力が封《ふう》じられているんです」

「あー、そういうこと！　つまりパームはその宝石が欲しくて、他の人達は封じられてる魔王の力が目的ってことなのね」

「多分、そうでしょうね。流石に宝石なんかのために、工作員を動かしたりはしないでしょうし……」

そう呟《つぶや》くトビーに対し、パームが更《さら》に不機嫌《ふきげん》さを増して声を荒らげる。

「宝石なんかとはなんですか！　まったく、これだから物の価値をわかっていない方々は駄目ですわ。トビー様、悪いことは言いませんから、その宝石は私にお渡《わた》しくださいな。私であればそれを愛《め》でるだけで、くだらない権力争いや戦争の道具などに利用することはありませんわよ？」

「それはそうかも知れませんけど、流石に泥棒に預けるのは、ちょっと……これは予定通り、聖スロウン法国の大聖堂で封印《ふういん》してもらいます」

「至高の芸術品を、誰の目にも触《ふ》れられない場所に封印するだなんて⁉　それがどれほどの損失であるかを理解できない貴方を、私はとても哀《あわ》れに思いますわ」

「哀れって……」

「ハッ、勝手なこと言いやがって。お前が手に入れたって、結局それを見るのはお前だけだろ？」

と、そこで漸く気持ちが落ち着いてきた俺が、皮肉を込めてそう口を挟《はさ》んでやる。するとパームはチラリとこちらに視線を向け、だがすぐに顔を逸らして口をつぐんだ。ま、図星だろうしな。

「おかえりエド。もう平気？」

「ああ、ちょっとビックリしただけだしな。で、トビー。これは確認しときたいんだが、その……魔王の心臓か？　そいつは本物ってーか、本当に魔王の力が封印されてたりするのか？」

ティアに笑って答えてから、俺はトビーに問いかける。だが問われたトビーは何とも難しい顔で首を捻《ひね》ってしまう。

「少なくとも僕は、王様からそうだと聞いています。ただそれが具体的にどういうものかと言われると……」

「分からないわよねぇ。蓋《ふた》を開けて確かめてみるわけにもいかないでしょうし」

「はい。王様にも『封印の儀式《ぎしき》の時が来るまで開けてはいけない』って言われてますから」

「ふーん……」

まあ、これだけの勢力が狙《ねら》ってるっていうなら、単なる宝石ってことはないんだろう。そしてパームの話を信じるなら、これが囮《おとり》の偽物《にせもの》って可能性も極《きわ》めて低い。しかし魔王の力、魔王の心臓ねぇ……あ、そうだ。

「なあトビー。その箱ちょっと貸してくれねーか？　追跡《ついせき》の魔法だか仕掛《しか》けだかを、俺ならどうにかできるかも知れん」

「えっ⁉　そうなんですか？」

「まあな。絶対とは言わねーけど、とりあえず貸してくれ」

そう言って手を伸《の》ばす俺に、トビーが眉間《みけん》に皺《しわ》を寄せて悩み始める。

「それは……いや、でも、エドさんなら………」

「別に変なことはしねーって。それにこのまま追いかけられても困るだろ？」

「……わかりました」

俺の説得に、トビーが渋々《しぶしぶ》箱を渡してくれた。俺はそれをしげしげと見つめてから、徐《おもむろ》に腰の鞄《かばん》に突っ込む。

「ちょっ、何やってるんですか⁉」

「いや、この鞄さ、実は魔力《まりょく》を遮断《しゃだん》するちょっとした加工がしてあるんだよ。だから一旦ここに入れれば、その追跡機能が停止しねーかなと思って」

「それで封印まで駄目になったらどうするんですか⁉　返して！　返してください！」

「おっと」

凄《すご》い剣幕《けんまく》のトビーが俺の手から箱を奪い取ると、まるで我《わ》が子のように服の襟口《えりくち》から突っ込んでしまい込んだ。おそらく服の中に収納する袋《ふくろ》でも仕込《しこ》んであるんだろう。

「ズルいですわトビー様！　そちらの方達だけでなく、私にもそれを見せてはくださいませんの？」

「見せるわけないじゃないですか！　終わり！　もう終わりです！　それより今後の動き方を相談しましょう！」

「わかったわかった。つっても、それは流石に次の町に着いてからにしようぜ？　それともあれか？　なあパーム。お前ってこの辺に、人目に付かない隠《かく》れ家《が》的なものとか持ってたりしない？」

必死に話題を変えようとするトビーに乗っかり、俺はパームに問いかける。だがその答えは何とも素っ気ないものだ。

「無いとは言いませんけれど、まさかそこに案内しろと？　それは全力で拒否《きょひ》させていただきますわ」

「何でだ？　俺達を閉《と》じ込める絶好の機会だぜ？」

「何を世迷《よま》い言《ごと》を……この私が、婚約《こんやく》もしていない殿方《とのがた》を家に招くようなはしたない女に見えまして？　ああ、勿論好き放題に暴れて家を駄目にしてしまう猛獣《もうじゅう》を連れ込む趣味《しゅみ》もありませんわ」

「そうかい、そりゃ残念。じゃ、やっぱり町に行くしかねーな」

フンと鼻を鳴らすパームに肩を竦めて答えると、俺は改めてトビーに話しかける。

「ってことだが、トビー。どうする？　お前がヤバいって言うなら、町に寄らずに野営しながら進むって選択肢《せんたくし》もあるが……」

消耗品《しょうもうひん》の類《たぐ》いはまだ補給したばかりなので、十分に余裕《よゆう》がある。それも踏《ふ》まえて判断を仰《あお》ぐと、トビーは森の先にあるいずこかを遠い目で見つめたりしながら、真剣な表情で腕《うで》組《ぐ》みをして考え込み……たっぷり一分ほど考えたところで、その口が改めて開かれる。

「町に行きましょう。どっちにしろ襲われるなら、町の中の方がいくらか安全でしょうし」

「ま、そりゃそうだな。んじゃ行くか」

我らが主の意見は決まり、進む方向は決まった。あとは何事も無く済むように祈《いの》るだけだったのだが……

「ま、こうなるよなぁ」

次の町に着いた、その日の夜。俺達の泊《と》まった宿の周囲を、あからさまに怪しい気配が取り囲んでいる。予想通りなのでこっちの準備は万全《ばんぜん》だが、だからといって夜の安眠《あんみん》を妨《ぼう》害《がい》されて機《き》嫌《げん》が良くなるはずもない。

「夜は寝《ね》とけ！」

「ガッ⁉」

俺とトビーが取った部屋の窓から入ってきた不届き者に、容赦《ようしゃ》なく剣《けん》を振り下ろす。いや、一応鞘《さや》をつけたままの時点で、容赦はしてるのか？　当たり所が悪いと死ぬこともあるだろうが、顔を隠して夜中に人の部屋に侵入《しんにゅう》してくる時点でまともな相手じゃないので、自《じ》業《ごう》自《じ》得《とく》ってことにしてもらおう。

ちなみにティアは隣の部屋で待機しているが、そっちは襲われていないのを確認している。またパーム達はそもそも町の中にすらいない。必要でもないのに役人に賄賂《わいろ》を渡して町に入れる意味なんてねーからな。

なので町から出たら改めて合流する手はずになっているので、あいつらが襲われる心配はないだろう……まあ襲われたところで、自分達でどうにでもできるだろうが。

「やっぱり襲われるのか……エドさんのあれ、効果ありませんでしたね？」

「いや、そんなことはねーはずだ。けど……」

「けど、何です？」

「ほら、俺達って別に顔とか名前とか、足取りを隠したりしてねーだろ？　トビーが持ってるってのがばれる前なら有効だったと思うんだが、俺達が持ってるって話が広まっちまってるなら、もう探知機とか関係ねーなと思って」

「……言われてみれば、そうですね」

足取りを掴《つか》みづらくするために馬車を使わず徒歩移動に拘《こだわ》ったりしたんだろうが、パームが情報を流しちまった時点で、俺達の居場所は敵側に筒抜《つつぬ》けだ。今更隠蔽《いまさらいんぺい》なんてしようがないので、隠れ進むのはどうやっても無理だろう。

「ということは、これから先もずっと襲われ続けるわけですね……ハァ」

「そう落ち込むなって。どんな奴が来たってちゃんと守ってやるからさ」

ため息を吐《つ》くトビーに、俺は足下《あしもと》に転がった男を蹴っ飛ばしながら言う。同じ黒づくめでも微妙《びみよう》に装備が違うので昼間の奴らとは多分別勢力なんだろうが、どうでもいい。拷問《ごうもん》したってわかりゃしねーだろうし、わかったところでどうにもできねーからな。

ちなみに、本来なら完全な奇襲《きしゆう》であろうこの攻撃《こうげき》も、俺にとっては見えてる敵を叩《たた》くだけの簡単な作業だ。〈失せ物狂いの羅針盤《アカシックコンパス》〉を〈旅の足跡《オートマッピング》〉に連動させ、俺達に敵意を向けてくる相手を表示させてるからな。

　そしてこれに反応がある時点で、実は王様から派遣された支援《しえん》部隊とか、こっそり交渉をしたいと考える偉《えら》い人の使い、という可能性が消えている。なのであとは部屋に入ってきたらぶっ叩くだけである。

「うぅ……」

「……お、まだ生きてるな？　ならお帰りはこちらだ」

　ゲシゲシと蹴っていると、男が小さなうめき声をあげた。敵だと確定しているのだからここに置いておく意味もないので、男を担《かつ》いで窓から落とす。ここは二階なんだが、まあ尻《しり》から落ちりゃ大丈夫だろう。

　ドサッという音が宿の外から聞こえてきたのを確認し、俺は開かれていた木戸をパタリと閉める。こじ開けられたせいで鍵《かぎ》はかからねーが、気休め程度にはなるだろう。

「さて、それじゃ寝《ね》るか」

「えっ、寝るんですか⁉」

「そりゃ夜は寝ねーと、明日が辛《つら》いぞ？」

「いやでも、敵が襲ってきてるんですよ⁉」

「違うな、正確には『襲ってきた』だ。よっぽどの馬鹿《ばか》でもなけりゃ、もうこねーよ」

「そうなんですか？　昼間の奴らみたいに死《し》に物狂いで襲ってくるかも……」

「そういうやり方をするなら、とっくに宿に火をつけられてるさ。ま、そんなことさせねーけど」

「えぇぇ…………？」

　俺の説明に、トビーが意外そうというか嫌《いや》そうというか、とにかく顔をしかめる。だがこの手の輩《やから》のやり口ってのは、そう変わるもんじゃないのだ。

「いいか？　夜中に顔を隠して侵入してくるってことは、こいつらも正体がばれたら困る奴らだってことだ。なんでもし仲間が捕まったりしてたらトビーが言うみたいに突入《とつにゅう》してきた可能性もあるけど、窓から捨てただろ？」

「はい……あ、あれってそういう意味があったんですね」

「そうだ。奇襲が完全に読まれてた時点で、作戦継続《けいぞく》は不可能。そのうえで仲間も回収できて痕跡を残してねーなら、まともな組織なら一旦撤退《いったんてったい》して仕切り直す。

　そもそも潜入《せんにゅう》工作に使えるような人員を育てるには、かなりの金や手間がかかるんだ。取り返しが付くならそんな簡単に使い捨てにはしねーよ」

「はぁ……エドさんは何でそんなこと詳《くわ》しいんですか？」

「ん？　そりゃあ色々経験してるからな」

「……僕《ぼく》より年下なんですよね？」

「重要なのは、長さより密度ってことだ」

「…………………」

ジト目を向けてくるトビーに、俺《おれ》はニヤリと笑って誤魔化す。実際俺の人生の密度はとんでもないことになっているはずだし、かといって体の年齢《ねんれい》が二〇歳《さい》そこそこなのも嘘《うそ》じゃない。なので特に後ろ暗いこともなく、俺は〈旅の足跡《オートマッピング》〉で敵が撤退《てったい》したのを確認すると、ごろりとベッドに横になった。

「本当に寝るんですね……」

そんな俺の姿を見て、トビーが呆《あき》れたような声を出す。それでも暗がりでトビーがベッドに寝っ転《ころ》がったのを確認すると、俺は改めてトビーに声をかけた。

「忘れるなトビー。これがお前の選んだ道で……これがこれからの、俺達の日常だ」

「うへぇ……今すぐ逃《に》げ出したいです」

「おいおい、逃げた先がこれだぞ？」

「うぐっ、そうでした……とほほ」

トビーの情けない声が、やがて静かな寝息《ねいき》に変わる。最後にもう一度周囲に敵がいないことを確認すると、俺もまた明日以降に備えて眠《ねむ》りにつくのだった。

終章　盗走、追走、大脱走！

その日を境に、俺達はそこそこの頻度《ひんど》で厄介《やっかい》ごとに巻き込まれることになった。しかもその手段は単なる力押《ちからお》しばかりではなく、色々な搦《から》め手も含まれる。例えば――

「くっそ、多いな⁉　ティア！」

「下がって！　解放、『ストームブリンガー』！」

街道《かいどう》沿いを歩いていた俺達を襲《おそ》う、数え切れない程《ほど》の魔獣の群れ。明らかに不自然な勢いで押し寄せてくるそれを避《さ》けるために今は随分《ずいぶん》と街道から離《はな》れたのだが、それでも敵の勢いが衰《おとろ》えることは無い。大方誘導《ゆうどう》した魔獣に俺達を殺させ、その死体からお宝……「魔王の心臓」を回収しようって魂胆《こんたん》だろう。

「ちまちま倒《たお》しても埒《らち》があきませんわね。薙《な》ぎ払《はら》います、五秒保《も》たせなさい！」

「畏《かしこ》まりました、お嬢様《じょうさま》！」

そんな俺達の背後では、一緒《いっしょ》に行動するようになったパーム達《たち》も応戦してくれている。まあ普通《ふつう》に魔獣の襲撃《しゅうげき》に巻き込まれているので、撃退しないわけにはいかないだろうしな。

それに、あの日しっかり俺の実力を見せつけておいたので、ここでいきなり寝返《ねがえ》って襲われる可能性もほぼ無い。俺がパーム達の方にも意識を残しているのは、この二人ならちゃんと感じ取ってるだろうしな。

「我が魔を食《く》らいて我が敵を燃やせ！　我は真魔を屠《ほふ》る者！　焼き尽《つ》くしなさい、『ヴォルカニックナパーム』！」

「うおっ⁉」

背後に生まれた莫大《ばくだい》な熱にチラリと視線を向けてみれば、パームの手から放たれた炎の吐息《といき》が魔獣の群れを呑《の》み込んでいく。するとその通り道にあった命は悉《ことごと》くが燃やし尽くされ、描《えが》いた軌跡《きせき》に残る炎は更なる贄《にえ》を求めてチロチロと燃え続けている。おかげで後方は随分とスッキリしたようだ。

「エド、あの子凄いわね」

「だな、こっちも負けてられねーぜ！」

改めて目の当《ま》たりにしたパーム達の実力に、俺とティアも気合いを入れて魔獣を倒していく。ちなみにそんな俺達に挟まれる形で中央に立つトビーは、特に戦いに加わったりもせず、ひたすらに「頑張《がんば》れー！」と応援《おうえん》だけしてくれている。

「ったく、気楽な身分だなトビー？　まあ雇用主《こようぬし》だからいいんだけどさ」

「仕方ないじゃないですか！　このレベルの大軍なんて、もう僕じゃどうしようもありませんよ！」

「フフッ、それを自分で言い切っちゃうのがトビーよねぇ」

言い訳を口にするトビーに、ティアが苦笑《くしょう》しながら寄ってきた魔獣を斬《き》り捨てる。確かに逃げ場《ば》無く囲まれている状況《じょうきょう》じゃ、トビーお手製の逃走《とうそう》道具も使いようがねーわな。

「にしても、何故《なぜ》こんなに急に魔獣が？　いえ、トビー様を狙った誰《だれ》かの策謀《さくぼう》だということはわかっておりますけど、一体どうやって？」

「うーん。どっかで何か仕込まれたんだろうが、俺に心当たりはねーな。ティアは？」

「私も無いわ」

パームの疑問に、俺とティアは揃《そろ》って否定を返す。魔獣を興奮させるだけなら手段は幾《いく》つもあるだろうが、その標的を俺達に固定するには、相応の仕掛けが必要なはずだ。

「敵に魔獣使いがいるなんて情報はねーのか？」

「ありませんわ。というか、この量の魔獣を自在に操《あやつ》れる人や魔導具が存在しているのでしたら、その国がとっくに世界を征服《せいふく》してますわよ」

「だよなぁ」

被害を出すだけの魔獣を自在に使い捨てられる戦力に変えられるなら、誇張《こちょう》じゃなく世界を取れる。つーかそんなことができそうなものなんて、それこそトビーが運んでる「魔王の心臓」以外には考えられない。

「なら何か目印的なもんがあるはずなんだが……おいトビー、お前さっきから黙《だま》ってるけど、何か心当たりとかねーのか？」

「ひぇっ⁉　べ、別にそんな、何もないですよ⁉」

「いや、滅茶苦茶《めちゃくちゃ》声がうわずってるじゃねーか！　どんだけ動揺《どうよう》してんだよ⁉」

「そう言えば、町を出る前にちょっと浮《う》かれてたわよね？　何かあったの？」

俺とティアの問い詰《つ》めに、トビーがあからさまに視線を逸《そ》らしつつも、懐《ふところ》から小さな布《ぬの》袋《ぶくろ》を取りだして呟く。

「その……町の露店《ろてん》を見ている時に、可愛《かわい》い店員さんから『素敵《すてき》な出会いに恵《めぐ》まれますように』って、サービスでこのお守りをもらったくらいで……」

「それだっ！」「それよ！」「それですわね」「それでございますね」

トビーの言葉に、本人以外全員の声が重なる。

「馬鹿かお前⁉　どう考えてもそれだろ！　そんなもん受け取るなよ！　受け取っても秒

で捨てろよ！」

「で、でも、凄く可愛い娘《こ》だったんですよ⁉　大きな胸の谷間から直接取りだしたやつだったんで、ほのかに温《ぬく》もりも残ってて……」

「ティア！」

「とんでけー！」

「ああっ⁉」

奪《うば》い取られたお守りがティアによって宙を舞《ま》い、トビーが情けない声をあげる。そうしてお守りが魔獣の群れの中に落ちると、程なくして魔獣達の行動に異変が起き、俺達ばかりを狙っていたのが近くの別種の魔獣と同士討《どうしう》ちも始めるようになった。踏み壊《こわ》されたか何かで、お守りの効果がなくなったんだろう。

「よし、ここだ！　正面の魔獣だけぶっ飛ばして、一気に抜《ぬ》けるぞ！」

「わかったわ！」

「うぅ、お守りが……」

「トビー様、お望みでしたら私が慰《なぐさ》めて差し上げますわよ？」

「そ、それは………だ、駄目です！　騙《だま》されないですからね！」

「あら残念。揉《も》むのも挟むのも、お好きにしていただいてよろしいんですのに」

「もっ、はっ⁉　ぐっ、ううう………」

「馬鹿なことやってんじゃねぇ！　お前達もちゃんと戦え！」

「ハァ、仕方ありませんわね。トビー様、今夜お部屋にお伺《うかが》いしますわ」

「おい、俺とトビーは相部屋だぞ？」

「他人の恋路《こいじ》を邪魔《じゃま》すると、馬に蹴られますわよ？」

「何が恋路だ、テメーが盗《ぬす》むのはお宝だけだろうが！」

適当に罵《ののし》り合いながらも、俺はきちんと剣を振《ふ》るい、パームは魔力を高めていたらしい。再び生まれた炎《ほのお》の道を必死の思いで駆《か》け抜けて、その場は何とか脱《だっ》することができた。

とまあ、そんな間接的な力押しもあれば、時にはもっと真っ当な……少なくとも襲ってきた相手の中では……理由で戦いを挑《いど》まれたこともある。例えば――


「――フッ！」

「な、何だと⁉」

俺の振り下ろした剣を受け止め、虎顔《とらがお》の獣人《じゅうじん》が思いきり顔をしかめる。その理由は、受けた爪にビキリと罅《ひび》が入ったからだ。

「あり得ぬ⁉　まさかただの鋼の剣で、我が爪《つめ》が傷つくだと⁉」

「実際に入ったんだから、あり得ないってことはねーだろ？　さあどうする、まだやるのか？」

「調子に乗るな、人間風情《ふぜい》が！」

ニヤリと笑う俺を見て、いきり立った虎男《とらおとこ》が跳《と》びかかってきた。その強靱《きょうじん》な足腰《あしこし》から繰《く》り出される跳躍《ちょうやく》は短距離《たんきょり》ながらも音の壁《かべ》を超《こ》えそうな勢いだったが……

「おっと」

「戦士が逃げるか！　臆病者《おくびょうもの》め、底が見えたぞ！」

「いや、普通かわせる攻撃はかわすだろ。お前等の常識を押しつけるんじゃねーよ！」

この世界の獣人は、自分達の優《すぐ》れた肉体を殊更《ことさら》に誇《ほこ》っているらしい。なのでこの手の勝負は真っ向から受けて立つようだが、俺がそれに付き合ってやる必要はない。まあ付き合ったところで負ける要素はないが、こいつに見せつけたいのは追放スキル《イカサマ》じゃなく、俺が人として鍛えた技の方なのだ。

再び突進《とっしん》してくる虎男に、今度はしっかりと剣を構えて待ち構える。正しく野生の虎のようなしなやかな動きで突《つ》き出された両手は、俺の腹と顔面にぶっとい爪で風穴を開けるべく迫《せま》ってきており、このタイミングだともう回避《かいひ》は不可能。

「これで……っ！」

「……ああ、終わりだ」

凝縮《ぎょうしゅく》された刹那《せつな》の時間。言葉など伝わるはずのない時間に、俺達は確かに言葉を交《か》わし合う。俺は体の前で円を描くように剣を振るって、一息に虎男の爪を全《すべ》て斬り跳ばすと、驚愕《きょうがく》の表情を浮かべる虎男の体を受け止め、螺旋《らせん》の動きで地面に叩きつけた。

「…………………」

「俺の勝ちだ。まだ文句があるか？」

倒れ伏《ふ》す虎男の喉元《のどもと》に、俺は剣を突きつける。すると虎男は小さく笑って目を閉じ……故に俺は剣を引いて、腰《こし》の鞘に収めた。すると虎男が今にも人を噛《か》み殺しそうな目で俺を睨《にら》み付けてくる。

「何故殺さぬ⁉　敗者に生《い》き恥《はじ》を晒《さら》させるなど、それでも貴様は戦士か⁉」

「うるせーよ、俺が勝ったんだから、お前が生きるも死ぬも俺次第《おれしだい》だ。死にたいなら俺に勝ってから死ね」

「ぐぬぅ、何たる屈辱《くつじょく》……っ」

むくりと体を起こした虎男が、悔《くや》しそうに地面を殴《なぐ》りつける。だがその様子に、俺としては苦笑いを浮かべることしかできない。

「っていうか、テメー自分が何でここにいるか、ちゃんと覚えてるんだろうな？」

「ん？　当たり前だ。『魔王の心臓』などというものを、脆弱《ぜいじゃく》な人間に任せてなどおけぬ。故に我らが管理してやろうというのに——」

「あー、はい。そうですね。で、文句があるなら力を示せって言われて、俺はお前に勝ったわけだ。ならお前のすべきことはここで自己満足に浸《ひた》りながら死ぬことじゃなくて、自分達の国に帰って『人間に負けました。彼《かれ》らは魔王の心臓を管理するに相応《ふさわ》しい強者でした』って伝えることだろうが！」

「………確かにそうだな？」

俺の言葉に、虎男が今気づいたとでも言わんばかりにそう呟く。そして次の瞬間《しゅんかん》には全身のバネを利用してビョンと一気に立ち上がると、やたらと上機嫌《じょうきげん》な笑《え》みを浮かべて俺の肩をバシバシと叩いてきた。

「わかった。ならば我らグラドラの民《たみ》は、お前のことを強き戦士だと認めよう。それだけの力があるなら、他の愚《おろ》か者達《ものたち》に『魔王の心臓』をむざむざ奪われることもあるまい。だが忘れるな、我らが認めるのはあくまでもお前達のみ。他の下らぬ人間の手に渡った後、つまらない使われ方をするようなら……」

「ああ、そんときゃ好きに奪い返せ。何なら肩を並べて戦ってもいいぜ？」

「ガッハッハ、それは楽しみだな！　よし、では我は帰る！　お前と共に戦うか、お前と再び戦うか、そのどちらでも楽しみにしているぞ！」

「いや、楽しみにされても困るんだが……まあいいや。じゃあまたな」

楽しげに帰っていく虎男に、今更《いまさら》突《つ》っ込《こ》みを入れるのも無粋《ぶすい》だろう。手を振って立ち去る背を見送ると、遠くで俺達の戦いを見守っていたトビーとティアがこっちに近寄ってきた。

「お疲《つか》れ様《さま》エド。格好良かったわよ」

「ええ、本当に凄かったです！　グラドラの獣戦士と言えば世界最強とまで謳《うた》われるほどなのに、それを倒しちゃうなんて……っ！」

そしてそれとは別に、呆れた顔のパーム達もやってくる。

「まったく、あのような野蛮人《やばんじん》を正面から相手にするなんて……私なら適当に言いくるめて本国に送り返しますわよ？」

「確かに非効率的ですな……嫌《きら》いではありませんが」

「ちょっと、クロード⁉」

「いえ、何でもありません」

「ははは、好きに言っとけよ」

兎《と》にも角《かく》にも、これにてまた一つ問題は解決。だが迫り来る障害は、まだまだこんなもんじゃない。暗殺、買収、色仕掛《いろじか》けから、「お前の家族を人質《ひとじち》にとっている」なんて脅迫《きようはく》まであった。

いや、あれは傑作《けつさく》だったな。この面子《メンツ》でその手の脅《おど》しが通じるのはトビーだけのため、まさかトビーの家族を人質に取られたかとかなり焦《あせ》ったのだが、〈失せ物狂いの羅針盤《アカシックコンパス》〉で調べてみると、ごく普通に生活している姿が映る。

じゃあ誰の家族なのかと思ったら、何と俺の家族だという。ならばと騙された振りをしつつそいつらを斬り伏《ふ》せたんだが、「お前には家族を思う気持ちがないのか⁉」とか言われたときは、噴《ふ》き出すのを堪《こら》えるのが大変だったぜ。

ま、そこまでやったおかげで「奴《やつ》らは人質の通じない冷酷《れいこく》無比な存在だ」と認識《にんしき》され、以後同じような手は二度と使われなかったので、トビーからスゲー冷たい目で見られたのは必要経費としておこう。

とまあ、そんな感じで俺達の旅は、順調とはほど遠いながらも確実に進んで行った。何の障害もなければ二ヶ月で踏破《とうは》できる距離《きより》に半年以上の時間をかけ、それでもどうにかオスペラント王国と聖スロウン法国の国境近くまで辿《たど》り着いたのだが……

「はっはー……こいつは壮観《そうかん》だな。敵じゃ無けりゃ、だが」

俺達の前に立ちはだかるのは、今までの刺客《しかく》だの工作員だのとは一線を画す大部隊。磨《みが》き上げられた鎧《よろい》を身に纏《まと》い国の旗を掲《かか》げたそれは、まさかのオスペラント王国の正規軍だ。街道を埋《う》め尽くす勇壮《ゆうそう》な騎士《きし》の姿に、俺は思わず引きつった笑みを浮かべてしまう。

確かに永世中立を謳う聖スロウン法国への領土侵犯《しんぱん》のリスクは、オスペラント王国内部とは比較《ひかく》にならないほど大きい。周辺諸国を納得《なっとく》させられる理由なしにそんなことをすれば、袋だたきにあってあっという間に国が滅《ほろ》ぶレベルだ。

なので、「魔王の心臓」を狙う奴らが最後のチャンスとばかりにここで襲撃をかけてくることは、俺達としても当然予想していた。が、それがまさかこの国の旗を掲げた軍勢になるというのは、幾ら何でも皮肉に過ぎる。

「ねえ、これ迂回《うかい》とかはできないの？　一旦《いったん》戻《もど》って別の道を行くとか……」

「普通に追いかけてくるのでは？　それに仮に見逃《みのが》されたとしても、その場合は新たな行き先を同じように封鎖《ふうさ》されるだけでしょうし」

「かといって道を逸れて関所以外から法国に入ったりしたら、こっちが密入国者として捕《つか》まっちまうわけか。しかもそうなったら、『我が国から脱走《だっそう》した犯罪者を捕《と》らえるため』

って大義名分で、ここぞとばかりにこの軍隊が追いかけてくるだろうし」

「ままなりませんな」

ティア、パーム、俺、クロードと、どうにもならない現状に相談という名の愚痴《ぐち》をこぼす。唯一《ゆいいつ》トビーだけが無言のまま前を見ていたが、そこに軍隊側から見るからに高そうな鎧を身に纏った騎兵《きへい》が一騎《き》歩み出て、俺達《おれたち》に向かって叫《さけ》んできた。

「余はオスペラント王国第二王子、ロウエル・オスペラントである！　我が国の国宝を奪った盗人《ぬすびと》どもよ、無駄《むだ》な抵抗《ていこう》は止《や》めて大人しくせよ！」

「盗んだ？　おいトビー、どういう――」

「ど、どういうことですか⁉」

俺が問うより先に、トビーが一歩前に出て大声で叫ぶ。するとトビーの姿を目にしたロウエル王子が物理的にも精神的にも見下しながら声をかけてきた。

「貴様が陛下をたぶらかし、国宝を奪ったという賊《ぞく》か」

「賊って、そんな馬鹿な⁉　僕は間違《まちが》いなく国王陛下から仕事を――」

「黙れ！　貴様のような下賤《げせん》な賊と、第二王子である余の言葉、どちらに信があるかなど競《きそ》う余地すらないであろうが！　それとも何か？　貴様は余が嘘をついているとでも言うつもりか？」

「それは……いえ、とにかく誤解です！　陛下に！　どうか国王陛下にご確認《かくにん》ください！」

「それは無理だな」

トビーの必死の訴《うった》えに、ロウエル王子がニチャリとした笑みを浮かべる。

「二月ほど前から、陛下は病に臥《ふ》せっておられる。それに我が兄上も何故か留学先であるストルヘルムから戻《もど》って来ないしな。故に今は余こそがこの国の全権を任されているのだ」

「そんな⁉」

馬上から悠々《ゆうゆう》と語る王子に、トビーが衝撃《しょうげき》の表情を浮かべる。あまりにもわかりやすい流れだが……ふむ。

「おいトビー、お前王様から委任状とか依頼書《いらいしょ》とか、そういう感じのものは貰《もら》ってねーのか？」

「ありませんよ！　これ、王様から個人的に頼《たの》まれた、極秘《ごくひ》の仕事ですから」

「そうか。まあそうだろうなぁ」

こっそり小声で話しかけた俺に、トビーも小声で必死に訴えてくる。つまるところ、トビーには自分の正当性を証明する手立てが何も無いということだ。

となると、強引《ごういん》に奪いに来る相手なら撃退《げきたい》できるが、合法的に返せと言われたら、従わなければこっちが犯罪者ということになる。

あー、こいつは厄介だ。時が来ればこの世界を出て行く俺とティアだけなら、王子だろうが何だろうが邪魔なら斬って捨てればいい。パームもまあ、元が賞金首だし、多少巻《ま》き込んだくらいなら平気だろう。

が、トビーは違《ちが》う。善良な一般人《いっぱんじん》としてこれからもこの世界で生きていくなら、王族に刃向《はむ》かった……しかも正当な理由無しでとなると、たとえ他国に出たとしてもまともには暮らせない。遙《はる》か海を渡《わた》るとかすりゃどうにかなるかも知れねーが、それを強《し》いるような選択《せんたく》を迫るのは酷《こく》だろう。

と、俺が苦い表情でそんな事を考えていると、馬上の王子がいらだたしげに言葉を続けてくる。

「まったく、我が父ながら陛下は何を思って国宝を外に出そうとしたのか。外交でも戦争でも、使い道は幾らでもあるというのに……ほら、さっさと渡せ。それともこの場で首をはねてから奪い取られる方が望みか？」

「………………戦争？」

何気なく呟《つぶや》いたロウエル王子の言葉に、トビーの体がピクリと反応した。己の首元に手を入れ、俯《うつむ》いたトビーが震《ふる》える声を絞《しぼ》り出す。

「ロウエル王子。貴方《あなた》はこれが何なのか、ちゃんとわかっているんですか？　わかっていてなお、これを脅しや駆け引きの材料に……いえ、必要とあらば本当に使うことすら辞さないと？」

「フンッ！　薄汚《うすぎたな》い盗人風情《ぬすびとふぜい》が、王子たる余の考えに異論を差し挟《はさ》むつもりか？　身の程を――」

「答えろっ！」

それは今までのトビーからは想像もつかないような、鋭《するど》く強い声。そこに込められた覇《は》気《き》に王子の馬が僅《わず》かにたじろぎ、その事実に王子が更《さら》に顔を歪《ゆが》める。

「くっ……大声で怒鳴《どな》るしかないとは、やはり野蛮《やばん》な庶民《しょみん》だな。それが何か知っているかだと⁉　当たり前だ！　わかっているからこそ、こうして余がわざわざ出向いてきたのだ！　強く大きな力は、高く尊き者の手にあってこそ！　さあ、わかったならさっさとそれを渡せ！」

「……王様は、トムおじさんは、僕の友達なんです。下町で燻《くすぶ》ってた僕に、お忍《しの》びで遊びに来てたおじさんが声をかけてくれて……それで仲良くなったんです」

王子の言葉を完全に無視し、トビーが静かに語り始める。

「安酒を飲みながら、二人でくだらない話を沢山《たくさん》しました。何処《どこ》の酒場の女給さんが美人だとか、何処の定食屋が美味《うま》いとか、本当にくだらない、日常の話を……」

「ハァ、我が父ながら何という下品な。どれほど高貴な血とて、泥《どろ》が混じれば泥になる。そんな暗愚《あんぐ》だから、正常な判断を失うのだ」

「違うっ！」

叫びと共に顔をあげ、トビーがキッと王子を睨む。

「王様だって正体を明かされて、そりゃビックリしたさ！　でも王様でも下町のおじさんでも、僕にとっては同じ人だ！　ちょっとだけお節介《せっかい》で割とスケベで、でもいつでも優《やさ》しい目でみんなを見て、楽しそうに笑ってた人だ！

そんなおじさんが……ラトゥムエル陛下が言ったんだ。国家の運営は綺麗事《きれいごと》だけで成り立つような甘《あま》い物じゃない。何百万の民の命を背負うからこそ、時には非情無情と呼ばれるような手段を選ぶこともあると。

でも、それでも越えてはならない一線がある。この世界に生きる人として、全てを壊すような力は到底《とうてい》認められない。それを使って国益を得たりすれば、必ずそれを奪い合い利用し合い、そして最後は全てを破壊《はかい》してしまう。

だからこれを封《ふう》じて欲《ほ》しいと、この僕に頼んだんだ！　いつかこの力を手放したせいで国が滅んだならば、その時は世界のために自国を見捨てた天下の愚王として名を残す覚悟《かくご》で……それでもなお、この世界に生きる全ての人に、明るい未来があればと願って！」

「くだらん！　何だそれは⁉　王たる者が、国益を追求せずして何とする⁉　貴様のような根無し草の冒険者《ぼうけんしゃ》ならいざ知らず、我《わ》が国に住まう民が、己の国を豊かにする手段を投げ捨てるような王を支持などするものか！

どれほど危険で強大な力であろうと、余が完璧《かんぺき》に利用してやろう！　全ては我がオスペラント王国のために！」

燃える瞳《ひとみ》で睨み付けるトビーを、ロウエル王子が正面からにらみ返す。どちらも一歩も譲《ゆず》らず、そして大義はどちらにもある。たとえそれが王子個人の欲望に端《たん》を発していたとしても……世界の未来などという曖昧《あいまい》なもののために、自分達の利益を簡単に投げ捨てられるほど、ほとんどの人は高潔ではないのだから。

そして王子は、それをよくわかっているのだろう。鼻を鳴らしてトビーから視線を逸らすと、俺達に向かって話しかけてくる。

「おい、そこの冒険者達《ぼうけんしゃたち》よ、お前達はどうだ？　金で雇《やと》われた護衛だというのなら、余がそんなものとは比較にならぬ金を出そう。あるいは余の大義に感銘《かんめい》を受けて忠誠を誓《ちか》うというのなら、それなりの地位に取り立ててやってもよい。

ああ、そこの盗人共も……余の邪魔をしないというのなら、とりあえずこの場は見逃してやる。いかな賞金首と言えど、王国の正規軍と事を構えるほど愚かではあるまい？

義も利も、慈悲《じひ》も未来も、何もかもが余と共にある！　その愚か者を裏切る……いや、見限るならば、今すぐにこちらに来い！」

「……だって。どうするのエド？」

「どうもこうも、俺の答えなんて最初から分かってるだろ？　それよりパーム達はどうするんだ？」

随分なご高説だったが、事情的にも心情的にも、俺達を動かすにはまるで足りない。なので肩《かた》を竦《すく》めつつ横を向けば、パームもまたつまらなそうに鼻を鳴らした。

「フンッ。話にもなりませんわ。『魔王《まおう》の心臓』を差し出すから協力しろというのならまだしも、見逃してやるとは……それを交渉《こうしよう》材料にしたいなら、せめて一度でも私達を捕まえてからにするべきでは？」

「ですな。できもしない妄言《もうげん》でお嬢様に取引をもちかけるなど、程度が知れるというものです」

「だそうだ。残念ながら勧誘《かんゆう》は失敗らしいぜ？」

ニヤリと笑って言う俺に、王子が馬上から侮蔑《ぶべつ》の視線で見下ろしてくる。

「そのようだな。最後の慈悲で人として扱《あつか》ってやったが、どうやら言葉の通じぬ豚《ぶた》であったようだ。ならば望み通り、その身を八《や》つ裂《ざ》きにしてくれよう」

　そう言い捨てると、王子は堂々と踵《きびす》を返して軍隊の中に戻っていく。その背中は隙《すき》だらけだったが、俺達が攻撃を加えることはない。当然だ、俺達は殺し屋でも反乱軍でもなく、トビーの護衛なのだから。

「で、トビー。これからどうするんだ？　あの王子様が元の場所まで戻れば、目の前の騎《き》士団《しだん》が突っ込んでくると思うんだが？」

「……………逃げます」

　問う俺に、王子の背を見送ったトビーが答える。言葉そのものは実に後ろ向きだというのに、その声には強い決意が宿っている。

「逃げる？」

「はい。確かに交渉は決裂《けつれつ》しましたけど、だからといって僕達《ぼくたち》は王子様の敵じゃありません。なので王子様や国の軍隊を攻撃したりはしません。そんなことをしたら、本当の反逆者になっちゃいますからね」

「まあ、そうだな」

　どんな事情があろうと、王族やそれの率いる正規軍に剣《けん》を抜いて斬りかかったりしたら、少なくともこの国の中では俺達は紛《まが》うことなく反逆者……犯罪者になるだろう。

「だから、逃げます。あの軍隊のなかを、まっすぐ走って逃げ切ります。誰も倒さず傷つけず、僕が走って国境まで逃げ切るんです！」

「おいおい、随分大きくでたな。そんなことできると、本気で思ってるのか？」

「勿論《もちろん》、僕一人では無理です。だから……エドさん、ティアさん！　それにパームさんにクロードさんも、どうか僕に……僕に力を貸して下さい！」

そう言って、トビーが深々と頭を下げる。ここまで漢《おとこ》を見せられたら、こっちだってそれなりの態度で応《こた》えたい。俺はトビーの肩に手を置くと、その顔をあげさせる。

「わかった。お前にそれだけの覚悟があるなら、俺は全面的に協力しよう」

「勿論私も協力するわよ！　パーム達はどうするの？」

「そうですわね。正直この状況なら、トビー様が負けて奪われた後、あの王子の手から『魔王の心臓』をかすめ取る方が私としては楽なのですが……」

ティアの問いかけにすまし顔のパームがそう答え……だが次の瞬間、その口元が楽しげに歪む。

「あの身《み》の程知《ほどし》らずの王子がトビー様に出し抜かれて間抜《まぬ》け面を晒すのを見るのは、とてもとても楽しそうですわ」

「パームさん……それじゃ……!?」

「ええ、いいですわよ。今回までは協力して差し上げますわ。ねえクロード？」

「全てはお嬢様の御心《みこころ》のままに」

「ありがとう……ありがとうございます！」

もう一度、トビーが深く頭を下げる。その声が震えているのは、恐怖《きょうふ》ではなく喜びだろう。

「ははは、そういうのは全部終わるまでとっとけって言ったろ？　んで、具体的には何か作戦はあるのか？」

もしもトビーに何の拘《こだわ》りもないのなら、ぶっちゃけこんなのは問題でも何でもない。俺が〈追い風の足《ヘルメスダッシュ》〉を使えばあっさりと奴らの隙間《すきま》を駆け抜けることができるし、それ以前に〈不落の城壁《インビンシブル》〉を使っておけば、奴らは俺にかすり傷一つつけられない。そうなれば軍勢の中央を鼻歌交じりで散歩して通り抜けることだってできる。

だが、これはトビーの物語。俺みたいな余所者《よそもの》が出しゃばって、出所不明の追放スキル《イカサマ》で台無しにするのは無粋なんてもんじゃない。

故にそう問うた俺に、トビーはニヤリと笑みを浮かべる。

「ええ、あります。皆《みな》さんにもかなり頑張ってもらわないといけませんけど……」

そう言って説明された内容は、正しく「逃走の勇者」トビーの真骨頂であった。

＊＊＊＊＊

『空より見る』‥　未来への逃走

ドクン、ドクンと胸が高鳴る。それはトビーが何かから逃げる時、いつも決まって感じていたことだ。

だが、今日はいつにも増して強い。だがそれも当然だ。広い草原であるにも拘《かか》わらず自分が逃げる先に待ち構えているのは、何十騎もの騎兵と、それよりも更に多い歩兵。全員が金属鎧に身を包んだ、完全武装の王国軍なのだから。

（ははは、改めて考えても、馬鹿《ばか》みたいだな。あんなのに突っ込んで逃げようなんて）

今までも、何かから逃げる時にあえて人混《ひとご》みに飛び込むことはあった。だがその時の周囲の人は、トビーにとって壁のようなもの。自分の存在を誤魔化《ごまか》し、追っ手から隠《かく》してくれる存在であり、決して自分の敵ではなかった。

だが、今から突っ込む先に待ち構えているのは、全員が敵。紛《まぎ》れたところで自分の存在が誤魔化されることはなく、その全てが自分を捕らえるために動くのだ。

　ほんのわずかな失敗でも、そこで終わり。正しく絶体絶命の状況であるはずなのに、トビーの顔は何故かニヤリと笑みを浮かべた。

（どうしよう？　全然捕まる気がしない……っ！）

　更に呼吸は速まり、頭は熱に浮かされたようにボーッとする。だというのにトビーの目には、自分があらゆる障害をかわし、逃げて逃げて逃げ切る未来しか見えない。荒《あら》い息を吐《は》きながら己の内に溜《た》まった何かが爆発《ばくはつ》しそうな正にその時、正面の軍隊から遂《つい》に攻撃《こうげき》の声があがった。

「全軍、突撃《とつげき》！」

（今だ！）

　向かってくる騎兵に対し、トビーはあろうことか自分から突っ込んでいった。その動きに騎兵が一瞬《いっしゅん》戸惑《とまど》ったのを見逃さず、トビーは腰の鞄《かばん》から愛用の魔法《まほう》玉を取りだし、騎兵達の前に叩《たた》きつける。

　炸裂《さくれつ》したのは、音響《おんきょう》玉。キィンと高い音が鳴り響《ひび》き、騎馬《きば》の足並みが乱れる。人と違って馬に「音が鳴るから構えておけ」などと言えるはずもない。訓練された軍馬とて、この音には耐《た》えきれなかったのだ。

（見えた！）

その時、トビーの目には自らが通るべき道筋が、まるで黄金の光のように見えた。服の端《はし》がちょっとかするだけでも引き倒されて踏《ふ》み潰《つぶ》される騎兵の隙間に体をねじ込み、あっという間に駆け抜けていく。

「行かせるな！　殺せ！」

無論、騎士達《きしたち》とて黙って見ているわけではない。トビーに向かって剣を突き出すが、トビーはまるであらかじめ攻撃される場所がわかっているかのように右へ左へ、時には大胆《だいたん》にも足を止めて、その全てを回避していく。

更に加えて、トビーを逃《に》がすまいと騎兵の密度が高かったのが仇《あだ》となった。仲間やその馬を傷つけるわけにはいかないと、どうしても剣速が鈍《にぶ》っていたのだ。

その二つが重なることで、トビーは最初の奇跡《きせき》を成《な》し遂《と》げた。騎兵の中を走り抜けると、次に阻《はば》むのは重装歩兵。

「盾《たて》、構え！　絶対に通すな！」

ロウエル王子のかけ声に、重装甲に身を包んだ兵士達が隙間無く大盾を構える。物理的な隙間が存在しなければ、いかなトビーとて進むことはできない。

だが、そんなことは最初から想定内。無いなら生み出せばいいとばかりに、一陣《いちじん》の風が吹き抜ける。

「解放、『ストームブリンガー』！」

「何だとっ⁉」

騎兵がトビーにだけ注目するなか、横から回り込んだルナリーティアが渦巻《うずま》く風を斜《なな》めから叩き込む。当然彼女《かのじょ》にも兵士が差し向けられていたが、それはエドが全て叩き伏せていた。

「ぐぉぉ、駄目《だめ》だ、堪えきれん⁉」

想定していない方向からの攻撃に、大盾の壁がガシャンと音を立てて崩《くず》れる。その隙を見逃さず、トビーはできるだけ小さく身を屈《かが》めて兵士達の中に突っ込んでいく。

とは言え、所詮《しょせん》は多勢に無勢。そのままなら兵士達が適当に手足を伸《の》ばすだけでトビーの前進は止められてしまうが、ここでトビーは二つ目の魔法玉を炸裂させた。

「ぎゃあああ⁉」

「め、目が⁉」

放たれたのは、閃光《せんこう》玉。皆が血眼《ちまなこ》になってトビーに集中していただけに、周囲から悲鳴があがる。

そしてその影響《えいきょう》は、トビー自身にも及《およ》んでいる。瞼《まぶた》を閉じる隙すら嫌い見開いたままだった視界はあっという間に白に染まるが……トビーの足は、それでも止まらない。

（わかる、わかるぞ！　まだ走れる！　まだ逃げられる！）

視界を失ったことで、トビーに残された他の感覚が研《と》ぎ澄《す》まされる。肌《はだ》に触《ふ》れる風の流れが、耳に届く息づかいが、踏みならされる大地の震動《しんどう》が、漂《ただよ》ってくる汗《あせ》の臭《にお》いが。ありとあらゆる感覚が信じられないほど鋭敏《えいびん》になり、走り抜けるトビーに誰一人《だれひとり》として触れられない。

「ここも……突破《とっぱ》……っ！」

そうして視力が戻る頃《ころ》には、兵士達の間も駆け抜けることができた。しかし最後にトビーの前に立ちはだかるのは、今までで一番強固な壁。

「チッ、まさかここまで辿り着くとはな！　これ以上の失態は許さんぞ！　確実に仕留めろ！」

「「「ハッ！」」」

馬上から指示を出すロウエル王子と、一際輝《ひときわかがや》く装備を身につけ、それに応える五人の騎士。それは王子直属の近衛《このえ》兵《へい》であり、この部隊における最精鋭。

とはいえ、数は少ない。横に向かって走り、回避できるか？　浮かんできたその甘い誘《ゆう》惑《わく》を、トビーは即座《そくざ》に自分で否定する。

（駄目だ。ここで速度を殺したら、その時点で終わりだ）

背後の敵は、ただ逃げてきただけ。その全てが健在であり、足を止めればあっという間に追いつかれる。

ならばこそ、正面突破しか道はない。覚悟を決めたトビーの目に淡《あわ》く黄金の光が宿り、それに合わせて二騎の騎兵が左右からトビーを挟み込むように突っ込んでくる。

「フッ…………」

ほんの僅かに、息を吐く。するとその一瞬《いっしゅん》が永遠であるかのように引き延ばされ、極限を超《こ》えて集中するトビーの目には、敵の動きが、攻撃が、すべて青く輝く軌跡《きせき》となって映し出された。

ならば迷うことはない。水どころか底なし沼《ぬま》に沈《しず》んでいるかのように重い体を必死に動かし、軌跡の隙間に体を通す。当たれば即死《そくし》、かすれば停止。然《さ》れど嵐《あらし》のような猛攻《もうこう》は、トビーの影《かげ》すら捕らえない。

「ぬぉぉ!?」

「馬鹿な!?」

騎士達の口から、驚愕の声があがる。だがそんな間延びした音に、トビーは一切《いっさい》反応しないし、している暇《ひま》もない。二騎の中央を駆け抜けたトビーに、追加の三騎が迫り来る。

右、駄目。左、駄目。人が通れそうな隙間は、その全てが途中《とちゅう》で潰される。ならばどうする？　逃げの極意《ごくい》は、敵の想定していない場所を通ること。であれば……

「愚かな！　馬に体当たりなど——何⁉」

正面の馬の足運び、その全てを完璧に読み切って、身を屈めたトビーは馬の股下《またした》をくぐり抜けた。

「嘘《うそ》だろ⁉」

「あり得ぬ！」

響く驚愕が遙かに遠い。針のように細くなったトビーの意識には、もはや真横の声すら届かない。

捉《とら》えているのは、ただ正面のみ。逃げる先に立ちはだかるのは、最後にして最大の関門。

「臆《おく》さず向かってくるか！　だがそこまでだ！」

王子が剣を天にかざすと、その周囲に淡く輝く光の壁が出現する。

そこに隙間などない。下をくぐることも横を抜けることも、上を飛び越えることも不可能。それでも尚《なお》足を緩《ゆる》めないトビーに王子が勝ち誇った笑みを浮《う》かべ……しかしトビーは、ここで再び鞄から何かを取りだし、足下《あしもと》に叩きつける。

「今更《いまさら》そんなこけおどしが……ん？」

砕《くだ》けたそれは、音も光も発しない。それはトビーの愛用している魔法玉ではない。では一体何か？　その答えは……

「『フレアブラスター』！」

「うわっ⁉」

王子目がけて、遙か遠方より真っ赤な光が飛来する。それはかつてエドがパームから受け取った魔導具《まどうぐ》。割れたことが相手に伝わる、ただそれだけのもの。精々がちょっとした合図に使えるくらいのもので……それに応えたパームの魔法が、王子の纏った光の壁を粉々に打ち砕いた。

（行ける！）

一瞬の隙を見逃さず、トビーは一気に加速した。阻むものの無くなった王子の横をすり抜《ぬ》け、あとは仲間達が足止めしてくれることを信じ、ひたすら国境まで走るだけ――

「させるか！」

「ぐあっ⁉」

ロウエル王子の振《ふ》るった剣が、トビーの耳を引っかけて斬《き》り裂《さ》く。包囲を抜けたと油断したのか、あるいは前方に集中し過ぎて横や後方への注意が疎《おろそ》かになっていたのか、トビーはその一撃《いちげき》をかわすことができなかった。

途端《とたん》、耳に走る激痛に、トビーの走る速度が緩む。そこに追いつき捕らえるべく、踵を返した近衛兵とロウエル王子が追いすがる。

（マズい、マズい、マズい、マズい！）

万能《ばんのう》感に満ちていたトビーのなかに、急速に焦りが広がっていく。さっきまで間延びして聞こえていた蹄《ひづめ》の音が恐《おそ》ろしいほど速いリズムを刻んでいるのに、自分の体は錆《さ》び付いた鎧でも着ているかのように動かない。苦し紛れに靴《くつ》に仕込《しこ》んだ魔導具を発動してみるが、馬の足を止めるには草の輪では力不足にも程《ほど》がある。

（どうする？　どうする！　どうすればいい⁉）

気づけば、国を隔《へだ》てる国境の関所、その開け放たれた扉《とびら》まで、あと一〇〇メートルほどまで近づいていた。あそこに飛び込んでしまえば、如何《いか》に王子といえどもトビーを害することはできなくなる。

だが、一〇〇メートルあれば馬は余裕《よゆう》で人に追いつける。法国側の役人が忖度《そんたく》してくれれば指先が入っただけでも入国扱いにしてくれるかも知れないが、それに頼《たよ》るのは最後の手段だ。

つまり、完全に完璧に、この一〇〇メートルを逃げ切らなければならない。だがその方法が、トビーの頭には浮かんでこない。

(僕《ぼく》は、ここまでなのか……!?)

諦《あきら》めが、頭をよぎる。足の力が、少しだけ抜ける。よろけて転びそうになったトビーの耳に……しかしその時、確かに声が聞こえた。

「頑張《がんば》れ、あと少しだ」

それが空耳かどうかを、トビーは確かめたりしなかった。ただ背後から馬のいななきが聞こえ、迫《せま》る気配が少しだけ遠のいた。

「頑張って！　もうちょっとよ！」

優しい風が、トビーの背中を押《お》した。転びかけていた体勢が整い、次の一歩を思い切り踏み出せる。

「ここまで来たなら、やりとげて見せなさいな！」

「ここが踏ん張り処《どころ》ですぞ！」

腹に響く爆音《ばくおん》が、何かを殴る固い音が、トビーに「尻込《しりご》みしている暇なんてないぞ」と訴えかけてくる。

(ああ、僕は仲間に……いや、半分は仲間じゃないけど、とにかく人に恵《めぐ》まれた！)

逃げて逃げて、逃げ続けるだけの人生だった。そこで出会った人に「逃げ切ってくれ」と願いを託《たく》され、その旅で出会った人に「逃げ切ってみせろ」と鼓舞《こぶ》される。

今も逃げていることに、何も変わりは無い。だが逃げた先に見えるのは、もう淀《よど》んだ暗《くら》闇《やみ》なんかじゃない。

「うぉぉぉぉぉぉぉ！」

雄叫《おたけ》びを上げて、トビーが走る。折れんばかりの勢いで大地を蹴《け》り、ちぎれ飛びそうな勢いで腕《うで》を振り、心臓が張り裂けても構うものかと、トビーが全力疾走《しっそう》する。

「逃がすな！　誰《だれ》でもいい、そいつを止めろぉ！」

「うるせーな！　今いいところなんだから、少し黙《だま》っとけ！」

「ぐほっ⁉」

一歩が途轍《とてつ》もなく遠く、一瞬が途方《とほう》もなく長い。なのに背後のやりとりが妙《みょう》にはっきりと聞こえて、トビーは内心で笑みをこぼす。

もう少し、あと少し。こんな騒《さわ》ぎがあったからか、順番待ちの行列もない。あの兵士達の一割をここに回して手続きをさせ続ければ、自分を捕まえられたのでは？　という益体《やくたい》もない空想がよぎり、また少し笑みがこぼれる。

勿論他国の関所でそんなことをしたら猛抗議《もうこうぎ》が来るので、今はまだただの第二王子でしかないロウエルにはそこまでのことはできなかっただけなのだが、とにかく目の前には、トビーを迎《むか》え入れるように勝利の女神《めがみ》が両腕《りょううで》を開いて待ち構えている。

「ハァッ……ハァッ……ハァァァァ…………………」

門をくぐったその瞬間《しゅんかん》、トビーはその場にうつ伏《ぶ》せに倒《たお》れ込んだ。最後の力で体を回して仰向《あおむ》けになると、何の変哲《へんてつ》も無い石の天井《てんじょう》が目に入る。

「僕の…………勝ちだぁ！　逃げ切ったぞぉぉぉぉぉ！！！」

「あの……」

「……？」

「規則ですので、入国手続きをしていただけますか？」

「あ、はい……」

逃走《とうそう》を極《きわ》めた勇者トビー。その勝利の余韻《よいん》もまた、僅か二秒でその身から逃げ去るのだった。

＊＊＊＊＊

そんなトビーの活躍《かつやく》により、俺達は無事に聖スロウン法国へと入国することができた。

何やら喚《わめ》き散らす王子を尻目《しりめ》に手を振りながら国境を越《こ》えてやれば、もう奴らは俺達に手

を出すことができない。まあ最後の悪あがきで俺達を人質にして、トビーに戻ってこいと要求したかったようだが……そいつは流石《さすが》に相手が悪すぎるよなぁ、へっへっ。

そしてその後の旅路は、正直拍子《ひょうし》抜《ぬ》けするほど穏《おだ》やかで平和なものだった。俺としてはもっとこう、情に訴えるような悪辣《あくらつ》なやり方が増えるんじゃないかと思ったんだが、パーム曰《いわ》く複数の勢力同士が勝手に牽制《けんせい》し合った結果、誰も有効な手を打てなくなっていたということらしい。

要は「自分が手に入れられないなら、他の誰の手に渡っても困る」ということで、足の引っ張り合いをしたのだ。

トビーの目的は「魔王の心臓」を封じることだというのは知れ渡っていたから、万が一他の勢力の手に渡って利用されるくらいなら、誰にも触れられないように封印《ふういん》される方がまだマシ……ということなんだろう。

まあ、その流れは俺達としては願ったりだ。大聖堂があるというエクリルの町までは、徒歩と馬車でおおよそ二週間。久々に尻《しり》の痛みを感じられるくらいにのんびりと馬車に揺られ、草を食《は》む羊を暢気《のんき》に眺《なが》めたりしながら進めば、結局何事もなく無事に町まで辿り着くことができてしまった。

「ふぅ、私達はここまでのようですわね」

乗合馬車を降り、町の門までの僅かな距離《きょり》。不意にパームが告げた別れに、俺達は声の主に顔を向ける。

「何だよ、町には入らねーのか？」

「はい。ちょっと別の用事ができてしまいましたので」

「別の用事？」

思わず首を傾《かし》げる俺に、パームが意味深な笑《え》みを浮かべる。

「ええ、そうですわ。勿論『魔王の心臓』も諦めてはおりませんけれど、それ一つだけに随分《ずいぶん》長く拘ってしまいましたし、世にあるお宝はそれだけではありませんもの。貴方達《あなたたち》のおかげで正面からこの国に入国することができましたから、この際ここのお宝を色々と手に入れようと思いまして」

「おぉぅ、そうなのか……」

言われてみれば、ここは賞金首だと入国すら難しい場所だ。今回は俺達の同行者ということであっさり入れたみてーだが、それこそがパーム達に取っては降って湧《わ》いたような幸運と言えるのかも知れない。

「では、トビー様。貴方様の無事な旅の終わりを、心より祝福させていただきますわ。もし次の生き方が決まっていないなら……フフッ。それだけの逃げ足ですから、私のような怪盗《かいとう》を目指してみては？　きっと今よりずっと刺激的《しげきてき》な日々が待っていると思いますわよ？」

「目指しませんよそんなの！　僕は平凡《へいぼん》で地味な生活が一番合ってるんですから！」

「それは残念。貴方の手からお宝を奪《うば》い取るのは、私の目標の一つにしたいくらい美しいと思ったのですが」

「うぐっ……」

まるで花が咲《さ》いたようなパームの笑顔《えがお》に、トビーが息を詰《つ》まらせる。そんなトビーの鼻先をスッと指先でくすぐってから、パームは堂々とこの場を立ち去っていった。その背後には当然クロードも付き従い、残ったのは俺達のみ。

「行っちゃったわね。最後はもっと大暴れするのかと思ったけど」

「だなぁ。まああいつらにはあいつらなりの美学とか拘りとか、そういうのがあるんだろ。それはそれとして……おい、トビー？」

「……はっ!?　な、何ですかエドさん？」

「お前の人生だし、この後お前がどう生きたって好きにすりゃいいとは思うけど……でも、あの女はやめておいた方がいいと思うぞ？　ぜってーお前の手には負えねーって」

「な、な、な!?　何を言い出すんですか突然《とつぜん》！　そんな、そんなこと！　全然！　何にも言ってないじゃないですか！」

俺の言葉に、トビーがこれでもかと動揺《どうよう》した声をあげる。だがすぐに落ち着きを取り戻すと、小さく笑いながらパームの立ち去っていった方を眺めた。

「……確かに、ちょっと寂《さび》しい気はしますけどね。でもそれだけですよ。僕とあの人達の歩く道は、きっと全然違います。全然違うのに、たまたま幾《いく》つもの偶然《ぐうぜん》が重なって、ほんの一瞬《いっしゅん》触《ふ》れ合っただけ……そういうものなんだと思いますから」

「そっか。そうだな」

別れを割り切り、サッパリしたような顔を見せるトビーの肩を、俺はポンポンと叩いて歩き出す。そうとも、こんなものは長い人生で数え切れない程経験する、出会いと別れの一つでしかない。それがわかっているのなら、トビーは大丈夫《だいじょうぶ》だろう。

「んじゃ、行くか」

「はい！」

「ええ、行きましょ」

トビーとパーム達の縁《えん》が、これからどうなるのかは俺の知るところじゃない。だが少なくとも俺達とトビーの縁は、もうすぐ終わる。何度味わっても慣れることのない寂寥《せきりょう》感を胸に、それでも俺達はゆっくりと、終わりの待つ町の門へと歩いて行った。

「おおー、ここが大聖堂なのね」

「なるほど、こりゃ大したもんだ」

そうして町に入り、その日は宿を取って、翌日の朝。エクリルの町の中央にでーんとそびえ立つ巨大《きょだい》な建物の前で、俺達は田舎者《いなかもの》丸出しの顔でそれを見上げていた。

建物の外観は、ほぼ垂直に伸びた円形の壁《かべ》に上端《じょうたん》がすぼまった屋根の載《の》った、馬鹿でかい天幕のようなものだ。と言ってもその至る所に精緻《せいち》な細工が施《ほどこ》されており、何をどうやったらこんなものが造れるのか、正直想像もできない。

「で、これからどうするの？　っていうか、これって勝手に入ってもいいものなの？」

「いやいや、流石にそれは駄目ですよ。僕が聞いてる話だと……あ、あの人でいいかな？　すみませーん！　ちょっといいですかー？」

大聖堂の中から出てきたそれっぽい人物に声をかけ、トビーが用件を伝える。するとそのまま建物の中に通され、「上の者に確認《かくにん》してきますので、少々お待ちください」と告げられた。

となれば、大人しく待つしかない。言われたとおりの通路の端で立ったまま待つことしばし。やってきたのは白いベールで顔を隠した女性神官であった。

「失礼します。貴方達がオスペラント王国から重要なものを運んできたお客人ということで、間違《まちが》いございませんか？」

「あ、はい。その、王様……じゃない、ラトゥムエル・オスペラント陛下から、こちらに連絡《れんらく》が来ているはずなんですけど」

「はい、伺《うかが》っております。では、件《くだん》の品物をこちらへ」

「えっ⁉」

女性神官が銀色の盆《ぼん》を差し出すと、トビーが軽く驚《おどろ》きの声をあげる。すると女性神官の方もまた、不思議そうに首を傾げた。

「？　どうかなさいましたか？」

「あ、いえ。その……これ、結構な危険物だと思うんで、できれば大神官様に直接お渡《わた》しして、そのまま封印するところまで立ち会いたいんですけど」

「それは……少々難しいかと。専門的な儀式《ぎしき》になりますので、部外者の方に立ち会っていただくわけには……」

「いやでも、僕としてもこれがきっちり封印できたかどうかを見届ける義務がありますから！　ここで預けてそれでおしまい、というのは、ちょっと」

「そう申されましても……」

「あ、じゃあその辺の交渉もしたいんで、やっぱり大神官様に取り次いでいただけませんか？　大変な仕事をお願いするわけですから、ご挨拶《あいさつ》もかねてお話をしたいんですけど」

女性神官に対し、トビーは一歩も引き下がらずに交渉を続ける。すると痺《しび》れを切らしたのか、女性神官が一つ大きめのため息を吐いた。

「はぁ、わかりました。ではひとまず、私がこの場で簡易的な鑑定《かんてい》を行わせていただきます。その上で問題がなければ、大神官様をお呼びするということでよろしいですか？」

「わかりました。すみません、お手数かけまして……」

「本当ですわ……コホン。ではこちらの盆の上に……置くのは嫌《いや》だということでしたから、せめてこう、それを持った手をまっすぐに伸ばしていただけますか？」

「はい。これでいいですか？」

件の箱をガッチリと掴《つか》んだトビーが、そのまま右手を前に伸ばす。すると女性神官がトビーの方に近寄っていって……突然ベールをめくり上げると、トビーの口に自らの唇《くちびる》を押し当てた。

「むぐっ⁉」

「フフッ、いただきですわ！　えいっ！」

「っ⁉」

驚くトビーが指の力を緩めたのを見計らって、女性神官がトビーの手から「魔王の心臓」が入った箱を奪い取る。それと同時にローブの裾《すそ》から転がり出た玉を踏むと、そこから目も眩《くら》むような閃光が迸《ほとばし》る。

「うわぁ、目が⁉　これ、僕の閃光玉⁉」

「チッ！　ティア、大丈夫か⁉」

「ごめん、私も視界が……」

「オーッホッホッホッホ！　『魔王の心臓』、確かにいただきましたわ！」

「申し訳ありませんお嬢様《じょうさま》、足止めもそろそろ限界かと」

「十分ですわクロード！　さあ、トビー様……はどうでもいいですけれど、エド様の視力が戻《もど》る前に、全力で逃げますわよ！　それでは皆様《みなさま》、ごきげんよう！」

「おさらばでございます」

周囲の喧噪《けんそう》に交じって、そんな会話が俺の耳に届く。だが漸《ようや》く目が見えるようになった時には、そこにパーム達の姿は影も形もなかった。

「あー、やられたなぁ。なるほど、こいつが別の用事か」

「そうね。一旦《いったん》別れた振りをして別の場所から町に入って、私達より早く大聖堂に入り込《こ》

んだうえに、神官になりすます……これ絶対最初から計画してたわよね？」

「そりゃそうだろ。これが行き当たりばったりの作戦だったら、そっちの方が怖《こわ》いぜ」

「ちょっ、二人とも何落ち着いてるんですか⁉　『魔王の心臓』が奪われちゃったんですよ⁉」

暢気にパーム達の用意周到《よういしゅうとう》さを語る俺達に、トビーが猛烈《もうれつ》な勢いで食ってかかってくる。

だが俺には焦《あせ》る理由など一つも無い。

「ああ、それに関しては何の問題もねーよ。ほれ」

「え？　え⁉　ええええええっ⁉」

俺が〈彷徨い人の宝物庫《ストレンジャーボックス》〉経由で腰《こし》の鞄から取りだしたのは、今奪われたばかりの金属製の箱。蓋《ふた》を開けたわけじゃねーが、中には当然「魔王の心臓」が入っている。

「ど、ど、どういうことですか⁉　何でエドさんがこれを⁉」

「ほら、前に見せてもらったときに、鞄に入れただろ？　実はあの時に偽物《にせもの》とすり替《か》えておいたんだよ」

「はぁぁぁぁ⁉」

驚くトビーに、俺はニヤリと笑いながら言う。あの時俺は、トビーから借りた本物を鞄に入れる振りをして〈彷徨い人の宝物庫《ストレンジャーボックス》〉にしまい込み、その場で〈半人前の贋作師《コピーアンドフェイク》〉を使い、見た目だけそっくりな偽物を作ってトビーに返した。

そう、見た目だけだ。だから箱に仕掛《しか》けられていた追跡《ついせき》用の機能は複製されずに停止していただろうし……まあ意味はなかったっぽいが……こうして盗《ぬす》まれても問題なかったというわけだ。

「パームの性格からして、仮に仲間っぽくなったとしても、絶対何処《どこ》かで仕掛けてくると思ってたからな。それ以外にも、もし万が一トビーがしくじって奪われた場合の保険って意味もあったが……まあその場合はパームに『偽物が用意できる』って警戒《けいかい》されちまうから、より面倒《めんどう》なことになってただろうけどな」

「じゃ、じゃあ僕は、今までずっと偽物を大事に守っていたと……？」

「おう、そうだぜ」

「だったらそう言ってくれればよかったじゃないですか！　何で僕にまで秘密だったたんですか⁉」

肩《かた》を掴んでガクガク揺《ゆ》らしながら問い詰めてくるトビーに、しかし俺は軽く笑って答える。

「はっはっは、そりゃお前、トビーに教えたら絶対顔に出るだろ？　だからティアにだって内緒《ないしょ》だったんだぞ？」

「ええ、私も今初めて聞いて、ビックリしてるわ」
「で、でも、ティアさんは全然焦ってなかったじゃないですか⁉」
「そりゃエドが落ち着いてるんだもの。なら何か対策を考えてるはずだから、焦る必要なんてないじゃない」
「えええええ………」

あっさりと言い放つティアに、トビーがガックリとその場に膝《ひざ》を突《つ》く。ちなみにもしパームが本物を奪うことに成功したとしても、今の俺なら〈失せ物狂いの羅針盤《アカシックコンパス》〉で追跡できるので、実際奪還《だっかん》には何の問題もない。パームの目的は魔王《まおう》の復活とかじゃなくて、単に綺麗《きれい》な宝石が欲《ほ》しかったってだけだしな。

それに、そいつも既《すで》に無意味な懸念《けねん》だ。俺の強さを嫌《いや》って程理解しているパーム達なら、今頃《いまごろ》全速力で逃げていることだろう。そうなれば偽物だと気づいたところで、こっちに戻ってくる時間なんてありゃしない。つまりこれで、「魔王の心臓」が奪われる可能性は完全に消えたということだ。

「ほらトビー、そう気落ちすんなって。悪かったとは思うけど、おかげでパーム達を出し抜いて本物を守れたんだしさ」

「そう、ですね。まあ結果だけ見れば、確かに全部上手《うま》くいったわけですけど……」

「だろ？　あ、ほら、今度は多分、本物の神官が来たぜ？」

突然のことに騒然《そうぜん》となっていた周囲の人達も大分落ち着きを取り戻し、通路の奥《おく》から最初に俺達に対応してくれた神官の人がやってきた。

「お待たせして申し訳ありません。何やら大聖堂のなかで騒ぎがあったようで……大丈夫でしたか？」

「ええ、まあ。あはははは……」

「？　えっと、でしたらこちらへどうぞ。大神官様のところにご案内致《いた》します」

「はい……」

疲《つか》れた顔をするトビーに怪訝《けげん》そうな目を向ける神官の人の案内を受け、俺達は大聖堂の中を移動していく。その後はトントン拍子《ひょうし》で話が進み……そして数時間後。

「それでは、ただ今より『魔王の心臓』の封印儀式《ふういんぎしき》を始めます」

そこは大聖堂の奥まった場所にある、円形の部屋。床《ゆか》には大きな魔法陣《まほうじん》が刻まれ、その外周には一八本の柱とそれを繋《つな》ぐ腰ほどの高さの白い壁があり、これによって同じ室内でありながら儀式場とその外という感じに仕切られている。勿論《もちろん》俺達がいるのは、その外側の方だ。

魔法陣の中央には台座が置かれ、そこには件の金属製の箱と、その手前に大神官だという、それっぽい服を着た五〇代くらいの男性。その男性の言葉を受けて、魔法陣の外周に等間隔《とうかんかく》で並ぶ六人の神官達が、ブツブツと何らかの詠唱《えいしょう》を始めた。

するとと台座の上に置かれていた箱の蓋がパカッと開き、その中から血のように赤い宝石がふわりと宙に浮かび上がった。

「あれが魔王の心臓……こんなこと言ったら駄目なのかも知れないけど、凄《すご》く綺麗ね」

「だな。こりゃパームが欲しがるわけだ」

床から立ち上る光に照らされ、大人の人差し指ほどの大きさのそれが輝く。見る者を誘《さそ》い惑《まど》わすような紅色の光は何とも言えず蠱惑的《こわくてき》で、確かにこれなら中身に関係なく、ただの宝石として欲しがる奴《やつ》だって幾らでもいるだろう。

「でも、あれには魔王の力が宿ってるのよね……魔王の力って、結局どういうものなのかしら？　凄い魔力《まりょく》？　それとも命とか存在とか、そういうのかしら？」

「………さあな」

魔法陣から立ち上る光はドンドン強さを増していき、その光の柱のなかで、赤い宝石がキラキラと輝きながらゆっくりと回転している。チカチカと不規則に輝く様はまるで手招きでもしているようで、俺の視線はどうにもそこに吸い寄せられてしまう。吸い寄せられる。吸い込まれる。その奥に、ナニカが視える。

そうだ、こいつは石じゃない。目印というか、扉だ。白の向こうに赤があり、赤の向こうに黒がある。無限に続く夢幻《むげん》の時に、終わりを齎《もたら》す終焉《しゅうえん》の黒。それは俺の――

「エド？　どうしたの？」

「っ⁉　な、何だよ？」

「何って、ボーッとしてたから。エドってこういう宝石とか、そんなに好きだったの？」

「……いや、別にそんなことはねーけど」

不意にティアに声をかけられ、何だかボーッとしていた意識が急速に覚醒《かくせい》する。何だこりゃ？　何か……うーん？

「あー、悪い。やっと全部片付いたから、ちょっと気が抜けてたのかも知れん」

「そうなの？　エドにしては珍《めずら》しいけど……」

「いやお前、俺の事なんだと思ってんだよ。普通《ふつう》にぼけっとすることくらいあるって」

「フフッ、そりゃそうよね」

思わず苦笑《くしよう》した俺に、ティアもまた小さく笑って視線を戻す。なので俺も再び赤い宝石を眺めていたわけだが、さっきまでのような不思議な感覚が再び訪《おとず》れることはなかった。

浮いていた赤い宝石がゆっくりと箱の中に戻るとその蓋が閉まり、魔法陣から飛び出した光の鎖《くさり》が何重にも箱に巻き付いていく。そうして封印の儀式は終了《しゅうりょう》し……そして実にあっさりと、俺達の別れの時がやってきた。

「本当にありがとうございました。お二人のおかげで、無事に目的を果たすことができました」

大聖堂を出て、冒険者《ぼうけんしゃ》ギルドで依頼《いらい》達成の処理を済ませた後。改めてそう言って頭を下げてくるトビーに、俺達も笑顔で答える。

「いやいや、トビーが頑張ったからさ。俺達は雇《やと》われの護衛として、ちょいと手を貸しただけだからな」

「そうよ。これだけのことをやり遂げたんだから、もっと自信を持っていいと思うわ」

「エドさん、ティアさん……」

「んじゃ、俺達はもう行くよ。これからも色々あるんだろうが、頑張れよ？」

「はい！　本当にありがとうございました！　いつかまた、何処かでお会いしましょう！」

笑顔で手を振るトビーと別れると、俺達は適当な路地に入ってこの世界から「追放」されていく。そうしていつも通りに「白い世界」に帰還《きかん》したわけだが……

「よっと……おお？　なるほど、こうなるわけか」

「ん？　どうしたのエド？」

「いや、今回は色々わかったことがあったと思ってな」

まず最初に確認したのは、俺自身の装備。だが俺の腰には見慣れた安物の鉄剣《てっけん》が佩《は》かれており、ここからトビーの世界に行った時に佩いていた鋼の剣《けん》ではなくなっている。どうやら「ここを出た時の装備が初期装備として更新《こうしん》される」という都合のいい展開はなかったようだ。

次いで視線を向けたテーブルの上には、いつも通りの本の他に小さなナイフが置かれている。あれは俺がさっきの世界に旅立つ前に置いたもので……つまり別の世界に行ってから戻ってきても、巻き戻るのは俺とティアの状態だけで、部屋のなかに置いたものはそのまま維持《いじ》されるってことだ。

その辺も踏《ふ》まえると、他にわかったことは二つ。一つはこの「白い世界」は、ちゃんと毎回同じ場所であるということだ。もし全く同じ作りの別の場所に跳《と》ばされてるなら、あのナイフは存在しないはずだからな。

もう一つは前回に続き今回も一周目の時とは違《ちが》う順番の世界に跳ばされたことで、次に行く世界は完全にランダムである可能性が高まった。

勿論《もちろん》、その推測が絶対に正しいわけじゃない。置いたものすら再現される別の場所とか、俺が気づいていない法則で次の世界が選ばれているとかがあるのかも知れねーが、そこまで気にするともう何も信じられなくなってしまうので、頭の片隅《かたすみ》に置いておく程度でいいだろう。

「ほえーっ。相変わらずエドは色々考えてるのねぇ」

という感じのことをティアに説明すると、耳をピコピコ動かしながらそんな感想を口にした。

「あ、でも、そういうことなら、ここに色々家具とか置けるのかしら？」

「ん？　ああ、そうだな。置けるんじゃねーか？」

家具なんてでかいものを普通は持って歩けねーが、俺達には〈彷徨い人の宝物庫《ストレンジャーボックス》〉がある。ティアのおかげでここでも能力を使えるようになったから、家具を運び込むくらいは造作も無い。

「やった！　ならここに寛《くつろ》ぎ空間を作りましょ！　椅子《いす》とテーブルはもうあるから、ベッドとかどうかしら？　本棚《ほんだな》も……元からあるのは『勇者顛末録《リザルトブック》』専用だから、新しいのを置いてもいいかも？」

「おいおい、そんなもの用意してどうすんだ？　どうせここじゃ疲れることも、眠《ねむ》くなることもねーんだぞ？」

「そりゃそうだけど、無いよりはあった方がいいじゃない？　気分的な問題よ！」

「気分ねぇ……まあ別にいいけどさ」

金には一切困ってないし、場所だってそれこそ訳が分からないほどある。ならティアがしたいと言うことを止める理由など俺にはないし、俺も炉《ろ》を含《ふく》んだ鍛冶《かじ》設備を一式持ち込んで剣を打ちたいという気持ちがあるので尚更《なおさら》だ。

「んじゃ、どっかの世界でいい感じのものがあったら、家具とか買ってみるか」

「わーい！　約束よエド！」

「おう」

無邪気《むじゃき》に喜ぶティアの笑顔が見られたなら、金貨の一〇〇枚や二〇〇枚の出費《むだづかい》くらいどうということもない。いや、そんな高級な家具はそもそも売ってねーから、買おうと思ってもなかなか買えるもんじゃないんだが……

「じゃ、そういうことで、次は本を読みましょ！」

「ああ、そうだな」

そんな益体もないことを考えてみるも、ティアに促《うなが》されて俺達はテーブルの方に歩いていく。そうして本を開いてみると、そこには当然トビーの物語が綴《つづ》られていた。

「うわ、思ったより随分危ないことをしてるのね？」

「いや、これ本人にはそういう自覚がねーな。それで乗り切れてるんだから大したもんだけど」

子供の頃《ころ》は、ごく普通。だが冒険者に憧《あこが》れて都会に出てきたトビーは、自身の戦闘力《せんとうりょく》の低さに悩《なや》まされる。それでも稼《かせ》がなければ生きていけないとヤバめの依頼《いらい》を幾つも受けては、持ち前の逃《に》げ足《あし》の速さで窮地《きゅうち》を何度もしのいできたようだ。

というか、本人は気づいてないだけで、ちょっと非合法な依頼とかも交じっていたらしい。いや、本当によく生き延びられたな……流石は逃走の勇者ってところか。

そしてそんなトビーの活躍は、時々下町に降りて人々の生活を観察していた王様の目にもとまったようだ。そうして依頼を受けたものの、緊張《きんちょう》しまくっていたトビーの情報はあっさりとパーム達《たち》に漏《も》れてしまい、そうして襲《おそ》われたところを俺達に助けられ……あとは俺達も知る旅路を経《へ》て、いよいよ本の最後。

――第〇〇五世界『勇者顛末録《リザルトブック》』　終　章　「封印　完了《かんりょう》」

かくて勇者とその護衛の手により、魔王の力を宿した石は無事に封印された。

「……え、これだけ!?」

「みたいだな？」

これまでは割としっかり「その後の話」が書いてあったのだが、どういうわけか今回はこれしか書かれていない。首を傾げつつページをめくってみるが、そこには白紙が広がっているだけだ。

「どういうことかしら？」

「うーん……？」

予想として思いつくのは、魔王が封印されたことでトビーが勇者としての役目を終え、この本に記載《きさい》される存在じゃなくなった、とかだろうか？　あるいはあえて記載するほどの事件が何も起きず、結果としてこれだけになったとか？

ただアレクシスやワッフルの時は魔王を倒した後のことも書かれていたし、何の変哲も無い子供時代の日々なんかも記載されているのに、その後だけ何も書かれないというのも不自然だ。そうなんだが……

「駄目《だめ》だ、わからん。てかそもそもこの本自体が不思議の塊《かたまり》だしなぁ」

誰が何のためにこれを書いて、俺達に読ませているのか？　その理由はこれっぽっちもわからない。というか、それを言い出すとそもそも俺が一〇〇の異世界を巡《めぐ》ってその全部から追放されなきゃならないという、この旅自体が何より訳が分からねーしなぁ。

「まあ、わかんねーことはわかんねーで、割り切っていこうぜ」

「そうね。気にはなるけど、考えたり調べたりしてどうこうって話でもないものね」

「そうそう。それよりは次の世界がどんな場所かの方が重要だな。最後の方に行った世界で、スゲー文明が発達してるところがあったんだが、そこを引き当てられれば、家具でも何でも、とんでもなく質のいいやつが手に入るぜ？」

「何それ、凄く興味があるわ！　って、最後の方じゃ、まだまだ全然先なんじゃない？」

「いや、やっぱり一周目の時とは順番が違うみてーだから、ひょっとしたら次の世界で引き当てるかも知れねーぞ？」

「おおー！　つまりエドのくじ運が、私がフカフカベッドを手に入れられるかの運命を握《にぎ》ってるってことね？」

「うわ、そいつは責任重大だな……ならいっちょ、頑張ってみますか」

目をキラキラと輝《かがや》かせるティアに苦笑で応《こた》えつつ、俺は次の世界への扉《とびら》の前に移動していく。さて、うちのお嬢様のご期待に添《そ》えるかどうか……

「開け！　フカフカベッドの扉！」

「任せろ！」

欲望丸出しのティアの手を引き、俺は今回もまた、既知《きち》なる未知の世界へと足を踏み入れるのだった。

＊＊＊＊＊

――第〇〇五世界『勇者顛末録《リザルトブック》』終『焉』章「封印『未』完了」

かくて勇者とその護衛の手により、魔王の力を宿した石は無事に封印された。『だがその一〇年後、石に宿った――の力を求めるレブレニア帝国《ていこく》の手により破壊《はかい》工作が行われ、その影響《えいきょう》で暴走した「魔王の心臓」の力により聖ス――ン法国は消滅《しょうめつ》。そこに開いた――より湧き出した黒き魔獣《まじゅう》によって、僅《わず》か六年で世界の三割が壊滅的《かいめつてき》な被害《ひがい》を受けることになる。

目覚めた――を再封印するために勇者トビーが満を持して出撃《しゅつげき》、その類《たぐ》い希《まれ》なる力を以《もっ》て――避《さ》けて「虚無《きょむ》の穴」の中心部に辿《たど》り着くも、そこにあったのは暗くくすん

だ――宝石のみ。抜《ぬ》け殻《がら》となった――――再封印に――――

――ミツ、ケ、タゾ』

HJ文庫 https://firecross.jp/
1043

追放されるたびにスキルを手に入れた俺が、
100の異世界で2周目無双 3

2022年11月1日　初版発行

著者——日之浦 拓

発行者—松下大介
発行所—株式会社ホビージャパン

〒151-0053
東京都渋谷区代々木2-15-8
電話　03(5304)7604（編集）
　　　03(5304)9112（営業）

印刷所——大日本印刷株式会社

装丁——AFTERGLOW／株式会社エストール

ISBN978-4-7986-2986-5　C0193

ファンレター、作品のご感想
お待ちしております

〒151−0053　東京都渋谷区代々木2−15−8
(株)ホビージャパン HJ文庫編集部 気付
日之浦拓 先生／ GreeN 先生